BLACK BOTTOM

MARTIN KEUNE
BLACK BOTTOM

Kriminalroman

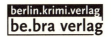

Bibliografische Information der Deutschen Nationalbibliothek
Die Deutsche Nationalbibliothek verzeichnet diese Publikation in der
Deutschen Nationalbibliografie; detaillierte bibliografische Daten sind im
Internet über http://dnb.d-nb.de abrufbar.

Alle Rechte vorbehalten.
Dieses Werk, einschließlich aller seiner Teile, ist urheberrechtlich geschützt.
Jede Verwertung außerhalb der engen Grenzen des Urheberrechtsgesetzes ist
ohne Zustimmung des Verlages unzulässig und strafbar. Das gilt insbesondere
für Vervielfältigungen, Übersetzungen, Mikroverfilmungen, Verfilmungen und
die Einspeicherung und Verarbeitung auf DVDs, CD-ROMs, CDs, Videos, in
weiteren elektronischen Systemen sowie für Internet-Plattformen.

© berlin.krimi.verlag im be.bra verlag GmbH
Berlin-Brandenburg, 2013
KulturBrauerei Haus 2
Schönhauser Allee 37
10435 Berlin
post@bebraverlag.de
Lektorat: Claudia Jürgens, Berlin
Umschlag: Martin Keune (Foto: © SZ Photocollection).
Satz: psb, Berlin
Schrift: Stempel Garamond, 10/13,5 pt
Druck und Bindung: FINIDR, Český Těšín
ISBN 978-3-89809-528-0

FORD A, ROT

Halb acht abends. Von der Marienkirche klangen zwei Glocken-
schläge durch das Verkehrsgetöse herüber; höchste Zeit, endlich
Feierabend zu machen und zu sehen, dass er raus in die Stadt
kam.

Zwischen Sándor Lehmanns etwas zu eleganten schwarzen Schuhen und der Sandsteintreppe knirschte der Split der Straße, als er
die breite Treppe hinunter zum Ausgang ging. Er drückte sich an
das schwere Geländer, um eine schimpfende Gruppe von Menschen vorbeizulassen, die nach oben wollten: Lehmanns Kollegen
von der Nachtschicht schleppten ein paar Randalierer in die Ver-
nehmungsräume; die Spätschicht fing ganz offensichtlich gleich
mit Hektik an.

Sándor nickte den Kollegen zu und streifte die Festgenommenen
mit einem kurzen Blick. Das sah nach Politik aus; die Streithähne
wären am liebsten noch hier auf der Treppe mit Fäusten und Zähnen aufeinander losgegangen und mussten mit Gewalt daran ge-
hindert werden. Der Polizeipräsident hatte vor ein paar Tagen
mal wieder den *Angriff* verboten, doch die Nazis verkauften ihr
Radau-Blatt trotzdem und bekamen sich natürlich prompt mit den
Roten in die Haare. Die Prügelei hatte sich die halbe Friedrichstraße hinuntergezogen, bis Lehmanns Kollegen den ganzen Pulk
en bloc in die grüne Minna gezerrt und ins Revier am Alexanderplatz verfrachtet hatten, erläuterte ihm Kollege Hansen, außer
Atem von dem Gerangel. Jetzt musste sortiert werden, wer in
welche Zelle kam. Da durfte man keine Fehler machen, sonst gab
es Hackfleisch hinter Gittern. Aber die Jungs von der Nachtschicht – Lehmann erkannte neben Hansen Schmitzke und den
dicken Plötz – hatten das Ding im Griff, da war er sicher. Es war
ja nicht das erste Mal. Die Zeitungsverkäufer und die Kommunis-

ten kriegten unten in den Vernehmungsräumen im Keller ihre Abreibung – und morgen waren für jeden blauen Fleck und jeden verlorenen Schneidezahn drei neue von diesen Burschen auf der Straße im Einsatz. Eigentlich sollten wir Kriminalbeamten uns ja um die Klassiker des menschlichen Zusammenlebens kümmern, dachte Lehmann, um Mord und Totschlag, um Nutten, Hehler und Banditen. Stattdessen hielt sie rund um die Uhr die Politik auf Trab.

Die Politik! Er selbst hatte aufgehört, an die Politik zu glauben, vor Langem schon. 14/18 hatten sie ihm die Politik ausgetrieben; im Schützengraben gab es keine Weltanschauung, da war man kein Monarchist oder Demokrat oder was auch immer. Da war man ein armes Würstchen mit vollgeschissenen Hosen, und man schwor sich: Wenn ich hier rauskomme, hole ich alles nach, was ich an Leben verpasst habe. Um jeden Preis.

Sándor Lehmann hatte nicht viel geschworen im Leben – den Fahneneid, den Polizisteneid und sicherlich ein paarmal die ewige Treue –, aber den Eid im Schützengraben, den hatte er gehalten. Nichts mehr verpassen im Leben. Nichts auf die Zukunft verschieben, auf irgendein gerechtes bolschewistisches Paradies oder das großdeutsche Arierland der besoffenen Herrenmenschen, die mit dem Hitlergruß aus den Bierkellern gekrochen kamen, sondern jetzt sofort loslegen mit dem Leben.

Loslegen – das war natürlich leicht gesagt für einen einundzwanzigjährigen Habenichts aus dem Wedding. Für einen, der im Arbeiter-Schalmeienorchester die Klarinette geblasen hatte, die erste Zigarre geraucht mit zwölf, das erste nackte Mädchen gesehen als Spätzünder mit fünfzehn. Der sonst noch nichts erlebt hatte, als der Krieg kam.

Und nach dem Krieg war das große Leben auch erst mal ein gutes Stück Arbeit. Ohne Geld war die süße Sause, die Sándor Lehmann vorgeschwebt hatte, wirklich verdammt viel Arbeit.

Immerhin war schnell klar gewesen, wie man als Habenichts wenigstens in Sichtweite des großen Lebens kommen konnte: bei der Polizei. Natürlich hatte die Schmiere bei Lehmann und seinen Weddinger Jungs keinen sonderlich exzellenten Ruf. Wer ihm mit zwölf prophezeit hätte, dass er mal Bulle würde, hätte gleich in die Fresse gekriegt – aber waren diese ganze Weddinger Kumpanen-Duselei, diese gesalbte Arbeiterklassensülze nicht auch nur Politik, bei der man selbst als Einzelner nur auf der Strecke bleiben konnte? Sándor Lehmann wollte nicht auf der Strecke bleiben, ums Verrecken wollte er das nicht, und schon in seinen ersten Jahren als kleiner Schupo hatte er mehr Regierungsgebäude, Bankfilialen und Protzvillen im Westend von innen gesehen als sein Vater und sein Großvater zusammen in ihrem ganzen Leben als achtbare Proletarier. Er hatte noch keinen Smoking im Schrank gehabt – das hatte sich inzwischen geändert –, aber trotzdem war er in den mondänsten Restaurants und Tanzpalästen unterwegs. Auch wenn es damals vielleicht nur einen bekloppten Zechpreller zu verhaften gegeben hatte.

Apropos Tanzpalast: Höchste Zeit, standesgemäß den Feierabend einzuläuten. Lehmann sah auf die Armbanduhr und bog in ein Treppenhaus im Hofgebäude ein. Die Wagenmeisterei im Keller freute sich regelmäßig über seine kleinen Aufmerksamkeiten aus den Kneipenrazzien – eine Flasche Schnaps, sorgfältig in Zeitungspapier gewickelt – und war ihrerseits geradezu begierig darauf, ihm selbst ab und zu mal eine Freude zu machen.
Unten in der Tiefgarage am Alexanderplatz standen die beschlagnahmten Karossen all der wilden Männer, die hier tagtäglich wegen ungebührlichen Betragens befragt wurden. »Was genau hat Sie emotional so aufgeregt, dass Sie den Bankkassierer und zwei unschuldige Bankkunden mit einem importierten 455er Webley-Revolver erschießen mussten?« Psychologie war der letzte Schrei, die Psyche der Täter wurde in dünne Scheiben geschnitten und

vorsichtig unterm Mikroskop bestaunt. Man könnte uns für den Zoologischen Garten halten, dachte Lehmann, für Wissenschaftler, die voll Ehrfurcht eine neue Spezies erforschten – eine Spezies mit scharfen Zähnen zwar, aber ohne jede Spur von Bosheit. All die wilden Tiere töteten und raubten nur, weil das Gesetz der Wildnis es ihnen so befahl …

Sándor lachte kopfschüttelnd auf. Immerhin gab es auch noch altmodische Methoden, zum Beispiel die Spurensicherung – und sein Chef Gennat war bei allem Interesse für die menschliche Psyche vor allem auch ein exzellenter Handwerker. Ein Einschuss in der Beifahrertür, ein Blutfleck auf der Rückbank oder ein Skelett im Kofferraum: alles gute Gründe, die einkassierten automobilen Beweisstücke auch mal den Kollegen in der Keithstraße am Wittenbergplatz vor die Nase zu halten. »Beweisstücksichtung« stand dann bei der Mordkommission im Protokoll, und wer es seltsam fand, dass er einen für die Überführung zwischen den Revieren bereitgestellten Maybach oder 260er Mercedes schon am Vorabend des geplanten Transportes aus der rolltorgesicherten Tiefgarage fuhr, sollte lieber froh sein, dass hier ein aufopferungsbereiter Bulle sogar nach Feierabend noch eigenhändig zur Aufklärung eines Falles beitrug.

Diesmal war es ein eleganter roter Ford A, überschwänglich parfümiertes Beweisstück im Fall einer erpresserischen Hausbediensteten. Das rote Biest schnurrte vorbildlich am Berliner Schloss vorbei. Unter den Linden stieg das Premierenpublikum aus den Limousinen; Busse scheuchten die Radfahrer vor sich her wie der Hecht das Kroppzeug. Sándor Lehmann hupte, einfach nur so, weil sein sportliches Gefährt eine Hupe hatte. Der Frühling 1930 war warm und lebendig; die Stadt vibrierte; die Frauen, die bei jedem Hupen großäugig und verträumt aufsahen, waren noch schöner als vor ein, zwei Wochen. Er sann rhythmisch hupend vor sich hin. Im Eau-de-cologne-getränkten Innenraum des Wagens schien sich eine der frühlingshaft entblätterten Grazien schon mit glänzenden Lippen auf der Rückbank zu räkeln – nein, in Wahrheit kollerte dort nur die Klarinette im schwarzen Papp-futteral hin und her. Sándor betrachtete sein regloses, durch die kräftige Stirn und die flach gehauene Nase trotzdem ziemlich mar-kantes Konterfei unter seinen Römerlöckchen im Rückspiegel und grinste. Ein hupender Bulle mit Klarinette und nicht ganz legal abgezweigtem Ford A auf seinem Weg in die Berliner Nacht: Es gab, weiß Gott, miserablere Anfänge für einen gelungenen Abend als diesen.

TEN CENTS A DANCE

Der Pförtner in der Keithstraße 30 hätte so spät am Abend für die Hofgarage sowieso keinen Schlüssel gehabt, wenn Lehmann ihn danach gefragt hätte: Schon deshalb musste die Abgabe des knallroten Beweisstückes leider bis morgen warten, und Sándor hatte den Wagen über Nacht für sich. Einmal war es ihm tatsächlich passiert, dass ein blasierter Schnösel vor einem mondänen Weinrestaurant im Grunewald neben dem Corpus Delicti – einem aufreizend geschwungenen Mercedes in zweifarbiger Lackierung, cremeweiß und himmelblau – aufgetaucht war und das beschlagnahmte Gefährt entgeistert als sein Eigentum reklamiert hatte. Sándor war seelenruhig ausgestiegen, hatte den Wagen umrundet und sich unangenehm nah an den rotgesichtigen Wagenbesitzer gestellt. Er sprach mit gedämpfter, aber scharfer Stimme, und die Zornesadern auf der Stirn schwollen ihm an dabei.

»Ihr Automobil? Mein lieber Scholli, stecken Sie nicht schon tief genug drin im Schlamassel? Wollen Sie jetzt noch aus lauter Blödheit eine Ermittlungsarbeit behindern, die oberste Reichsangelegenheit ist? Wenn Sie jetzt Krach schlagen – oder wenn Sie morgen früh auch nur einer Menschenseele ein Sterbenswörtchen von diesem Zusammentreffen sagen; und wenn's der Polizeipräsident selber wäre –, dann können wir nichts mehr für Sie tun, dann sind Sie geliefert. Deshalb gehen Sie mir besser aus dem Blickfeld, bevor ich Sie an Ort und Stelle hopsnehme, Sie Fettsteiß, Sie!«

Das wirkte immer, und das hatte auch diesmal gewirkt. Der Bankdirektor, Reitstallbesitzer, Generalbevollmächtigte oder was auch immer war das Anherrschen von Untertanen gewöhnt – aber selber angeherrscht zu werden hatte verheerende Auswirkungen auf sein Selbstwertgefühl. Der Mann hatte sich so schnell zusammengefaltet, wie er sich zuvor aufgeplustert hatte, etwas unverständlich Besänftigendes gemurmelt und war zurück ins Weinlokal gekrochen. Sándor hatte zufrieden gegrunzt; gegrunzt mit dem ganzen Selbstbewusstsein des passionierten Sportwagenfahrers, und auf der Havelchaussee hatte er der Kiste richtig die Sporen gegeben und um Haaresbreite einen Trupp Wildschweinfrischlinge zu Halbwaisen gemacht. Wildschweine und Bankdirektoren sollten ihm besser nicht in die Quere kommen auf seinem Weg die Havel entlang.

Heute Abend parkte er den roten Ford A in der Nürnberger Straße, einer belebten Seitenstraße des Tauentziens, wo vor der Femina schon reger Andrang herrschte. Die protzige Femina! Der Schuppen hatte nach allerhand Turbulenzen wieder neu eröffnet, noch exaltierter und spektakulärer als zuvor, und war der luxuriös schillernde Diamant im Nachtleben der westlichen Vergnügungsmeile an Ku'damm und Wittenbergplatz. Allerdings zog es Sándor Lehmann noch nicht in den festlich illuminierten Eingang des modernen Tanzpalastes. Auf der anderen Straßenseite schimmerte, weit weniger pompös, eine Reihe kleiner Bars, von denen er eine betrat. Der Laden schien leer zu sein; hinterm Tresen döste die etwas aufgetakelte Wirtin mit Damenbart unter halb leeren Schnapsflaschen, die sich erwartungsvoll aufsetzte, ihn dann aber erkannte und mit einem freundlichen »'n Abend, Sándor« wieder in sich zusammensank. Sándor durchquerte den kleinen Raum und kletterte die schmale Bierträger-Stiege hinunter in ein alkoholisch riechendes Kellerloch, wo ein ganzes Sextett smokinggekleideter Männer auf Bierfässern hockte, umgeben von Koffern aus der gleichen schwarzen Pappe, aus der auch Sándors Klarinettenschachtel war.

»'N Abend«, die Männer blickten kaum auf, begrüßten ihn halblaut, emotionslos, so wie vielleicht ein Sargträger von anderen Sargträgern begrüßt wurde. Lehmann wusste diesen Ton lässigen Understatements zu schätzen; sein Alltag unter den gedemütig-

ten, zu Polizisten degradierten kaiserlichen Offizieren und Ober-
wichtigtuern war eine Welt des Imponiergehabes, des Balztanzes
und Muskelspiels; hier so selbstverständlich und ohne Brimbo-
rium akzeptiert zu werden bedeutete ihm viel.

Natürlich waren die Männer keine Sargträger, obwohl Dr. Joseph
Goebbels, der oberste Krawallmacher Adolf Hitlers, für dessen Festsaalreden man inzwischen eine ganze Reichsmark Eintritt bezahlen musste, sie zweifellos so bezeichnet hätte – Sargträger der deutschen Musikkultur nämlich. Allerdings wurde
der Sarg, den Goebbels mit flammendem Blick beschworen
hätte, hier unten im Kneipenkeller mit erstaunlichem Schwung
zu Grabe getragen, denn die Männer waren Musiker, Jazzmusiker. Nicht irgendwelche fahrlässigen Trompetenschwinger, sondern das begehrte und gut bezahlte Personal der »Julian Fuhs
Follies Band«, einer der meistgebuchten Tanzkapellen der Stadt.
Fuhs – der eben mit etwas ungelenken Bewegungen die Stiege
heruntergekraxelt kam, ein kleiner Mann mit Glatze und einer
runden Hornbrille, die mancher Karnevalsmaske zur Ehre gereicht hätte –, Fuhs hatte den aufgekratzten, anfangs sehr poin-
tierten und keineswegs breit arrangierten Swing aus den USA
mitgebracht, wohin er 1910 mit gerade 19 Jahren ausgewandert
war. 1924 hatte es ihn zurück nach Berlin verschlagen, und in
den sechs Jahren seither hatte der »Amerikaner« – eigentlich ein
braver Berliner Jude, der überaus gesittet das Stern'sche Konservatorium besucht hatte – die besten Solisten der Stadt um sein
Piano geschart und im Eden-Hotel, dem Mercedes-Palast oder
dem Palais am Zoo frenetische Anhänger gefunden, die zu jedem
seiner zahlreichen Auftritte strömten. Nach und nach waren die
rauen Hot-Eskapaden einem sinfonischeren Sound gewichen, der
den Jazz-Puristen zu glatt war – und die Massen begeisterte. Sándor staunte insgeheim über die Hartnäckigkeit des Bandleaders:
Julian war nie fertig mit einem Stück; er feilte an den Arrangements, schuf Spannungsbögen und Brüche und bediente sich

seiner Band wie eines einzigen, vielstimmigen Instruments, mit dessen Hilfe er jede Stimmungsnuance des Publikums reflektieren und zu einem Baustein eines hymnischen, beseligenden und dabei meist verflucht virtuosen Gesamterlebnisses machen konnte. Die Solisten waren in diesem Konzept nur die Sahnehäubchen, die kleinen kantigen Knusperstückchen eines breiter fließenden Sounds. Das gefiel nicht jedem von ihnen; es gab ausufernde Selbstdarsteller an Trompete und Zugposaune, die am liebsten den ganzen Abend ein einziges, nicht endendes Solo gespielt hätten. Doch Julian hatte letztlich die besseren Argumente.

»Ihr spielt euch warm, wir bauen zusammen den Song – und dann ist jeder kurz vorn und ist heiß und frisch und neu. Stochert nicht mit der Tröte in der Musik rum, sondern hört zu – und wenn ihr was zu sagen habt, haut es raus in möglichst wenigen Takten. Nicht schwafeln, Männer – zielen und treffen!«

Charlie Hersdorf, Arno Lewitsch und Wilbur Curtz waren ausgemachte Individualisten – doch diesem Konzept fügten sie sich, um den mäßig, aber regelmäßig bezahlten Job bei den »Follies« nicht aufs Spiel zu setzen. Und Sándor selbst hatte keine musikalischen Ambitionen; er ließ sich – ganz anders als draußen im echten Leben – an- und ausschalten, wie Julian es wollte, und war zufrieden damit.

An Sándor Lehmann hatte Fuhs einen Narren gefressen; Sándor wusste selbst nicht, warum, und hatte den strahlenden und überschwänglichen Klavierspieler anfangs schlicht für schwul gehalten, bis er Julians Verlobte Lily Löwenthal kennengelernt hatte, eine schöne, aber schwermütige und theatralische Wienerin, die ihren Julian vergötterte. Nein, Julian Fuhs schätzte Sándor Lehmann für sein Klarinettenspiel, und das war eine bodenlose Schmeichelei, weil Sándor nie zum Üben kam und die schwarze Pappröhre wirklich nur alle ein, zwei Wochen mal hier unten im Probenraum für eine halbe Stunde öffnete.

»Üben … kein Mensch muss üben!«, hatte Fuhs begeistert abgewunken. »Man muss es haben, und dann hat man's, und basta. Was aus einem selbst kommt, braucht man nicht zu üben.« Er hatte sich an Lily gewandt, die ihm fasziniert zuhörte: »Oder übst du Niesen, Schatz?«

Lily hatte die großen Augen aufgerissen und Fuhs mit einem Blick bedacht, für den andere Männer gemordet hätten oder sich nackt ausgezogen, und mit ihrer etwas kehligen, klagenden Stimme geantwortet: »Wenn du es willst, Julian …«

Im Gelächter der anderen Musiker war jeder weitere Widerspruch von Sándor untergegangen, und dabei blieb es: Er konnte kommen und gehen, wann er wollte, und mitspielen. Für einen, der im Leben nach allem griff, was er haben wollte, war dieses bedingungslose Geschenk des »Amerikaners« eine unerwartete Geste; ein Angebot, das ihn geradezu verlegen machte, wenn Verlegenheit in seinem rau gerüpelten Wortschatz noch vorgekommen wäre.

Dass sie sich überhaupt kennengelernt hatten, war reiner Zufall gewesen. 1925 hatte es im Westhafen eine Reihe von Morden gegeben, die Sándor – dessen erster großer Fall es damals gewesen war – und seinen Chef Gennat auf Trab gehalten hatten. In Überseekoffern und verplombten Kisten hatten sie mumifizierte, teilweise skelettierte Tote gefunden, unbekannte, entstellte Männer, die, so hatte es jedenfalls zunächst ausgesehen, wochenlang in ihren Sarkophagen die Ozeane überquert hatten, bevor sie in Berlin-Moabit an der Beusselbrücke in den bauchigen Lagerhäusern auf dem Hafengelände gelandet waren. Auf der Suche nach Hinweisen hatten sie ein ganzes Lager mit Diebesgut entdeckt; Hehlerware, die zum Teil vor Jahren schon beiseitegeschafft worden war und mit der man wie aus einem versteckten Kaufhaus vom Westhafen aus die halbe Stadt beliefert hatte. Ganze Luxusautomobile, palettenweise französischer Champagner, der nie in Amerika angekommen war, und umgekehrt tonnenweise Lieferungen aus den Staaten, die unterwegs verschwanden und ihre Adressaten auch hier in Berlin nie erreicht hatten. Sándor war sich vorgekommen wie der Weihnachtsmann, als er da tagelang in diesen Kathedralen von Lagerhallen über die wertvollen Gegenstände wachte, während alle, die in den letzten Jahren Lieferungen aus den Staaten als verloren angezeigt hatten, durch die vollgestopften Gänge wandelten und ihre verschwundenen Wertgegenstände aufstöberten und identifizierten. Alle bekamen unerwartete, verloren geglaubte Geschenke – außer ihm selbst. 28 Jahre war er damals jung gewesen, und die meisten dieser teuren Dinge hatte er im ganzen Leben noch nicht gesehen. In einem unbeobachteten Augenblick hatte auch er sich zwischen den Regalen herumgetrieben und gesichtet, was es dort abzustauben gab. Der langweilige Aufpasserjob musste doch, verdammt noch mal, irgendeinen kleinen Nutzen für ihn haben? In einer verplombten Holzkiste, deren Deckel die Jungs vom polizeilichen Ermittlungsdienst aufgebrochen hatten, war das Equipment einer ganzen Jazzband gewesen – erlesenste Musikinstrumente in einer Qualität, wie Sándor ihnen in seinem lausigen Weddinger Schalmeienorchester nie begegnet war. In einem schmalen Futteral, das mit blauem Samt ausgeschlagen war, lag die schönste Klarinette der Welt, ein kurzes, kraftstrotzendes Stück Holz, dessen Klappen verlockend in dem schrägen Sonnenlicht glänzten, das seitlich durch die Dachluken des Lagerhauses einfiel. Sándor Lehmann sah sich um. Johnny Dodds, Artie Shaw, Sidney Bechet: Solche Männer spielten auf einem Instrument wie diesem. Das Ding war purer Sex. Er würde einer solchen Klarinette nie mehr näher kommen als jetzt, in dieser einen unbeobachteten Minute. Schnell klappte er das Futteral wieder zu, legte es vor der Kiste auf den Boden und schob es mit der Schuhspitze unter die Palette, auf der die Überseekiste stand. Dorthin konnte das Ding auch zufällig gerutscht sein, und wenn der Besitzer sein Hab und

Gut abgeholt hätte – falls es überhaupt einen Besitzer gab; manche Güter blieben einfach hier, weil die Eigentümer selbst Kriminelle waren oder tot oder längst weitergezogen –, wenn die Kiste abgeholt würde, könnte er in Ruhe zurückkommen und die Klarinette holen. Sándor sah sich noch mal um; hatte es ein Geräusch gegeben zwischen den Regalen? Nein. Niemand war da. Er ging. Er ging vielleicht zehn Meter weit, dann blieb er stehen. Noch verlockender als der Wunsch, dieses Wunderinstrument zu besitzen, war die Vorstellung, darauf zu spielen. Er sah sich noch einmal um und ging zurück, angelte die Klarinettenschatulle unter der Palette hervor und klappte das schwarze Etui erneut auf. Das schwarze Holz war kühl von der Kälte des Lagerhauses; das Mundstück war etwas trocken, aber die Klappen öffneten und schlossen sich mit einem sanften Ticken und reibungslos. Sándor führte das Instrument an die Lippen und hauchte hinein, ein langer, sanfter Ton, an den er einen meckernden Schnörkel hängte, wie um gegen die Stille des Lagerhauses zu protestieren. Ein kleiner Schlenker, schon spielte er ein simples Thema, dreimal, viermal variiert, das in ein kurios purzelndes Solo mündete. Sándor war hingerissen und vergaß den Ort und seine Rolle hier im Lagerhaus; er war der Mann mit der Klarinette, sonst gar nichts. Er spielte, spielte nach langen Jahren mal wieder, erkundete mit den Tönen seine eigene Erinnerung, das Echo der gewölbten Hallendecke ließ die Klarinette jubeln und zwitschern, und spielte – und als er das Instrument absetzte mit sirrenden Lippen und ohne Atem, hatte er Tränen in den Augen.

Jemand applaudierte. Ein einsames, entschlossenes Klatschen hinter einer der Kisten. Sándor Lehmann fuhr zusammen. Da stand ein Mann im Smoking, ganz unverkennbar ein Musiker, ein Typ mit einem verschmitzten Gesicht und einer kuriosen runden Hornbrille, und klatschte.

»Gestatten – Julian Fuhs. Ich wollte meine Instrumente abholen; vor zwei Jahren ist all das Blech und Holz auf dem Weg von Chicago hierher irgendwo über Bord gegangen … Ich habe längst neue gekauft, aber man hängt ja doch an den alten Schätzchen. Schön, dass Sie so gut darauf aufgepasst haben, junger Mann.« Er kam näher und streckte die Hand aus, eine entschlossene, weiß behandschuhte Rechte.

»Was Sie da gerade mit meiner Klarinette gemacht haben, das war … ungewöhnlich. Wenn Sie übermorgen Nachmittag in meiner Jazzband vorspielen, dürfen Sie das Instrument als Dankeschön behalten. Als Dankeschön fürs Wiederfinden … und für drei Minuten eines ganz außergewöhnlichen Musikerlebnisses.«

So fing das an, so kam eins zum anderen. Zwei Tage später war er in der Nürnberger Straße und lernte Julian Fuhs und die anderen kennen; den Schlagzeuger Hersdorf, Lewitsch mit seiner Geige; Curtz und die übrigen Blechbläser. Die wechselnden Sängerinnen, gelegentliche Gitarristen, einen Bassisten. Echte Berliner Musiker, mit denen er als Bulle sonst wenig zu tun hatte.

Seitdem hatte Sándor Lehmann immer wieder mal mit der »Follies Band« auf der Bühne gestanden, stets nur kurz für ein atemloses, nie wiederholtes oder auswendig gelerntes Solo bei einem oder zwei der Stücke – und Fuhs hatte auf Lehmanns ausdrücklichen Wunsch auf der Bühne nie den Namen des Musikers genannt und auch wohlwollend akzeptiert, dass Sándor sein ziemlich unverkennbares Gesicht hinter einem falschen Schnurrbart versteckte, der rot und so monströs groß war, dass er beim Spielen aufpassen musste, das struppige Ding nicht zwischen die filigranen Silberklappen der Klarinette zu bekommen. Die anderen Musiker kannten ihn nur beim Vornamen; Julian, der Fuchs, hatte beim Vorstellen einen klangvollen ungarischen Nachnamen hinzugedichtet, der so viele ö und j enthielt, dass die Jungs sich gar nicht erst die Mühe machten, ihn auswendig zu lernen. Der Bursche spielte Klarinette und machte ihnen ihren Job nicht streitig, das war alles, was sie wissen wollten in einer Zeit, in der es viel zu wenig Arbeit für viel zu viele Musiker gab. Der Tonfilm hatte in den Lichtspieltheatern die Orchestergräben geleert; das aufkommende Radio stand im Verdacht, nun den Schallplattenorchestern den Garaus zu machen. Arbeitslosigkeit grassierte, man unterbot sich bei den Gagen – wer da bei einem großen Namen wie Julian Fuhs engagiert war, konnte sich glücklich schätzen. Und solange keine anderen Anwärter da waren, gab es auch keine Probleme.

Heute hatten die »Follies« – oder, wie Sándor die schweigsamen, aber keineswegs abstinenten Jazzhelden gern nannte, die »Vollis« – einen kleinen Auftritt in der eleganten Femina vor sich; deshalb fand die Probe gleich in voller Abendgarderobe statt. Die Bar auf der anderen Straßenseite gehörte praktischerweise Julians Mutter Hertha, die oben hinterm Tresen döste, und die »Follies« waren wie zu Hause hier. Julian Fuhs hielt sich auch gar nicht erst mit großen Begrüßungsfloskeln auf, als er die Stiege herabgestiegen war, sondern sagte nur lächelnd: »Ten Cents, Gentlemen« und schnippte den Takt mit den Fingern vor. Die Gentlemen hatten nur teilweise ihre Instrumente aus den Koffern geholt; zwei Blechbläser – Wilbur Curtz, gesucht und gebucht, gab sich mal wieder bei Julian die Ehre – schoben noch ein spektakulär ramponiertes Klavier aus einer Wandnische in die Raummitte, aber der Bassist war schon bereit und zupfte aufreizend langsam einen trägen Basslauf, der Fuhs' Rhythmus glatt ignorierte und aus dem Foxtrott mehr Trott als Fox machte. Jetzt raschelte das Becken sein Messingflüstern über das dunkle Summen, das Tomtom nahm den Takt auf, beschleunigte ihn. Sándor hatte die Klarinette in der Hand, aber sein Solo war noch weit entfernt, und die Herren des Blechs inspizierten noch ihre Instrumente, als sähen sie die glänzenden Tuben und Klappen das allererste Mal.

Da mischte sich plötzlich ein ganz anderer Takt in die aufblühende Jazzmusik: leichte Schritte auf der hölzernen Stiege. In der von oben beleuchteten Luke wurden zwei Frauenbeine sichtbar, ein enges silbrig weißes Etuikleid, dessen Trägerin langsam herunterkam zu der staunenden Combo. Nein, das war nicht Lily Löwenthal, denn Lily konnte nicht singen, und die Frauenstimme, die jetzt von der Treppe aus zu hören war, klang samtig, dunkel und von einer fast schläfrigen Nachlässigkeit.

»I work at the Palace Ballroom ... I'm much too tired to sleep« – es waren die ersten Zeilen des von Julian Fuhs angespielten Richard-Rodgers-Songs *Ten Cents a Dance*.

Sándor Lehmann hatte die Klarinette sinken lassen und sich mit seinem breiten Rücken an eins der hölzernen Bierfässer gelehnt, um den Auftritt der jungen Dame in Ruhe beobachten zu können. Nach einer Ten-Cents-, einer Groschentänzerin also sah die Kleine wahrhaftig nicht aus, auch wenn sie das laszive Animierliedchen mit einer mustergültigen Koketterie zu Gehör brachte. Nein, diese hier hatte Klasse; jedenfalls weit mehr als die Sängerinnen, die Fuhs sonst üblicherweise in den Keller schleppte. »Soll ich dir mal meine Bierfässer-Sammlung zeigen?«, so juxten die Männer sonst über Julians unbeholfene Versuche, der Jazzkapelle für den einen oder anderen Song eine Sängerin zu verschaffen. Und zugegeben, die stimmlichen Qualitäten waren nicht das wichtigste von Fuhs' Auswahlkriterien – auch Lily war als Sängerin eine Katastrophe gewesen und schien vom Bandleader nun trotzdem fürs ganze Leben angeheuert zu werden ... für alles außer fürs Singen. Doch die Frau auf der Stiege hatte beides, eine Stimme für den Jazz und eine Ausstrahlung, die den stickigen Keller für Sándor augenblicklich zur Gebärmutter einer Weltklassekapelle machte.

»All that you need is a ticket«, lockte die fremde Sängerin und sah ihn, den Größten hier unten, herausfordernd an, »come on, big boy, ten cents a dance.«

Der Bassist, der Schlagzeuger Charlie Hersdorf und auch Julian Fuhs selbst, der die letzten Takte noch mit ein paar synkopischen Klavierakkorden ausgetupft hatte, ließen den Song ausklingen, ohne den gaffenden Bläsern einen Einsatz zu geben. In das atemlose Schweigen hinein kramte Sándor in der Hosentasche nach einem Groschen und legte ihn stumm neben die Sängerin auf ein Fass. Die Frau schien aus dem Lied aufzutauchen wie aus einem Mittagsschlummer, drehte den Blick, ohne auf den Groschen zu sehen, zu Sándor, schaute ihm belustigt in die Augen und sagte mit einer frechen Mädchenstimme, die mit dem gesungenen Timbre keine Ähnlichkeit hatte: »Ein einziger Groschen? So billig kommen Sie normalerweise davon? Julian, was für einen Hungerlohn zahlst du deinem Klarinettisten? Sieh mal, wie sein Smoking sitzt ... er sieht aus wie ein Schupo!«

Julian Fuhs ging auf den hellsichtigen Affront nicht ein; er lächelte selig in die Runde, machte eine knappe Geste mit der rechten Hand und stellte vor: »Jungs, unsere neue Sängerin – Bella, die Jungs. Sei nett zu ihnen, sie hatten eine schwere Kindheit.«

FEMINA

Die Luft vor der Bar war gefüllt mit allen Gerüchen des Großstadtfrühlings. Die Platanen waren über Nacht grün geworden, die Autos rochen nach Benzin und Schmieröl – ein wunderbarer Duft. Die Frauen auf dem Gehweg trugen die Parfüms der Saison, und Sándor Lehmann wurde schwindelig von all dem »Soir de Paris«, das Chanels Wunderparfümeur Ernest Beaux vorletztes Jahr für Bourjois kreiert hatte und das dem Berlin von 1930 seinen eigenen, unpariserischen Verführungsduft zu geben schien. Abend in Berlin; schwere Regentropfen punkteten das Trottoir unter den Gaslaternen schwarz, und die ganze Nürnberger Straße wurde überstrahlt von dem gleißend hellen Entree der Femina, wo jetzt im Zehnsekundentakt die Limousinen stoppten und elegante Paare aus den chromleistenverzierten Fahrzeugtüren stiegen.

Die Femina – das war der magische Anziehungspunkt für Hunderte von Nachtschwärmern, für jeden vergnügungssuchenden Berliner und die Gäste der Stadt. Bielenberg und Moser hatten mit der Architektur des Tanzpalastes ihr Europahaus noch weit übertroffen, und der gestrenge Raumkünstler Michael Rachlis, der unter dieser Kathedrale nächtlichen Vergnügens ein karges, arrogant sachliches Grand Café inszeniert und möbliert hatte, hatte sich einen Teufel um die populäre Gier nach Schwulst geschert und diese Vorhölle zum Paradies ganz und gar dem Auftritt ihrer Besucher selbst untergeordnet, die nicht überstrahlt werden sollten, sondern eingebettet in ein Understatement aus Holz, Stein und Stahl.

Sándor steckte die Hände in die Hosentaschen – er war, wie er so seelenruhig am Straßenrand stand und den triumphalen Auftakt des Konzertabends begutachtete, eine lässige und elegante Erscheinung zugleich; die perfekte Mischung aus Flegel und Gentleman, wie er selbst wusste – und überquerte die Straße im gemäßigten Tempo des Flaneurs. Julian Fuhs und seine Combo hatten schon wegen der Musikinstrumente den Künstlereingang zu benutzen; er selbst bevorzugte den von zweitausend elektrischen Glühbirnen erhellten Haupteingang. Doch der livrierte Türsteher, der eben noch einem pummeligen Frackträger – von seiner weiblichen Begleitung um anderthalb Köpfe überragt und sicher doppelt so alt wie sie – die Schwingtür aufgehalten hatte, schob sich breitschultrig zwischen das blank gewienerte Messingportal und Sándor. »Entschuldigen der Herr, bis 22 Uhr ist im Ballsaal Paartanz; ohne Begleitung können Sie heute nur die Bar am Nebeneingang ...« – und Sándor blieb, ohne die Hände aus den Taschen zu nehmen, vor dem Mann stehen und stieß nur ein knappes, raues »Paartanz?« hervor.

Der Türsteher blickte mürrisch auf, erkannte Lehmann dann aber offenbar und riss mit einer gestammelten Entschuldigung eilig die Vier-Meter-Tür auf.

Sándor atmete ungeduldig aus. Er kannte den Burschen; er kannte überhaupt Hunderte Menschen wie Fritz Hallstein, den kleinen Schmuckhehler, der tagsüber den Taschendieben die Ketten und Uhren abkaufte, die sie abends hier und anderswo mitgehen ließen. Für die Femina war der Mann eigentlich eine Katastrophe, und der Femina-Besitzer Liemann hätte sich für einen diesbezüglichen Tipp zweifellos erkenntlich gezeigt. Lehmann hatte dieses Erkenntlichzeigen bisher jedoch noch nicht in Anspruch nehmen wollen, also ließ er Hallstein, den er irgendwann mal in flagranti erwischt hatte, ein paar Jahre zappeln und sich selbst unterdessen eilfertig die Tür aufhalten.

»Wer ist oben?«, fragte er Hallstein, ohne den gescheiterten früheren Preisboxer eines Blickes zu würdigen, und der Mann beeilte sich, all die Namen der Filmsternchen, mächtigen Männer und dubiosen Adeligen herunterzuhaspeln, die heute Abend schon das Grand Café durchquert hatten und jetzt oben im Ballsaal ihre Cocktails schlürften. Sándor kommentierte die Aufzählung nicht, schlenderte hinüber ins Café und genehmigte sich im perlenden Klang einer gläsernen Harfe einen Mokka und einen klirrend kalten grünen Escorial.

»Schupo« hatte Bella, die neue Sängerin, ihn genannt, schon allein dafür würde er Hallstein, der nichts dafür konnte, gern in den Arsch treten – einfach, um überhaupt irgendwem in den Arsch zu treten. Sah man ihm den Bullen wirklich so sehr an? Manchmal erwischte Sándor sich dabei, wie er morgens unverwandt nackt vor dem Spiegel in der Kleiderschranktür stehen blieb und diesem Kerl, diesem Sándor Lehmann in der ovalen Scherbe auf der Türrückseite, in die zerknautschte Fresse starrte. Sah der Typ wie ein Bulle aus? Und wenn ja, was hätte er daran ändern können? Irgendwer hatte ihn in dieses Leben geschubst, es hatte wenig zu wählen gegeben, und was er wählen konnte, das wählte er mit weit offenen Armen.

Der Abend nahm Fahrt auf. Die Herren Eintänzer wuselten um den Tresen herum und knurrten sich halblaut kleine Frechheiten zu. Sándor verzog ironisch das Gesicht. Das Gros dieser eitlen Fatzkes fassten die Frauen oben im Saal wirklich nur für das Kopfgeld an, das sie vom Management pro Tanz kassierten; jeder von ihnen war ein begnadeter Selbstdarsteller und modisch wie aus dem Ei gepellt. Haargel, aufgezwirbelte Schnurrbärte, gestärkte Hemdkragen: Während draußen die Straßen voller Lumpen waren, voller Hunger und Gewalt, wurde hier drin noch die Illusion männlicher Schönheit aufrechterhalten. Dabei waren einige dieser Burschen ausgemachte Halunken; mehr als einen von ihnen hatte er selbst schon an den Eiern gehabt, die geklauten Uhren und Ringe aus ihnen herausgeschüttelt für eine Information, für eine Indiskretion, eine Handvoll Bares. Deshalb machten die Brüder jetzt auch einen Bogen um ihn; er war, solange er mit seinem eigenen, schnurrbartlosen Gesicht auftauchte, zu bekannt in der Femina, um als Opfer eines Taschendiebstahls oder eines kleinen Trickbetruges infrage zu kommen. Sexuelle Avancen machte ihm von diesen Burschen auch keiner. Mit Bullen bumst man nicht: Das war vielleicht eine sehr kategorische Haltung, aber Sándor war es ganz recht so.

Von seiner zweiten Existenz oben im Scheinwerferlicht hatte keiner der Eintänzer eine Ahnung. Verrückt genug, dass die ganze Bande sich von dem albernen roten Bühnenschnurrbart so blenden ließ und er nie mit dem Jazzklarinettisten in Julian Fuhs' »Follies Band« in Zusammenhang gebracht wurde; allerdings hatte er selbst schon die Erfahrung gemacht, dass es Menschen gab, die mit jedem Haarschnitt und unter beliebigen Maskierungen doch immer nur als sie selbst erkennbar waren, während andere schon mit einem blauen Auge und erst recht mit einem falschen Schnurrbart sogar von ihrem eigenen Spiegelbild nicht mehr gegrüßt wurden. Er war so ein Glückspilz. Seine Visage war derart markant, dass man sie mit nichts und niemand anderem verwechseln zu können glaubte – und doch reichte eine kleine Unterbrechung dieses expressiven Looks, um unsichtbar zu werden. Es war frappierend und riskant, aber es funktionierte. Und Unsichtbarkeit war die beste Voraussetzung für das Doppelleben, das er nun schon eine Weile führte.

Die Rohrpost und die Tischtelefone hatten den Betrieb aufgenommen; Rasseln und Rauschen mischten sich unter das Stimmengewirr und die Harfenmusik. Ohne diese technischen Sensationen konnte man heutzutage kein Vergnügungslokal mehr betreiben; das Resi – das Ballhaus im Residenz-Casino in der Blumenstraße 10 – gab den Takt vor, in dem in Berlin die Unterhaltungstechnik ihre Triumphe feierte, und alle ahmten nach, was im

Resi die Massen begeisterte. 20.000 Glühbirnen illuminierten dort die endlos langen Festsäle; 1927 hatte das Resi die Tischtelefone eingeführt; heute konnte außerdem mit Lichtsignalen die Gemütsverfassung des werten Saalgastes signalisiert werden: War man sich selbst genug (blau), oder sehnte man sich nach Gesellschaft (rot)?

»Der Herr drüben an Tisch 26, hat der Interesse, oder ist er blau?«

Letztes Jahr, 1929, hatte das Resi die Saalrohrpost in Betrieb genommen; ein technisches Wunder auch dies. Die Femina hatte auf den letzten Metern noch versucht, den Konkurrenten zu überflügeln, und bei Mix & Genest ebenfalls 16 Stationen bestellt, aber das Resi war wie immer schneller gewesen. Doch auch die 16 Stationen in der Femina sorgten bei den Nutzern für Begeisterung. Ein Bastkörbchen mit Pralinen für Tisch 12, ein Photomaton-Porträt des eigenen Konterfeis als bildhafte Bewerbung bei der kühlen Schönheit von Tisch 4: Die Rohrpost war ein Heidenspaß.

Sándor schüttelte den Kopf. Warum sollte man ein Foto von sich durch die Rohrpost jagen, wenn man selbst die paar Schritte zum Tisch der Dame gehen und sein Anliegen kurzerhand vortragen konnte? Er selbst brauchte solche Spielereien nicht, und die Damen, die er hier in der Femina oder auf all den anderen Stationen seiner meist auf die neuen, westlichen Vergnügungsviertel konzentrierten nächtlichen Streifzüge kennenlernte, wollten auch lieber von seinen geübten Händen berührt, von seinem trockenen, warmen Atem gestreift werden als von einem Stück Blechrohr.

Er sah sich um. Ja, verdammt, es gab erbärmlichere Ecken in dieser unglaublich großen Stadt. Irgendwo schickten Mütter ihre kleinen Töchter auf den Strich, irgendwo verhungerte ein Veteran aus dem Franzosenkrieg in einer fensterlosen Dachkammer, und irgendwo salutierten stramme junge Männer vor Befehlshabern, die schon jetzt kein Reichspräsident und keine Reichstagswahl mehr dauerhaft an ihrem fanatischen Machtstreben hindern konnten. War das wichtig für ihn? Er war froh, kein Kommunist zu sein, weil denen die Zähne eingeschlagen wurden. Und ob die Juden sich noch lange mit ihrer zur Schau getragenen Ehrbarkeit gegen all die Anschuldigungen würden behaupten können, musste sich erst noch zeigen. Aber er selbst, Sándor Lehmann, Nicht-kommunist, Nichtjude, er war da, wo er hingehörte, und solange er sich in die Politik nicht einmischte und jeden Morgen eine frische Unterhose anzog, konnte er alles tun, wonach ihm gerade der Sinn stand.

Sándor ließ noch einmal den Blick über die angeregte Menschenmenge und das erfreulich minimalistische Rückendekolleté der Harfinistin gleiten, schob das leere Escorialglas mit einem knappen Schwung über den polierten Steintresen und verschwand dann unbemerkt in einem Personaleingang, der neben den Toilettentüren zu den Künstlergarderoben führte.

Eine halbe Stunde später waren sie auf der Bühne. Der schmalzige Jargonsänger im Erdgeschoss und die kurzen Revueeinlagen hatten das Publikum in eine fiebernde Vorfreude versetzt; jetzt wollte man tanzen. Julian Fuhs ließ sich nicht bitten und eröffnete den Set gleich mit einem feurigen »Black Bottom« – dem Modetanz der letzten Saison, der mit seinem stampfenden Rhythmus und dem anzüglichen Aneinanderstoßen der Hinterteile, dem »Bump«, sogar dem Charleston den Rang abgelaufen hatte und auch ein paar Jahre nach seiner Erfindung in Harlem noch die Berliner Tanzwütigen elektrisierte. Es folgten zwei, drei andere Up-Tempo-Nummern, die die Tanzfläche füllten und die Raumtemperatur fühlbar anhoben.

Als Fuhs eine ausgelassene halbe Stunde später das Tempo langsam herunterfuhr, ging mit einem fauchenden Klatschgeräusch der fette Suchscheinwerfer an, und der Lichtmeister dämpfte die

Deckenbeleuchtung im Tanzsaal der Femina. Arno Lewitsch, der Geigenspieler, und Sándor standen allein im Scheinwerferkegel. Eine Geige in einer Hot-Jazz-Kapelle: Das war auch eins der amerikanischen Souvenirs, die Julian geschickt in sein Showprogramm hineinbastelte. Eine Violine stand für Gefühl, für Sentimentalität, und der Kontrast zum beschwingt grummelnden Bass und den schmetternden Fanfaren der drei Saxofonisten war beträchtlich. »You're the only one for me, I'm lost without you«: Was als sehnsuchtsvoll schunkelnder Foxtrott begonnen hatte, schmolz weg zu einer sentimentalen Ballade, bei der die Paare auf der Tanzfläche im plötzlichen Dunkel näher zusammenrückten und Lewitschs Geige und seine eigene Klarinette sich in einer intimen Zwiesprache aneinanderschmiegten. Das war heikel; Schiebertänze waren in den meisten Etablissements verboten, und die Sitte war das Letzte, womit die von behördlichen Auflagen und gesetzlichen Einschränkungen sowieso schon gebeutelten Tanzsaalbesitzer zu tun bekommen wollten. Trotzdem – das Publikum wollte Knutschpausen, wenigstens zwei, drei schwelgerische Minuten, bevor der Schlagzeuger und das Blechbläsertrio das Tempo wieder anzogen und die Scheinwerfer die Tanzfläche bis in den letzten Winkel ausleuchteten.

Arno ließ es sich nicht nehmen, noch ein bisschen Schattenspiel zu machen und die Rundungen der Violine zusammen mit seiner eigenen, frackbeschoßten Silhouette im Schlagschatten des Lichtkegels zu einer aufreizenden Frauenfigur zu komponieren, die dem mit sich selbst beschäftigten Publikum wie immer entging. Schließlich öffnete die elektrisch betriebene Hydraulik geräuschlos das gewaltige Schiebedach, das den ganzen Ballsaal überspannte, und unter den Begeisterungsseufzern der Tanzenden wurde der Himmel sichtbar, der zwischen den abziehenden Regenwolken von einer Unzahl von Sternen perforiert war.

Sándor schloss die Lider und überließ die Klarinette ihrem eigenen trudelnden Flug, und als er die Augen wieder aufschlug, begegnete er dem Blick von Bella, die seitlich neben der Bühne auf ihren eigenen Einsatz wartete und in diesem Moment jeden Spott und jede Distanziertheit verloren hatte und ihn nur lange und mit fast traurigen Augen ansah.

Hinter Bella zündete im Publikum jemand eine Zigarette an in einer kurzen silbernen Zigarettenspitze, und die Zündhölzer beleuchteten ein ungerührtes, jungenhaftes Gesicht, eine pausbäckige Visage, die Sándor Lehmann den Schweiß auf die Schläfen trieb. Der Mann hinter Bella war ihm nicht unbekannt – und es war keiner der Kleinkriminellen und Hehler, über die er hier in der westlichen Stadthälfte mit intrigantem Geschick regierte. Der Mann war Belfort, Kriminalkommissar wie er selbst, ein neuer Kollege in derselben Abteilung, als Aufpasser oder Konkurrent abgestellt von ganz oben. Von oben – oder von noch weiter oben. Sándors Solo schmierte irritiert ab, aber Belfort hatten die Töne des Musikers mit dem gigantischen roten Schnurrbart sowieso nicht erreicht; er schien aus einem anderen Grund hier zu sein, als Musik und Tanz zu genießen, er war vielleicht auf der Jagd, ermittelte. Bandmusiker hatte er dabei offenbar nicht im Visier, und Sándor war froh, dass es so war.

Bella schien Lehmanns Blick gefolgt zu sein und hatte ebenfalls einen – allerdings gelangweilten – Blick auf Belfort geworfen, und während die Saxofonisten Sándors Rückkehr zum Thema des Songs aufnahmen und der Schlagzeuger das Tempo mit scheppernden Schlägen wieder antrieb, drehte sich Bella plötzlich um und strebte dem Ausgang zu. Auf der Tanzfläche setzte Bewegung ein; die innigen Pärchen wurden von Neuankömmlingen angerempelt, der Foxtrott nahm Fahrt auf, die Saalbeleuchtung flackerte wieder auf, und Julian schnippte mit den Fingern. »I'm lost without you«, skandierten die Saxofonisten im Wechsel mit ihren Instrumenten im Chor, »I'm lost without you«. Und auch Belfort wandte den Blick von der Tanzfläche und folgte Bella zur Treppe.

Sándor beerdigte das Solo mit einem etwas hastigen, schrillen Schnörkel, drückte sich im Off an dem erstaunt kopfschüttelnden Julian vorbei, durchquerte die Künstlergarderobe, griff sich seinen Mantel und folgte Bella und Belfort, ohne recht zu wissen, wohin und wozu.

GAS

Sándor Lehmann verließ den Ballsaal über die große Treppe. Sein eigener blonder, von ein paar grauen Flimmern durchzogener Lockenkopf auf dem kantigen Schädel überragte die Menge der treppauf strömenden Gäste. Noch immer drängte das Abendpublikum hinauf, in Tanzstimmung gebracht von den subtil angestrahlten Wandverkleidungen, dem Glas Champagner im Foyer, dem schmeichelnden Gesäusel des berlinernden Pianospielers, der noch immer unten neben der Garderobe populäre Liebesschnulzen zum Besten gab, die Frauen umgarnte und angurrte. Lehmann wich den Entgegenkommenden nicht aus; er ging ruhig die Treppe hinunter, und die Menge umflutete ihn wie Wasser ein Neptundenkmal – nur dass dieser Neptun hier den falschen Schnurrbart ins Futteral zur Klarinette gestopft hatte, das in der Innentasche seines Mantels steckte. Ein paar Wichtigtuer rempelten ihn an, nahmen aber von einer Konfrontation Abstand, als sie dieselbe Treppenstufe wie Sándor erreicht hatten und beim Maßnehmen feststellten, dass sie den Kürzeren ziehen würden gegen den hoch aufgeschossenen Polizeibeamten.

Es war zu warm hier drin; das war Teil des Vergnügungskonzepts des Femina-Inhabers Heinrich Liemann. Wenn die Leute fröstelten, kam keine Stimmung auf; leichte Überhitzung erhöhte den Getränkeumsatz, machte leichtsinnig, lockerte die Krawatten und die Strumpfbänder. Liemann musste es wissen; er hatte das ruinöse Eden-Hotel wieder aufgemöbelt vor zwei Jahren; hatte die Cascade und die Rio Rita zu einem Erfolg gemacht und verhandelte angeblich eben über den Kauf des Münchner Hofbräu am Wittenbergplatz. Was Liemann machte, machte er richtig. Das Personal war anderer Meinung; man sprach von Hungerlöhnen, der dubiosen Herkunft von Fleisch, Schnaps und Barmädchen. Sándor Lehmann selbst hatte bei verschiedenen mehr oder weniger unangekündigten Besuchen sowohl das Fleisch als auch den Schnaps und die Barmädchen überprüft und – mit tatkräftiger Unterstützung von Heinrich Liemann selbst – allesamt sehr bekömmlich gefunden. Der Mann mochte ein mieser Boss sein und ein hinterlistiger Geschäftsmann, aber er wusste, was ankam. Bei jedem.

Draußen in der Nürnberger Straße war der Abend kühler geworden; Sándor drückte sich seitlich an der langen Hausfassade entlang, um von Belfort oder Bella nicht gleich gesehen zu werden. Er fingerte in der Sakkotasche nach einer Zigarette, steckte das Ding aber nicht an, um durch das Streichholzaufflammen nicht die Aufmerksamkeit auf sich zu lenken, sondern behielt die Muratti zwischen den trockenen, schmalen Lippen. Sowieso hatte er mit der Raucherei vor zwei Jahren aufgehört, weil das Klarinettespielen ohne sie besser ging; eigentlich schleppte er das Zigarettenetui nur noch aus Gewohnheit mit sich herum. Man musste ja nicht gleich eine Leibesvisitation machen, wenn man mit dem Rauchen aufhörte.

Trotz des Sternenhimmels war das Kopfsteinpflaster noch immer regenglänzend, und während die Säulen und Portale im Erdgeschoss hell angestrahlt waren, glänzten oberhalb die Stockwerk im nachtblauen Halbdunkel abweisend und unbelebt. Über dem Gebäude zeigte sich ein heller Schein, wo durch das sich nun langsam schließende Schiebedach noch letzte Fetzen an Licht, Musik und Stimmengewirr in die Nacht strömten. Sándor klappte den Sakkokragen hoch, ihn fröstelte. Er trat an die Bordsteinkante; ein vorbeirasendes Automobil hupte anhaltend und machte einen Schlenker; der Fahrer trat die Bremse durch – doch nicht seinetwegen. Unmittelbar hinter Sándor schlug der Körper eines korpulenten Mannes mit Smoking auf den Gehweg; ein sonderbares Geräusch aus dem Klatschen des massigen Körpers, dem Reißen textilen Gewebes und einem fast hölzernen Brechen von Knochen an Armen, Beinen, Kopf.

Sándor Lehmann fuhr herum, aber da kam noch ein weiterer Mann durch die Nacht herabgestürzt; ein älterer Kellner diesmal, gefolgt von einem Glasregen und zwei weiteren panisch verzerrten Körpern, von denen einer noch auf den Beinen landete, die nachgaben, unter ihm brachen. Während Lehmann fluchend rückwärts stolperte und auf der Straße mehrere Autos ineinanderfuhren, deren Fahrer die Todessprünge gesehen haben mussten, war der ganze Lärm der Nacht mit einem Mal wie abgerissen, und Lehmann, der im Krieg schon Massenpaniken erlebt hatte, wusste, was jetzt kommen würde. Aus der Stille wuchs ein Geräusch, ein atemloses, tiefes Fauchen wie aus dem Erdboden selbst. Und dieses Fauchen wurde lauter und lauter, ein gellendes Schreien, ein einziger Schrei, unterlegt von dem dumpfen Getrampel Hunderter Fußpaare – Menschen, die die Treppe heruntergestürzt kamen, herunterfielen, überrannt wurden, liegen blieben oder sich wieder aufrappelten und weiterliefen. Immer weiter, nur hinaus aus dem Inferno, das in wenigen Sekunden den Ballsaal der Femina in eine tödliche Falle verwandelt hatte.

GAS, jetzt endlich schoss Lehmann das verfluchte Wort durch den Kopf, Gas war dort oben ausgeströmt, hatte die Panik ausgelöst. Gas, das die heruntergesprungenen Männer wohl noch aus dem Weltkrieg gekannt und an dem unverwechselbaren Geruch nach bitteren Mandeln erkannt hatten, eine tückische Blausäure-Wolke, die jetzt aus den zersplitterten Buntglasfenstern im Treppenhaus quoll, sich ausbreitete, weiter tötete, wen sie auf der Treppe liegend vorfand oder in eine Ecke gedrängt, in die Irre gerannt.

Sándor transformierte den eigenen Schock in einen hässlichen, gepresst herausgeschrienen Fluch; er hastete zwischen den Limousinen herum, versuchte die Straße für Sanitäter und Polizei frei zu bekommen, Schaulustige mit Gebrüll und Faustschlägen zu verjagen. Mit dem aus der Manteltasche gerissenen Klarinettenfutteral schlug er wie mit einem Schlagstock auf Autodächer, stoppte mit herrischen Rufen Fahrzeuge für Krankentransporte, verfrachtete Hustende und Erbrechende in die Automobile. Auf dem Bürgersteig vor der Femina lagen Verletzte, vielleicht Sterbende, die sich von der Eingangstür aus dorthin geschleppt hatten, und immer wieder rannten Menschen mit angstverzerrten Gesichtern in den stockenden Verkehr. Sirenengeheul jaulte auf, mit Gebimmel raste die Feuerwehr heran, kam kaum vorwärts und machte sich schließlich viel zu schwerfällig daran, die große Drehleiter auszufahren.

Urplötzlich knallten Schüsse los; Schüsse, die die Menge erneut entsetzt aufschreien ließen, bis man sah, dass ein Mann in Zivil, doch mit der gebieterischen Pose des Uniformgewohnten in die Straßenmitte getreten war und mit einem großkalibrigen Revolver die Fenster im obersten Stockwerk des Gebäudes zerschoss, um dem giftigen Gas den Abzug in den trügerisch schönen Nachthimmel möglich zu machen. Es war Belfort, Lehmanns Kollege aus dem Polizeipräsidium am Alexanderplatz; Belfort, der mitten in dem Chaos einen kühlen Kopf bewahrte und das einzig Richtige tat, um weitere Opfer zu verhindern. Binnen weniger Sekunden setzte jetzt über das Treppenhaus eine Kaminwirkung ein, die das träge absinkende Gas hochwirbelte und tatsächlich zu den geborstenen Scheiben hinauszog, frische Luft hineinließ in die Todesfalle, die die Femina binnen weniger Augenblicke für viele geworden war.

Julian Fuhs hatte den Abend genossen, wie ein guter Koch ein Festessen genießt. Er nahm selbst nicht daran teil, sondern blieb Beobachter; er scharwenzelte nicht mit aufgestelltem Stehkragen um die versonnen blickenden Ballsaalschönheiten; schwadronierte nicht mit den anderen Kerlen an der Bar über seine Kriegserlebnisse – ohnehin hatte er ja die Kriegsjahre in den USA zugebracht und zu nennenswertem Heldentum keine Gelegenheit gehabt, wenn man das Überleben als Hungerkünstler in Chicago und New York nicht Heldentat nennen wollte. Nein, sein Posten war der hier oben am Bühnenrand, hinter sich die überwiegend reibungslos arbeitende Band, neben sich das makellos weiße Klavier, in dem sich Hunderte Glühbirnen und ein paar farbige Bühnenscheinwerfer zu einer Kaskade aus Licht mischten. Hier hatte er seinen Logenplatz, hoch über dem Treiben auf der Tanzfläche, und deshalb war er auch einer der Ersten, die die zischenden Rauchwolken bemerkten, wie sie mit großem Druck in unmittelbarer Bühnennähe in die Luft schossen. Erst dachte er an ein Feuer, dann sah er, wie die ersten Tänzer sich verzweifelt an die Gurgel griffen und zur Seite wankten, zusammenbrachen. Panik schwappte in einer rasend schnellen Welle durch den Saal, die durch die Warnrufe »Gas! Gas!« noch beschleunigt wurde. Eine Flucht über die von den fliehenden Massen geflutete Treppe war undenkbar; das Schiebedach war wieder zugefahren worden – diese Idioten, warum riss noch immer niemand den Hebel herum? –, aber man wäre sowieso nicht hinaufgekommen, um an die frische Luft zu klettern. Julian drehte sich von dem schrecklichen Schauspiel fort und schrie die Combo an, die wie er fassungslos auf das Geschehen gestarrt hatte:

»Männer, Gasalarm, alle runter von der Bühne, nach hinten, los, los, los!«

Zusammen polterten sie über die verschnörkelten Bühnenaufbauten und fallen gelassenen Instrumente und zwängten sich schließlich durch eine schmale Tür neben der rechten Treppe. In der Künstlergarderobe hinter der Bühne verstopften die Musiker jede Türritze mit ihren schillernden, in Streifen gerissenen Seidenwesten. Julian zählte durch; sie waren vollzählig – bis auf Sándor, der nach seinem letzten Solo im Saal verschwunden war. Minuten voller Angst vergingen; der Gasgeruch war auch hier drin überwältigend, und alle atmeten flach, um die Aufnahme des tödlichen Giftes wenn möglich zu minimieren. Nachdem ein Voraustrupp der Feuerwehr mit Gasmasken heraufgekommen war, das Saalverdeck geöffnet und mit den Ventilatoren der Klimaanlage die restliche giftige Luft vollends in den Berliner Abendhimmel expediert hatte, kamen die Musiker gerupft und erschüttert aus ihrem Versteck und stolperten fassungslos über die umgestürzten Restaurantmöbel und vereinzelte zusammengekrümmte Leichen hinunter auf die Straße.

Sándor Lehmann und Belfort hatten unten auf der Nürnberger Straße der massenhaft eingetroffenen Verstärkung die Versorgung der Opfer und die Aufräumarbeiten überlassen und standen nebeneinander vor dem wie zum Hohn noch immer einladend illuminierten Eingangsbereich der Femina. Lehmann war erschöpft und stank nach der Kotze der in die Autos geleiteten Verletzten; sein besudeltes weißes Hemd hing ihm aus der Hose. Belfort kramte wieder die silberne Zigarettenspitze aus der Jacke und zündete sich eine Zigarette an, ohne Sándor, dessen Muratti irgendwo zertreten auf der Fahrbahn lag, ebenfalls die rote York-Schachtel anzubieten. Er schaute versonnen an dem Tanzpalast hoch, die jugendlichen Pausbacken noch zusätzlich aufgeblasen durch den Zigarettenrauch, der jetzt in einem druckvollen Schwall in den Nachthimmel geblasen wurde. Belfort drehte den Kopf zu Sándor Lehmann, der wie betäubt dem Abzug der Krankenwagen nachsah.

»Was haben Sie denn hier gemacht, Lehmann? Noch gearbeitet?«

Sándor war nicht nach Reden zumute, er wies mit dem Kinn auf die Femina. Belfort lächelte ein deplatziert feines, fast dümmlich wirkendes Lächeln und fragte ironisch nach:

»Bisschen Negermusik angehört? Haben die Sie überhaupt reingelassen in diesem Aufzug?«

Sándor Lehmann drehte, als merkte er erst jetzt, dass jemand neben ihm sprach, den massigen Schädel mit der deformierten Nase zu Belfort hinüber, taxierte ihn ein paar Sekunden wortlos, wandte sich um und ging über die scherbenübersäten Gehwegplatten Richtung Norden zum Tauentzien.

FRÄULEIN WUNDER

Die Nacht war kurz gewesen, und Sándor hatte rasende Kopfschmerzen, als er wach wurde. Angewidert betrachtete er die ab-
gestreiften Kleidungsstücke auf dem Fußboden; er stand mit
einem Ächzen auf und beförderte die übel riechenden Reste seiner Abendgarderobe hinter die gusseiserne Klappe des schlichten
Kachelofens, der wie ein Grabmal in der Ecke des Wohnzimmers
stand, um sie später zu verbrennen.
In der Küche betrachtete er sein verquollenes Gesicht in einem
Rasierspiegel. Ungerecht, einen derartigen Kater zu haben, wenn
man nicht mal zum Saufen gekommen war. Wahrscheinlich hatte
das giftige Gas in den Klamotten der Fliehenden gehangen, und
er hatte ein paar ordentliche Atemzüge mitgenommen. Lehmann
gurgelte eine halbe Flasche Odol weg, wusch sich mit kaltem
Wasser, kramte schließlich im Vorratsschrank unter dem Küchenfenster nach einer Flasche Schnaps. Er verwarf den Gedanken
wieder und braute sich auf dem gekachelten Herd einen starken
Kaffee, der bitter schmeckte, bitter wie Bittermandeln. Sándor
nahm einen zweiten Schluck. Hatte er überhaupt schon mal Bittermandeln gegessen? Mandelpudding, das ja. Mit grünem Escorial. Er runzelte die Stirn, kniff die Augen zusammen und suchte
dann erneut unterm Küchenfenster nach dem Schnaps.

Der rote Ford A stand vermutlich noch da, wo er ihn gestern ge-
parkt hatte. Sándor fuhr notgedrungen mit dem Bus hin. Der
nächtliche Gewaltmarsch durch den Tiergarten rüber nach Moa-
bit zu seiner kühlen Hinterhofbude hatte seinen Kopf nicht klarer gemacht; und auch jetzt am Morgen, als der Bus die Spree
überquerte und die Bartningallee passierte, bekam er die Dinge
nicht zurechtgerückt. In dieser wild durcheinanderbrodelnden

Millionenstadt passierte alle paar Minuten irgendwo irgendwas, und Sándor Lehmann hatte in den letzten Jahren Dinge gesehen, die den Kriegserlebnissen nur in Wenigem nachstanden. Aber dennoch: All das Rauben und Morden, die Vergewaltigungen, Hehlereien, die ersäuften Kinder und die Brandstiftungen ergaben ein Muster, eine gewalttätige, dunkle Melodie, die er seit Jahren gut kannte und die – mit ständig wechselnden Soli und Tempi – sich doch immer ähnlich blieb. Er hatte, ausgestattet mit den Ohren des geübten Musikers, gelernt, genau hinzuhören, und oft hatte die wilde Musik ihn mit einer barbarischen, mitreißenden Lebensfreude erfüllt. In Berlin zu überleben, mittendrin zu stehen in diesem Inferno und den Überblick zu behalten, sogar zu profitieren: Das gab ihm ein verrücktes Gefühl von Überlegenheit. Es war seine Stadt, seine eigene verdammte Stadt, und er verstand, was hier passierte, das Schöne und das Beschissene. Er – und niemand sonst, den er kannte –, er allein hatte die Sache im Griff.

Was gestern Nacht in der Femina passiert war, war ganz anders gewesen. Nicht wegen der vielen Toten – sie waren beim ersten Zählen auf acht gekommen, aber die Zahl war unterdessen zweifellos gestiegen. Viele Tote gab es auch bei Hausbränden, bei Gasexplosionen oder wenn irgendein Verzweifelter mit seinem alten Sturmgewehr aus dem Krieg durchdrehte und in die Menge schoss. Oder bei den Straßenschlachten zwischen den Kommunisten und den Nazis, die immer wütender aufeinanderprallten. Beim »Blutmai« letztes Jahr, wo durch Polizeikugeln 33 Menschen getötet worden waren.

Nein, in der Femina hatte die Schellackplatte, von der die wilde Melodie der Gewalt dröhnte, einen Sprung bekommen. Sándor Lehmann zimmerte sich immer neue Erklärungen zurecht, wer hinter der Sache stecken mochte, wem der Angriff nutzen konnte, welche Rachegelüste oder Bereicherungsabsichten da verfolgt wurden. Nichts passte. Er konnte sich keinen Reim darauf machen, und das machte ihn stocksauer.

Auf dem Weg zum Alexanderplatz sah er die aufgerissenen Mäuler der Passanten, die sich all die aufregenden Gerüchte zuriefen, durch die beschlagenen Scheiben des Ford A. Der Anschlag auf die Femina war die Sensation des Tages; das war klar, und Lehmann steuerte den roten Wagen gleich über die hintere Rampe in die Tiefgarage unterm Präsidium, um gar nicht erst der Pressemeute in die Arme zu laufen, die zweifellos unten im Foyer rumlungerte.

Belfort, dessen rauchgeschwängertes Büro Sándor Lehmann am Ende eines überfüllten, mit grünem Linoleum ausgelegten Flures betrat, machte im Unterschied zu ihm selbst keinen sonderlich verkaterten Eindruck. Er telefonierte und bedeutete Sándor mit missbilligend wedelnder Hand, die Tür zu schließen.

»Kriminalpolizei, nicht die Außenstelle der ... wie bitte? Interessierte Öffentlichkeit? ... Die sollten froh sein, dass sie gestern Abend nicht dabei gewesen sind. ICH war es, verstehen Sie? ... Was?« Belfort schien nicht sehr erbaut zu sein von der Wissbegierde seines Gesprächspartners. Er brummte noch zwei-, dreimal ablehnend in die Muschel des schweren schwarzen Duroplast-Telefons und legte dann wortlos und scheppernd auf.

Lehmann merkte, dass die Kopfschmerzen zurückkamen, und kniff die Augen zusammen. Sein eigener Schreibtisch stand im angrenzenden Raum, der zu Belforts Räucherkammer keine Tür, sondern einen großen Wanddurchbruch hatte. Früher hatte er beide Räume für sich allein gehabt, bis der Chef ihm den unerwünschten Kollegen ins Vorzimmer gesetzt hatte; heute würde er die Ermittlungsarbeit in Sachen Femina unter Belforts Augen und Ohren machen müssen, und das erfüllte ihn mit einem Konkurrenzgefühl, das um ihn herumzusurren schien wie eine gottverdammte Schmeißfliege, nur kurz zu verscheuchen und hartnäckig.

Belfort schien schon eine Weile bei der Arbeit zu sein; an der Schiefertafel hinter dem Schreibtisch gab es Skizzen mit Pfeilen,

Namen und Kringeln, und alle paar Minuten kam von nebenan Fräulein Wunder hereingerannt, seine eigene Sekretärin, und reichte Belfort Zettel, Akten, braune Mappen mit Fotos, Listen, Protokollen.

»Hier sind die Rufnummern, die Adressen, alles, was Sie brauchen, Chef.«

»Chef?« Lehmann schnaubte das Wort der schlanken, brünetten Sekretärin entgegen, die sein Hereinkommen nicht bemerkt und den anderen, Belfort, mit diesem eigentlich für ihn selbst reservierten Begriff bedacht hatte.

»Ch…, oh, Chef, Sie sind's … Entschuldigung, ich hab Sie nicht kommen gehört, Chef, das war eben, das war wohl … Gewohnheit.«

Gewohnheit? Ja, in der Tat, Belfort machte den Eindruck, als hätte er sich schon sehr eingelebt in Lehmanns Jagdrevier. Der Aschenbecher quoll über, seine eigene Kaffeekanne stand auf Belforts Schreibtisch, und Sándors Sekretärin, Auguste Wunder, hatte der Neue also auch schon gekapert.

Obendrein schien die Arbeit erste Früchte zu tragen, denn noch während Sándor missmutig die Kaffeekanne hob, um herauszufinden, ob für ihn selbst noch etwas übrig war, klatschte Belfort eine der Mappen, die er überflogen hatte, auf den Schreibtisch und erhob sich.

»Ohne Ihre kleine Verlobungskrise stören zu wollen, Lehmann … ich fürchte fast, die Arbeit ruft. Also los, wir nehmen ein Automobil. Oder wollen Sie lieber mit dem Bus fahren, damit Ihnen unterwegs nicht schwindelig wird?«

Sándor Lehmann war eine Sekunde baff und unfähig, auf die freche Fußnote eine Antwort zu finden. Dann erinnerte er sich an eine Reaktion, die ihm auch sonst in vielen Lebenslagen gut geholfen hatte. Er machte zwei kleine Schritte auf Belfort zu und stellte sich mit seinen schweren schwarzen Budapestern dem anderen auf die Füße. Belfort schrie verblüfft auf, und Lehmann nickte wohlwollend und sagte zustimmend:

»Ja, nehmen wir ein Automobil. Vor einer Busfahrt müssten Sie sich wohl auch erst die Schuhe putzen. Fräulein Wunder, notieren Sie, was an Anrufen reinkommt, ja?«

Die Wunder hatte dem kleinen Kräftemessen der Männer zugesehen und salutierte jetzt verblüfft:

»Jawohl … Chef!«

GENNAT

Natürlich mussten Lehmann und Belfort vorher noch beim Dicken vorbei; ohne die Zustimmung von Ernst Gennat, dem schon lange nicht mehr ungekrönten Gott der Mordkommission, lief bei wichtigen Fällen noch immer gar nichts. Was für den Kollegen Sándor offenbar nur eine lästige Pflicht war, erfüllte Belfort mit einem stolzschwellenden Eifer. Selbstbewusst stolzierte er mit strammem Marschschritt neben Lehmann her, dem das Sohlenknallen in den gewienerten Gängen bei Weitem nicht so viel Spaß zu machen schien wie ihm.

Belfort hatte die Auseinandersetzung im Büro längst abgehakt und verkündete mit entschlossener Stimme seine Pläne: »Ich habe beim Chef telefonisch um die Benutzung des Mordbereitschaftswagens gebeten, der Chef wollte sich die Sache kurz berichten lassen, aber der Wagen steht schon unten und wartet.«

»Das Mordauto? War die Spurensicherung nicht die ganze Nacht vor Ort? Was wollen Sie denn mit dem Wagen vor der Femina? Bisschen auf die Kacke hauen, ja? Haben Sie ein unbefriedigtes Geltungsbedürfnis?«, stichelte Sándor.

Belfort schnaubte verächtlich. Für Lehmann schien Polizeiarbeit aus dem Paktieren mit Verdächtigen, dem Beschlagnahmen von Schnapslieferungen und dem Verbrüdern mit dem kriminellen Musiker- und Nachtklubgesindel zu bestehen; er selbst nahm seine Aufgabe ernst – und bediente sich dazu der neuesten technischen Methoden, die er bekommen konnte. Ernst Gennats Mordbereitschaftswagen gehörte zweifellos dazu. Spurensicherung hatte der »Dicke von der Mordkommission« zu einer Religion erklärt; kleinste Krümelchen, Fingerabdrücke und Kratzer mussten aufgespürt, vermessen und fotografiert werden. Alles, was man dazu brauchte, hatte das Mordauto – eine umgebaute, 50 PS starke

Mercedes-Limousine – an Bord. »Aufklappbare Stenotypistin, aufblasbares Kriminalbüro und ein Bordkühlschrank für die Leichenobduktion«, so lästerten sie in den anderen Inspektionen der Abteilung IV über »die A«, die Inspektion für Mord und Körperverletzungen – aber die drei Mordkommissionen hatten das imposante, sechssitzige Gefährt in regem Gebrauch, und die Aufklärungsrate für Morde war in den letzten Jahren deutlich über neunzig Prozent gestiegen. Gennat selbst arbeitete sich unbeirrt auf seinen 300. Mordfall zu, und natürlich war es für ihn, Belfort, als ehrgeizigen Neuling unabdingbar, den großen Meister endlich selbst kennenzulernen.

Sándor Lehmann, dessen Lebensgeister allmählich wieder erwachten, hatte den Kollegen auf dem Weg die Treppe hinunter überholt und eilte nun selbst im ersten Stock voraus. Gennats Büro lag am Ende eines langen Ganges, dessen an die zwanzig schmalen, hohen Fenster Richtung Westen gingen und so staubüberzogen waren, dass der Blick auf die Dircksenstraße mit der dahinterliegenden Stadtbahn erschwert war. Im Zweiminutentakt rumpelten draußen die Züge vorbei; Sándor erahnte im Vorbeigehen das Gedränge monströser schwarzer Dampflokomotiven mit den dunkelgrünen und dunkelblauen Waggons aus Moskau und Paris; lehmverkrusteter Güterzüge voller Backsteine oder Kies aus Rathenow oder der Uckermark und der S-Bahn mit den quietschenden, schlingernden, immer überfüllten Wagen. Die Signalpfiffe vom Bahnhof Alexanderplatz waren bis hierher zu hören, wenn nicht gerade wieder ein Zug vorbeidonnerte und das ganze Gebäude bis in die Fundamente erzittern ließ.

»Wie hält der Dicke es hier aus?«, brüllte Belfort gegen das Inferno an, aber da hatten sie schon das Gangende erreicht, und Lehmann hielt dem Kollegen mit einem ironischen Grinsen die Tür zu Gennats Vorzimmer auf. Belfort würde gleich selbst sehen, wie der Dicke es aushielt. Vielleicht erwartete er einen Brigadegeneral; er würde sich wundern.

Gertrud Steiner, Gennats Vorzimmerdame, schien gerade beim Chef drin zu sein, und so durchquerten die beiden Kommissare ohne Zögern die karg eingerichtete Schreibstube und standen einen Augenblick später in Gennats Allerheiligstem – einem Raum, der hier im nüchternen Bürobau am Alexanderplatz so ungewöhnlich war – der eigentlich überall auf der Welt als ungewöhnlich bezeichnet worden wäre –, dass Belfort einen erstaunten Ausruf nicht unterdrücken konnte.

»Du liebe Güte!«

An einem Schreibtisch, dessen Holzplatte unter der Last von Papieren, Behältern und Gegenständen aller Art kaum noch zu sehen war, saß oder besser: ruhte Ernst Gennat über einer mächtigen Kuchenplatte, und seine Sekretärin, Fräulein Steiner, hockte neben ihm auf der gepolsterten Armlehne eines überdimensionalen Bürosessels und hatte dem massigen Mann offenbar eben ein Stück Kuchen in den Mund geschoben.

Der Dicke vom Alexanderplatz – und jetzt konnte Belfort sehen, dass es sich um keinen Spitznamen handelte, sondern um eine schlichte Tatsachenbeschreibung, denn der Chef der Mordkommission mochte an die drei Zentner wiegen – schien von der unangekündigten Störung keineswegs in Verlegenheit gebracht zu sein, denn er drehte den Kopf mit belustigten, intelligenten Augen zu den beiden Eintretenden und begrüßte sie mit einem mit vollem Mund hervorgebrachten »Guten Morgen«.

Sándor Lehmann war schon Dutzende Male bei Gennat gewesen und hatte sich an das schlecht beleuchtete Kuriositätenkabinett gewöhnt, das der Mann hier bewohnte; für Belfort schien die wüste Sammlung aus Trophäen, wissenschaftlichen Versuchsanordnungen und Unmengen Papier ein echter Schock zu sein.

Auf Bretter geschraubte, zur Hälfte durchgesägte Handfeuerwaffen hingen hier an der Wand; säuberlich gerahmte Bilder brutal verstümmelter Leichen, akribisch handschriftlich kommentiert, und ein fleckiger und mit Notizen und Stecknadeleinstichen übersäter Pharus-Stadtplan gesellten sich dazu. Auf einem Regal stand – neben ein paar staubigen, fast leeren Likörflaschen – ein präparierter, echter Frauenkopf, von einem Mordopfer, mumifiziert und ausgestopft.

Gennat hatte Sándor nachlässig zugewinkt und den Neuling an seiner Seite einer kritischen Inaugenscheinnahme unterzogen. Er lächelte gutmütig; eine Mimik, die sein ganzes Gesicht in wellenförmige, ausufernde Ringfalten legte wie das Antlitz eines freundlichen Buddhas.

»Erstaunt, der Herr Kollege? Haben Sie noch nie den Arbeitsplatz eines Polizisten gesehen?«

Belfort stand bei der Stimme des Vorgesetzten unwillkürlich stramm und reckte die Nase in die Luft; Lehmann war sich nicht sicher, ob der Dicke mit solchen militärischen Ehrbezeugungen viel anfangen konnte.

»Natürlich, Chef. Unser eigenes Büro oben im Dritten kenne ich seit zwei Wochen, und im Stockwerk drüber war ich mal im Büro von Isi…, von Herrn Doktor Weiß.«

Gennats lächelndes Gesicht hatte sich einen Sekundenbruchteil verändert, eine besorgte Schattierung, die jetzt wieder abebbte, sich verlief. Isidor … das war der Spitzname des Vizepolizeipräsidenten Bernhard Weiß, allerdings ein Spitzname, den er nicht von Kollegen erhalten hatte und den die Kollegen auch nicht benutzten. Denn Bernhard Weiß – der unter einer ganzen Reihe von Polizeipräsidenten den Vize gegeben hatte und in den letzten, turbulenten Jahren mit Beharrlichkeit und Zielstrebigkeit die Kriminalpolizei erst zu dem aufgebaut hatte, was sie heute war –, Bernhard Weiß war Jude. Und Juden hatten es im Polizeidienst zunehmend schwer, dafür sorgten die Nationalsozialisten. Magnus

Heimannsberg, der Leiter der Schutzpolizei, war als »Juden-knecht« ständigen Anschuldigungen und Verhöhnungen durch den gerade wieder verbotenen *Angriff* und andere Propaganda-blätter der Nazis ausgesetzt – aber Bernhard Weiß war das vor-rangige Hassobjekt der journalistischen Schmierfinken im Gefolge von Joseph Goebbels. Heimannsbergs brave Schupos wurden zu Weiß'schen »Bernhardinern« deklariert, und Bernhard Weiß selbst hatte schon vor Jahren den Namen »Isidor« erhalten. Joseph Goebbels höchstpersönlich hatte den Karikaturisten Hans Her-bert Schweitzer – der frei nach Thors Hammer den Künstler-namen Mjölnir trug – mit den Zeichnungen für sein *Buch Isidor* beauftragt, eine Sammlung von Witzbildern, die allesamt den zum Klischee eines Juden stilisierten, spitzlippigen, großnasigen, mit einem Menjoubärtchen und dicker Hornbrille dargestellten Vizepolizeipräsidenten Bernhard Weiß aufs Korn nahmen. Weiß hatte sich mit sechzig Anzeigen gegen die Verunglimpfung ge-wehrt, aber gegen das Gelächter der Straße war er nicht ange-kommen, und den Spitznamen »Isidor« hatte er vielleicht für sein ganzes Leben angehängt bekommen.

Unter Polizeikollegen allerdings – auch unter Nichtjuden – war der Name ein Tabu, und Belfort, dem die Schattierung in Gennats Mondgesicht offenbar nicht entgangen war, wurde für eine Se-kunde puterrot, weil ihm dieser Fehler unterlaufen war. Sándor grinste hämisch, aber Gennat selbst hatte sich nicht mit dem Aus-rutscher aufgehalten, sondern ruderte nun mit seinen schweren Armen in der Luft herum.

»Trudchen, sei so gut, mach mal frischen Kaffee, ja? Die Herren wollen mir erzählen, was letzte Nacht in der Femina passiert ist; ich bin brennend interessiert. Haben Sie die Gasbombe selbst schon sichergestellt? Das ist wahrscheinlich ein Überbleibsel aus dem Krieg; wir werden herausfinden, in welcher Einheit das ver-fluchte Ding gelagert gewesen ist. Verteufeltes Pech für die acht Opfer …«

»Neun, Chef, ich habe heute früh mit der Charité telefoniert«, insistierte Gertrud Steiner; Lehmann zwinkerte ihr anerkennend zu. Und »zehn« überbot sie Belfort mit tonloser Stimme, eine Gründlichkeit, die ihm ein wohlwollendes Nicken von Gennat einbrachte, weil für ihn aktuelle Informationen das Lebenselixier waren – Informationen und Stachelbeerkuchen, von dem soeben ein weiteres Stück in das breit lächelnde Buddhamaul wanderte. Der Kaffee kam, und Sándor Lehmann und sein neuer Kollege Belfort berichteten vom Mordanschlag in der Femina; beide aus erster Hand. Gennat hatte eine Fülle sehr detaillierter kleiner Fragen, eine ganze Menge spurensicherungstechnischer Wünsche und eine Handvoll bescheiden, aber mit klugen Begründungen vorgebrachter Vermutungen. Und so dauerte es eine geschlagene Stunde, bevor die zwei mit einem Hundeführer, einer Stenotypistin (also doch!, aber nicht aufklappbar) und zwei Hilfsbeamten über den Alexanderplatz Richtung Westen fuhren.

TATORT

Sándor Lehmann hasste Tatorte. Tatorte waren was für Reporter, für Wichtigtuer in Uniform und all die anderen Knallchargen. Tatorte waren das, was nach einem Ereignis übrig blieb, der Abwasch nach einem Saufgelage, der Dreck, den jemand zusammenfegen musste. Sándor hasste es, wenn er selbst dieser Jemand sein sollte. Es machte ihm nichts aus, mit ein paar Unterweltjungs ein oder zwei Flaschen Schnaps zu trinken; er hatte Schießereien erlebt, bei denen neben ihm Leute von Maschinenpistolenschüssen zerfetzt wurden; und fast jede Festnahme geriet heutzutage zu einer knochenbrecherische Prügelei. Das war alles in Ordnung, das war das Leben, das er sich ausgesucht hatte. Aber Postenketten durchqueren – »Mordkommission, wir ermitteln, danke, Wachtmeister« –, dann unter den Augen der Schaulustigen den Neunmalklugen spielen: eine alberne Schauspielerei, inszeniert, um der Öffentlichkeit die beruhigende Gewissheit zu geben, dass die Obrigkeit für Recht und Ordnung sorgen würde. Was mitunter ganz und gar nicht der Fall war oder, neuerdings, viel zu sehr.

Belfort dagegen schien die triumphale Einfahrt des Mordbereitschaftswagens in die abgesperrte Nürnberger Straße schlichtweg zu genießen. Die überlange Limousine – Gennat hatte vor drei Jahren Mercedes monatelang mit seinen Sonderwünschen auf Trab gehalten und einen wahren Frachtkahn von rollendem Büro bauen lassen – bog im Schritttempo vom Tauentzien nach links ab, wurde von den Schutzpolizisten sofort gesehen und durchgewunken und näherte sich der Femina auf der Mitte der geisterhaft leeren Straße. Lehmann überlegte, ob er den Schuppen überhaupt schon mal bei Tageslicht gesehen hatte: Wenn, dann im Vollrausch nach einer durchgemachten Nacht. Am Vormittag war das Gebäude noch immer imposant, aber der nächtliche Glanz der Neonreklame und des illuminierten Eingangs fehlte, und die Glasscheiben der breiten Messingrahmentüren waren von dem Ansturm der Fliehenden gestern Nacht gewaltsam eingedrückt. Glasscherben, Hüte, ein Schuh lagen herum, und die Tatortfotografen waren noch immer bei der Arbeit und fotografierten die Lage der nach dem Attentat abtransportierten Leichen und Verletzten, deren Umrisse sie mit Kreide auf den Asphalt gemalt hatten.

Belfort fühlte sich offensichtlich gleich zu Hause in der Szenerie. Er klapperte die Einsatzkräfte ab, sprach mit den Fotografen, den Polizeitechnikern, schritt gewichtig vor dem Gebäude hin und her und ordnete an, noch die Fallhöhen der Fensterspringer zu messen und den Schusswinkel, mit dem er selbst – er selbst! – die Schüsse abgegeben hatte, die den Gasangriff beendet hatten. Sándor staunte. Wo hatte der Bursche diese monströsen Grundrisse her? Belfort faltete die großen Bögen auseinander und notierte seine Beobachtungen, also wollte er die Renovierung des gasverseuchten Etablissements gleich selber übernehmen.

Sándor hatte sich seitlich in den Schatten des Eingangs gedrückt und an der Fassade entlanggespäht. Die Pförtnerloge war leer, aber neben der großen Treppe lehnte Fritz Hallstein mit verschränkten Armen und umwölkter Stirn. Lehmann winkte den Türsteher heran.

»Hallstein, haben Sie durchgemacht? Wie sieht's oben aus?«
Hallstein grunzte ungehalten.

»Die lassen uns nicht rein, der ganze Ballsaal ist abgesperrt, damit nichts verändert wird, bis ihr hohen Herren hier eintrefft. Wer ist der Typ dort drüben, ein neuer Kollege? Ich dachte, Sie haben hier allein den Hut auf ... Ich finde, das riecht nach Ärger. Wie sollen wir es schaffen, den Schuppen bis um sechse wieder aufzumachen? Liemann reißt uns die Köppe ab!«

Sándor beugte sich zu Hallstein hinab und fixierte mit seinen wasserblauen Augen das empörte Gesicht des Türstehers.

»Zehn Tote, ein paar Dutzend Verletzte, ein Giftgasanschlag, von dem die Welt spricht – und du kleine Sackratte machst dir Sorgen, dass ihr nicht pünktlich aufmacht und dir ein halbes Stündchen vom Umsatz entgeht?« Er spuckte vor dem Livrierten auf den glassplitterübersäten Marmorboden. »Wirklich, dich sollten wir als Allererstes einbuchten. Einer muss die Schweinehunde schließlich hochgelassen haben – DU musst sie reingelassen haben, Hallstein, die Gasmörder. Und Liemann – wo steckt der eigentlich? Mein Kollege da drüben hat schon den halben Morgen hinter ihm hertelefoniert. Wir haben ein paar dringende Fragen an ihn.«

Hallstein senkte den Kopf, schluckte den Ärger schuldbewusst hinunter und war wieder der devote kleine Schmuckhehler.

»Der war in Paris. Wir haben ihm telegrafiert. Er ist auf dem Weg nach Berlin, mit dem Abendzug wird er ankommen, denke ich. Herr Lehmann, ich wollte …«, aber Sándor hatte den Mann schon stehen gelassen und ging langsam und ohne auf Belfort zu warten die geschwungene Treppe zum Ballsaal hinauf.

Der Ballsaal der Femina befand sich in einem Seitentrakt des Gebäudes; ein elegant geschwungenes Oval mit einer Galerie, von der plüschige Logen auf die glänzende Tanzfläche hinuntersahen. Der riesige Raum lag im Halbdunkel, als Sándor Lehmann die Treppe heraufkam. Der Gasgeruch hatte sich noch nicht verzogen, sondern sich mit dem Parfümduft, den Alkoholschwaden und dem Zigarettenrauch zu einer süßlichen Melange verbunden, die das Atmen schwer machte und ihm das irritierende Gefühl gab, nicht allein im Raum zu sein, sondern andere noch anwesende Körper zu spüren, zu riechen. Von schräg oben fielen durch das einen Spalt breit geöffnete Panoramadach ein paar Sonnenstrahlen herein, und es war still, vollkommen still. Im Saal herrschte Chaos; Tische und Stühle waren umgefallen, überall blitzten Scherben der zerschmetterten Gläser und Champagnerflaschen, und die Hörer der Tischtelefone hingen bewegungslos unter den Automaten. Sándor wartete einen Augenblick schweigend, nahm den Saal als Ganzes auf, blinzelte durch die gleißenden Lichtstrahlen in das Dämmerlicht vor der Bühne und dachte nach.

Als er hinter sich auf der Treppe Schritte hörte, überquerte er die Tanzfläche, hielt vor der Bühne kurz inne, kletterte hoch. Belfort tauchte am anderen Saalende auf, gefolgt von fünf, sechs Männern der Bereitschaftspolizei, die er mit ausgestrecktem Arm in die verschiedenen Saalecken dirigierte. Lehmann stand auf der vorderen Bühnenkante; ungefähr da, wo er am Vorabend, versteckt hinter einem mächtigen roten Schnurrbart, seine Klarinette gespielt hatte, und sah den Ermittlungen des Kollegen zu. Diese Zielstrebigkeit widerte ihn an. Einen Plan haben, einmarschieren, aufteilen, durchkämmen: Die meisten Männer bei der Kriminalpolizei waren so, brachten eine militärische Laufbahn mit in den Dienst, besetzten einen Tatort wie ein friedliebendes Nachbarland, eroberten den Ort eines Verbrechens im Handstreich. Belfort beherrschte dieses Vorgehen in Perfektion, aber er brachte noch weitere Qualitäten mit – Effizienz, einen grenzenlosen Ehrgeiz und eine hellseherische, messerscharfe Kombinationsfähigkeit. Während die Bereitschaftspolizisten, zu denen sich jetzt auch der Hundeführer mit einem in der Duftdichte eher irritiert wirkenden Polizeihund gesellt hatte, noch mit der Akribie deutschen Beamtentums jede Stuhlunterseite untersuchten, jedes in der Panik liegen gebliebene Kleidungsstück anhoben und wendeten, kam Belfort selbst in einem weiten Bogen auf Sándor Lehmann zu. Plötzlich hielt er unmittelbar vor der Bühne auf seinem Kurs inne, verlangsamte den Schritt und bückte sich. Er pfiff. Die Polizisten blickten von ihrer Suche auf und starrten auf das schmale metallene Rohr, das Belfort, provisorisch in eine aufgehobene Stoffserviette gewickelt, in der Hand hielt. Sándor musste nicht erst von der Bühne heruntersteigen, um zu wissen, dass es die

|51|

Gasgranatenhülse war, die sein Kollege mit spitzen Fingern aus den Trümmern herausgepickt hatte.

Während die Polizeitechniker das Corpus Delicti sicherstellten und mit Maßbändern die Abstände zu allen möglichen Bezugspunkten des Ballsaales vermaßen, stand Belfort neben Sándor auf der Bühne. Das wurde zur Gewohnheit; ihm ging diese Nähe auf die Nerven; für ein Reiterstandbild mit zwei ebenbürtigen Generälen im Schlachtengetümmel wollte er nicht Modell stehen. Ohnehin würde der andere gleich wieder irgendeine abfällige Bemerkung machen wie letzte Nacht unten auf der Straße.

Doch Belfort schwieg und nickte nur grimmig vor sich hin; er schien den Ablauf des Anschlags vor seinem geistigen Auge Revue passieren zu lassen, den Tatvorgang, das quellende Gas, die Panik.

Als der Kommissar schließlich sprach, hatte er jedoch offenbar über ganz andere Dinge nachgedacht.

»Wie mag es sein, hier oben zu stehen, Lehmann, können Sie mir das sagen?«

»Wir stehen doch hier oben«, gab Sándor knapp zurück, doch Belfort überhörte die Ironie.

»Als Kapellmeister« – das war ein altmodisches Wort; Julian Fuhs hätte sich die Bezeichnung verbeten, er war Bandleader, sie machten Jazz, keine Blasmusik –, »oder als Musiker: Wie mag es sich anfühlen?«

Sándor Lehmann riskierte einen Seitenblick. Hatte Belfort ihn doch erkannt gestern Abend, fühlte er ihm auf den Zahn? Doch der Monolog schien gar nicht ihm zu gelten.

»Unten tanzen die Menschen, vom Alkohol gelöst, benebelt – hier oben stehen die Musiker, die Verführer, und spielen eine Musik, die so schon seit Jahrhunderten, ach was: seit Jahrtausenden bekannt ist. Urwaldtrommeln, Fruchtbarkeitstänze. Ja, Lehmann« – Belfort hatte die kalte Reserviertheit verlassen, und seine Stimme bekam einen eifernden Unterton –, »ja, Fruchtbarkeitstänze, das ist es, was hier jeden Abend aufgeführt wird. Hier und in vielen Lokalen wie diesem. Aber es ist keine Fruchtbarkeit, die Familiengründung oder Fortbestand der eigenen Art zum Ziel hat. Oh nein, diese Fruchtbarkeit ist dem Augenblick geweiht, der ungezügelten Sexualität. Haben Sie die Tanzenden gestern Abend gesehen, Lehmann? Wie sie ihre Unterleiber gegeneinanderstießen – ein Kopulieren in aller Öffentlichkeit! Sexualität, darum dreht sich hier alles. Sich animieren lassen von den Urwaldtrommeln, und dann sind das Tischtelefon und die Rohrpost gleich in Reichweite, um dieses Animiertsein mit dem erstbesten Fremden auszuleben.

Wie mag es sich anfühlen für einen Musiker, hier oben der Hohepriester dieses Sexualkultes zu sein? Mit dem Instrument die Leiber auf der Tanzfläche in Bewegung zu bringen, in ekstatische Zuckungen?

Jazzmusiker! Da verlässt einer seine angestammte Rolle und erhebt sich über seinesgleichen. Die anderen sind alle nur Arbeiter, schlichte Menschen. Er selbst hält sich für etwas Besseres, für einen, der die Melodie spielt, nach dessen Pfeife getanzt wird. Einfachheit, gar Demut? Die werden Sie bei diesen denaturierten Künstlertypen nicht finden. Nur wenn dann plötzlich was schiefgeht, dann rennen sie wie die Hasen, die Herren Musiker. Haben Sie die elende Combo gesehen, die während des Anschlages auf der Bühne war? Verkrochen hat sie sich, verkrochen, um erst herausgeschlichen zu kommen, als der Pulverdampf sich längst verzogen hatte. Helden! Ha! Helden!«

Sándor hatte die ausufernde Tirade wortlos über sich ergehen lassen und unterbrach erst jetzt Belforts Vortrag.

»Wie ist es abgelaufen? Sie haben die Hülse gefunden; wo kam die Gasgranate her?«

Belfort hielt inne, fuhr sich mit der Linken durch die glatten schwarzen Haare und räusperte sich. Er deutete mit der Hand in den Raum vor der Bühne.

»Irgendwo da vorn ist es passiert. Anderthalb Kilo, vierziger Kaliber, ein Zünder mit Abzugsring wie bei einer Eierhandgranate. Sie waren ja wohl im Krieg?«

Er fixierte Lehmann skeptisch, schloss aber aus dessen erbostem Blick, dass Sándor offenbar tatsächlich ausgiebigere Fronterfahrung haben musste. Lehmann nickte und ergänzte:

»Ein Abzugsring und fünfzehn Sekunden bis zum Knall, damit man das Scheißding möglichst weit weg werfen kann.«

Belfort deutete in Richtung Treppe.

»Bis die Gaswolke wirklich groß ist, vergehen auch bei einem Vierziger gut dreißig, vielleicht vierzig Sekunden. Zeit genug, um sich gemächlich Richtung Ausgang zu begeben und unbemerkt die Treppe hinunterzugehen, bevor oben das große Sterben anfängt.«

Lehmann zuckte die Achseln. Im Trubel gestern Abend hatten Dutzende Gäste den Saal betreten und verlassen; er selbst, Bella … Nicht sehr wahrscheinlich, dass der Täter irgendwem aufgefallen war.

Belfort schien in die gleiche Richtung überlegt zu haben; er nickte Lehmann zu.

»Wenn einer weiß, wer hier gestern Abend nicht ins typische Bild passte, dann ist es dieses Faktotum unten am Eingang, der Türsteher. Den sollten wir uns als Allererstes vornehmen. Wir brauchen eine Liste von dem Kerl von allen, die er kannte. Stammgäste, fremde Paare, Einzelgäste. Von der Nutte bis zum kleinsten Taschendieb will ich detaillierte Beschreibungen. Sollte mich nicht wundern, wenn der Türsteher eine sehr klare Ahnung hätte, wer die Gasbombe hier heraufgeschleppt hat.«

Belfort winkte die restlichen Polizeibeamten mit einem barschen »Meine Herren!« zum Abzug und überquerte die Tanzfläche wieder zur Treppe hin. Sándor überblickte noch einmal die Bühne. Julians Vollblutmusiker hatten ihre Instrumente selbst bei der überstürzten Flucht mitgenommen, nur das Schlagzeug von

Charlie Hersdorf stand noch mit glänzenden Kanten und dem gleißenden Schimmern der Becken im Hintergrund, ein fast frivol lustiger Gegenstand in diesem Schreckensszenario. Er stieg hinunter auf die Tanzfläche, ging zickzack zwischen den umgestürzten Möbeln hindurch. Nah am Ausgang war ein Tisch wie durch ein Wunder unversehrt geblieben; im Schnapsglas war noch ein Schluck Cognac, und Sándor hob den Schwenker nachdenklich an die Nase. Der Gasgeruch war im Glasinneren hängen geblieben, das teure Gesöff roch nach Gewalt und nackter Angst, und er stellte das Glas geräuschlos wieder auf dem Tisch ab und folgte den anderen hinunter auf die Straße.

HALLSTEIN

Es war alles andere als Hallsteins Glückstag, da bestand kein Zweifel. Nach dem Wortwechsel mit Sándor Lehmann hatte er eine Weile angestrengt nachgedacht und dann endlich geschlussfolgert, dass es nur eine Frage der Zeit war, bis die Kommissare ihn ausgiebiger durch die Mangel drehen würden. Den berüchtigten Verhörmethoden am Alexanderplatz wollte er um keinen Preis ausgesetzt sein; und ob Sándor Lehmann ihr kleines Geheimnis hüten würde – die Hehlerei mit dem täglichen Diebesgut, das in den Bars und dem Ballsaal der Femina abgegriffen wurde –, das war jetzt, wo es um eine derartig kapitale Sache ging, auch zu bezweifeln. Deshalb hatte Hallstein sich auf vorsichtigen Sohlen dünnegemacht. Die Femina hatte einen mit Schuppen und Laderampen bebauten Hinterhof, und dorthin ging Hallstein jetzt. Nach ein paar Metern merkte er schon, dass er verfolgt wurde, und sah über die Schulter. Zwei Schutzmänner hatten bemerkt, dass ihr Kandidat den Tatort verlassen wollte, und folgten ihm zielstrebig mit einem schneller werdenden Trab.

Hallstein fluchte und rannte mit seinen kurzen Beinen eine Rampentreppe hinauf, verschwand hinter ein paar Kisten und sprang auf eine Bierdroschke, die eben entladen wurde und deren Pferde gleichgültig auf der asphaltierten Hoffläche standen. Die beiden Beamten hatten sich aufgeteilt und die Laderrampe von zwei Seiten geentert; dass Hallstein über die Droschke zurück in den Hof sprang, sahen sie vermutlich erst, als er panisch auf eine schmale Hausdurchfahrt zurannte, einen Lieferanteneingang, der den Hof mit der benachbarten Passauer Straße verband.

Gleich gegenüber vom KaDeWe trat Hallstein schwer keuchend auf die Straße, und in der glamourösen Nachbarschaft fiel er nicht nur wegen seines schweißüberströmten, roten Gesichtes auf; er war mit seiner nachlässigen Kleidung insgesamt ein deplatzierter Fremdkörper – ein Lebewesen der Nacht, das sich ins gleißende Sonnenlicht verirrt hatte wie ein Engerling, den ein Gärtner beim Gartenumgraben ans Tageslicht befördert hatte.

Allerdings war das Sonnenlicht rund ums KaDeWe in diesen Tagen besonders gleißend, denn das berühmte Kaufhaus des Westens hatte die »Weißen Wochen« ausgerufen, Jahr für Jahr ersehnte Aktionstage, an denen viele Luxusgüter des Konsumtempels zu »Weißwaren« deklariert und preisgünstiger als sonst angeboten wurden. Das ganze Kaufhaus hatte sich in Weiß gewandet, weiße Stoffbahnen bespannten die Fassade, und auch die Stockwerke innen waren weiß dekoriert.

Hallstein war stark kurzsichtig, aber er hatte den witternden Wahrnehmungssinn eines Maulwurfs, deshalb registrierte er instinktiv, dass von beiden Straßenenden gleichzeitig Ungemach drohte. Der Neue hatte offenbar schnell geschaltet und weitere Schupos von zwei Seiten um den Block geschickt, die jetzt die Passauer Straße südlich und nördlich dichtmachten und sich zur Mitte des Straßenabschnitts durcharbeiteten, wo er selbst in absoluter Aufregung verharrte und keinen Ausweg sah. Obendrein kam jetzt Sándor Lehmann im gestreckten Laufschritt durch die Hofdurchfahrt gejagt und rief seinen Namen. Hallstein fluchte noch einmal, erschreckte Passanten mit dem verzweifelten Ausbruch, rannte dann mitten in den fließenden Verkehr. Schneeweiße Reklamekutschen, ein Bus und ein paar Lieferwagen wichen ihm aus; dann hatte er den westlichen Eingang des KaDeWe erreicht, entwischte den ausgebreiteten Armen eines dekorativen Schwarzafrikaners im weißen Frack und verschwand im Gewühl des Kaufhauses.

Augenblicklich umgab ihn das gediegene Ringsum getäfelter Wände, tiefhängender Art-déco-Leuchten, samtbeschlagener Fauteuils. Die Schmuckabteilung. Stände mit edlen Hérmes-Tüchern und Parfüm in Kristallflacons staffelten sich in der weiträumigen Eingangshalle. Doch Hallstein hatte keine Augen für die teuerste Warenpräsentation Deutschlands, und er wunderte sich auch keine Sekunde über den obszönen Widerspruch zwischen der draußen tobenden Weltwirtschaftskrise, bald fünf Millionen Arbeitslosen und blutigen Kämpfen zwischen Streikenden, Polizisten und Nationalsozialisten auf der einen und diesem grenzenlosen Übermaß alles Schönen und Teuren auf der anderen Seite. Nein, Fritz Hallstein wollte nach oben, buchstäblich nach ganz oben, und auf dem Weg über die überfüllten Rolltreppen kam ihm sein Leben als Preisboxer – gut dreißig Jahre war das her – zugute, denn er rempelte sich mit einer verzweifelten Energie über die Messingtreppen hinauf, die seinen uniformierten Verfolgern das Nachkommen schwer machte.

Nach fünf kräftezehrenden Stockwerken erreichte er endlich die oberste Etage. Die Feinschmecker-Terrassen waren in den »Weißen Wochen« wie die Decks eines pompösen Ozeanriesen gestaltet, und in den Liegestühlen lagen Promotions-Girls in weißen Badeanzügen und setzten sich der frischen Frühlingsluft und den begehrlichen Blicken der Männer unter den Tausenden Schaulustigen aus. Fritz Hallstein war seit dem Umbau 1929 nicht mehr hier oben gewesen, aber irgendwo hinter den bombastischen Oceanliner-Kulissen und den albernen Schiffsrelings musste es einen Personalausgang geben, ein schmales Türchen zu einer kleinen Balustrade, über die man auf die Nachbardächer kam, auf Mietshäuser und Lagerhallen, wo sie seine Spur schnell verlieren würden und die er wie seine Westentasche kannte – denn oben auf den Dächern über der Passauer und Nürnberger Straße traf er seine Lieferanten, die Taschendiebe und räuberischen Eintänzer, die die Gäste der Femina jede Nacht um goldene Feuerzeuge, nachlässig in die Smokingtaschen gestopfte Geldscheine, Uhren, Schmuck und ähnlichen Ballast erleichterten. Wenn er diese Dächerflucht erst einmal erreichte, wäre er in Sicherheit. Doch wo war die verdammte Tür? Hallstein hastete über das Sonnendeck, warf Liegestühle um, erschreckte einige mondäne Blondinen beim Sonnenbad und brachte einen überforderten Decksteward in weißer Galauniform um ein ganzes Tablett mit Champagner, der, mit Anislikör gespritzt, milchig weiß in den Gläsern geperlt hatte.

Eben trafen auch seine Verfolger in der Feinschmeckeretage ein, riefen »Halt, Polizei« und benutzten ihre Trillerpfeifen. Niemand schoss; das war ihnen angesichts der kreischenden Menschenmenge offenbar zu riskant. Sie schwärmten symmetrisch in alle Richtungen aus, versuchten ihn einzukreisen und machten auch sonst wenig Anstalten, die von Inhaber Hermann Tietz und seinen Tempelwächtern formulierte luxuriöse Dezenz des noblen Hauses zu respektieren. Eine Reihe von Hausdetektiven und selbst der schwarze Cerberus im Frack aus dem Parterre beteiligten sich inzwischen an der Jagd; Hallstein merkte, dass er in die Enge getrieben war. Er rannte eine schmale Gangway und eine anschließende Deckstiege zu einem mit Holzmöwen und Rettungsringen dekorierten Offizierskasino hinauf, einem exquisiten Salon, dessen Besuch sonst siamesischen Königen oder Industriekapitänen zum Verschnaufen von anstrengenden Einkaufstouren vorbehalten war. Seine Schritte schepperten auf der metallenen Stiege, er scheuchte zwei kreischende Animierdamen vor sich her, kam hinter ihnen oben an – und da, da war sie endlich, die kleine weiße Tür des Personalausganges, fast unsichtbar unter den goldenen Lettern irgendeines Fantasie-Schiffsnamens, der dem weißen Ozeanriesen hier oben über den Dächern Berlins den Glanz von Überseereisen zu exotischen Zielen geben sollte. Hallstein riss die Tür auf und stürzte hinaus.

Sándor, dem sein Klarinettenspiel ein gutes Lungenvolumen gab, war keine zehn Meter von der Gangway entfernt, als er den Türsteher durch die schmale Blechtür hinausdrängen sah. Er fluchte.

Doch nur einen Moment später tauchte der massige Körper des Mannes, langsam rückwärts gehend, wieder im Personalausgang auf. Sándor zögerte am unteren Ende der Stiege; er rechnete mit einem Angriff. Aber Hallstein schien verwundert am oberen Ende der Stahltreppe innezuhalten; er fasste sich mit beiden Händen an den fleischigen Hals, und die zwei Beamten, die nun auch hinter Sándor Lehmann aufgetaucht waren, zogen ihre Schusswaffen aus den Holstern und richteten sie auf den Mann. Doch Hallstein hatte nicht vor, sie anzugreifen; stattdessen ließ er jetzt die Arme sinken und knickte rückwärts in den Knien ein. Sándor verstand schlagartig, was da vor sich ging. Der Türsteher hatte nur ganz kurz den hellen Himmel über der Millionenstadt gesehen und den schnellen Schnitt durch seine Kehle allenfalls als weiches Wischen wahrgenommen, doch sein Herz hatte sofort reagiert und versuchte nun mit ein paar letzten mächtigen Pumpschlägen den schlagartigen Druckabfall in den Gefäßen auszugleichen. Ein Schwall Blut spritzte an die weiße Schiffshülle, tropfte von den Buchstaben und machte das makellose Weiß der ganzen Dachterrasse zum blendenden Untergrund eines makabren, dadaistischen roten Gemäldes. Hallstein fiel rückwärts die Stiege hinunter und zog eine schlierige rote Bahn über die ganze Flanke des Schiffes. Sándor fluchte und stürmte die Stufen hinauf, doch der Körper des Sterbenden behinderte sein Vorwärtskommen, und oben auf den Stufen war eines der Animiermädchen, dessen weißer Badeanzug ebenfalls von Hallsteins Blut rot gesprenkelt worden war, in Ohnmacht gefallen und hinter dem Türsteher die Stufen hinuntergerutscht.

Als Sándor endlich den Personalausgang erreicht hatte, war der Mörder, der dem Fliehenden offenbar mit dem Hieb einer einzigen, scharfen Klinge die Kehle durchgeschnitten hatte, längst verschwunden. Sándor sah vom Dach des KaDeWe in Lieferhöfe, in Mietskasernen, auf die gläsernen Mansarden von Künstlerateliers und eine Unzahl schmaler Leitern, die an Schornsteinanlagen und

Dachluken gelehnt waren. Hier gab es Dutzende von Fluchtwegen; auch Hallstein hatte ja darauf spekuliert. Lehmann verteilte eine Handvoll erschöpft keuchender Polizeibeamter auf die
wahrscheinlichsten Fluchtrichtungen. Viel Hoffnungen auf einen
Erfolg machte er sich nicht; aber vielleicht war Belfort, der unten
auf der Straße das Abriegeln des Viertels koordiniert hatte, gut
positioniert und konnte zugreifen oder zumindest etwas beobachten. Er stieg zurück auf die Dachterrasse und besah noch
einmal mit einer hochgezogenen Augenbraue das rote Menetekel
an der weißen Bordwand. Ein Restaurantleiter tauchte auf, aufgeblasen und empört, als hätte Sándor Lehmann selbst Hallsteins
unförmigen Leichnam zu einem blutroten Finale der »Weißen
Wochen« hierherschaffen lassen, aber Lehmann drückte den Mann
wortlos beiseite und wartete zum Hinuntergehen nicht auf einen
der siebzehn goldenen und verspiegelten Fahrstühle, sondern
stapfte scheißwütend über den Misserfolg hinüber zum großen
Treppenhaus.

DIE LISTE

»Verdammte Sauerei!«

Belfort hatte die Oberarme eng am Körper angelegt, die Unterarme seitlich abgewinkelt, und sah an sich herunter, als fiele ihm der Zustand seiner Garderobe erst jetzt auf. Der helle Zweireihermantel, ein sicher nicht ganz billiges Stück, war blutverschmiert, und Blut klebte an seiner Hose und seinen Schuhen. Belfort schnaubte wütend.

»Der Mistkerl lag am Fuß der Stiege auf dem Bauch, und wir mussten ihn umdrehen, um an seine Taschen zu kommen. Sehen Sie sich die Ferkelei an!«

Sándor starrte den Kollegen an. So viel eigenen Einsatz hatte er nicht erwartet; normalerweise ließ Belfort eher andere die Drecksarbeit machen. Aber offenbar hatte sich die Durchsuchung von Hallsteins Leiche gelohnt: Belfort hielt eine fleckige, wohl als Notizbuch benutzte Kladde in der Hand, die eine lange Liste von Namen enthielt, immer wieder ergänzt und durchgestrichen. Lehmann ging mit Belfort die Notizen durch und konnte etliche der krakeligen und zum Teil falsch und mit verschiedenen Schreibwerkzeugen offenbar auch in verschiedenen Stadien der Trunkenheit geschriebenen Namen zuordnen. Es war eine klassische Kunden- und Lieferantenliste, allerdings eine reichlich unsortierte. Notorische Taschendiebe und auch ein, zwei wirklich schwere Jungs wechselten sich ab mit offensichtlichen Käufern aus dem zweit- und drittklassigen Kunsthandel- und Juweliermilieu und diversen Rotlichtgrößen, die als eventuelle Abnehmer für Diebesgut infrage kamen. Eine dritte Kategorie war schwieriger zu interpretieren: gänzlich unbekannte Namen, aber auch Namen stadtbekannter Prominenter, Schauspieler, Bankdirektoren.

»Was soll der Quatsch? Hat Heinz Rühmann von Hallstein eine geklaute Uhr gekauft?«, brummte Belfort, aber Lehmann, für den Hehlerei ein Geschäft wie die meisten anderen war, hatte eine Lösung parat:

»Das wohl nicht. Aber vielleicht hatte er ein Interesse daran, seine eigene zurückzukaufen, wenn sie ihm in der Femina gemopst werden sollte.«

Belfort blickte finster in die Richtung der Nürnberger Straße, die man hier von der Passauer, Ecke Tauentzien aus nur erahnen konnte.

»Wirklich ein feiner Laden. Na, selbst schuld, wer hingeht.«

Sándor Lehmann war unzufrieden; Hallsteins Liste bewies nur, was er selbst lange wusste: dass der Mann neben seiner Arbeit als Portier ein florierendes Geschäft betrieben und zum schlechten Ruf des Tanzpalastes seinen Teil beigetragen hatte. Doch einen Hinweis auf den gestrigen Vorfall oder eine Beteiligung Hallsteins hatten sie damit nicht in der Hand; wahrscheinlich hatte Hallstein nur aus Angst vor der Aufdeckung seiner Hehlerei die Flucht angetreten und sich letztlich in den Tod treiben lassen. Andererseits konnte es kein Zufall sein, dass oben hinter der Personaltür jemand mit einem rasiermesserscharfen Werkzeug auf ihn gewartet hatte; ganz offenbar war der Portier auf Abwegen jemandem auf die Füße getreten – oder er hatte jemanden beobachtet, der in der Femina partout nicht gesehen werden wollte. Auf dem menschenleeren Dächerlabyrinth traf sich allerhand dubioses Fußvolk; wenn Hallstein dort oben seine Geschäfte gemacht hatte, hatte er seinen Mörder vielleicht schon früher dort getroffen, war vielleicht auch heute mit ihm verabredet gewesen.

Belfort hatte alle Namen noch einmal mit pedantischer Handschrift leserlich neben Hallsteins besoffenes Gekrakel geschrieben und tippte jetzt bedeutungsvoll auf den allerletzten in der Reihe.

»Jenitzki« stand dort, und den beiden Kriminalbeamten war der Name natürlich ein Begriff. Jenitzky – mit Ypsilon! – war Heinrich Liemanns chronischer Gegenspieler, eine Kneipen- und Vergnügungslokalgröße aus der Friedrichstraße, ein alter Hase, dem man allerbeste Beziehungen in die Berliner Unterwelt nachsagte und der weit mehr als nur eine Leiche im Keller haben sollte.

Sándor schüttelte den Kopf über Belforts Entdeckung. Der Kneipenkönig Jenitzky und die feine Femina: Das passte zusammen wie ein Wildschwein und ein Seidenpyjama. Wie kam dieser Name auf Hallsteins Liste? Jenitzky hätte sich niemals in der Nürnberger Straße sehen lassen, also konnte ihm keine Uhr gestohlen worden sein oder der verchromte amerikanische 1888er Colt, den er Gerüchten zufolge immer mit sich herumschleppte. Dass der mächtige Mann der Friedrichstadt am Ankauf von Hehlerware interessiert sein könnte, war eine absurde Vorstellung. Nein, Hallstein musste Jenitzkys Namen aus einem anderen Grund auf seinem Zettel notiert haben, und Sándor Lehmann zermarterte sich den Kopf darüber, bis Belfort das Naheliegendste aussprach:

»Der Auftraggeber. Jenitzky hat den Anschlag beauftragt, Hallstein hat ihn ausgeführt …« Er hielt inne, schüttelte den Kopf und fuhr fort: »Oder, noch wahrscheinlicher, er hat die ausführende Person gesehen und identifiziert und beschlossen, bei Jenitzky wegen einer kleinen Dichthaltegebühr vorstellig zu werden.«

»Und das musste er sich notieren?« Lehmann hielt die Liste argwöhnisch gegen die trübe Mittagssonne. Er brauchte einen Kaffee, zwei, drei Tassen, möglichst schnell, möglichst jetzt.

»Der Mann war strohdumm und im Suff höchst vergesslich«, vermutete Belfort und fügte kopfschüttelnd hinzu: »… aber immerhin ziemlich schnell auf den Beinen.«

Sándor deutete mit dem Daumen hoch zur Fassade des KaDeWe.

»Und wer stand oben an der Personaltür? Jenitzky?« Er lachte auf.

Belfort fixierte ihn mit schmalen Augen.

»Natürlich nicht er selbst. Aber wenn Hallstein einen von Jenitz-kys Männern identifiziert hat … Wer sagt uns denn, dass es nicht umgekehrt genauso war und die Jenitzky-Burschen gemerkt haben, dass der Typ sie erkannt hat? Deshalb wollten sie ihn zu fassen kriegen, bevor wir selbst ihm diese kleine Beobachtung entlocken konnten. Vielleicht hatte Hallstein auch schon Kontakt aufgenommen, und Jenitzky wusste, dass er erpresst werden sollte. Also wurde ein Treffen verabredet, dem wir fast zuvorgekommen wären. Wäre gut für den Dreckskerl gewesen, wenn wir im KaDeWe ein bisschen schneller gewesen wären.« Er bedachte Lehmann mit einem fast vorwurfsvollen Seitenblick.

Sándor Lehmann versuchte erfolglos, sich einen Reim auf die Ereignisse zu machen. Warum sollte Jenitzky die Femina unter Gas setzen? Wollte er den Schuppen sturmreif schießen und übernehmen? Hatte ihm Liemann ins Geschäft gepfuscht? Es gab mehr Fragen als Antworten an diesem unangenehm hellen Tag.

Belfort war schon auf dem Weg zum Wagen und zog unterwegs den blutverschmierten Mantel aus, um Gennats motorisierte Leihgabe nicht zu besudeln. Lehmann winkte ab und überquerte die Straße. Am Alexanderplatz braute Fräulein Wunder eine gut gemeinte, aber im Grunde ungenießbare Brühe; richtigen Kaffee gab es hier gleich gegenüber der Femina in der kleinen Bar von Mutter Fuhs.

HERTHA FUHS

Die kleine Bar in der Nürnberger Straße, die Julian Fuhs' Mutter Hertha gehörte, war geschlossen oder, genauer gesagt: Sie war verrammelt und verriegelt. Sándor Lehmann wunderte sich; gestern Nachmittag hatten sie hier noch geprobt, pleitegegangen sein konnte das kleine Ding in der Zwischenzeit eigentlich nicht, obwohl die Zeiten schwer waren. Julian brachte das Thema zwar regelmäßig zur Sprache, aber meist machten seine Mutter und er sich nur einen Scherz daraus – es sah wirklich urkomisch aus, wenn der Bandleader mit dem Gesicht eines Komikers mit Augenaufschlag seinen Arm um die mollige Hertha legte und mit gespielter Besorgtheit schnurrte: »Mama ... werden wir pleitegehen?«, worauf seine Mutter kopfschüttelnd und lächelnd verneinte: »Ach was, so was ist was für große Etablissements ... Das können wir uns doch gar nicht leisten, mein Junge!« Nein, zwischen der gestrigen Probe und diesem sonnigen Nachmittag ging man nicht einfach pleite, nicht mal in Berlin in den irrwitzigen Aufs und Abs nach der Weltwirtschaftskrise.

Überhaupt, gestern, die Probe: Im Chaos des Gasangriffs und der heutigen Geschehnisse hatte er die Probe ganz vergessen; die Probe – und Bella, die neue Sängerin. Ihr Name klappte urplötzlich mit einem kleinen Tusch in seinem Kopf auf, mit einem süßen Duft und grellem Blühen wie die albernen Scherzartikel-Blumensträuße, die die fliegenden Händler abends in den Kneipen verkauften. Aus der Femina lebend herausgekommen war sie zweifellos; auf der Straße hatte er sie nicht mehr gesehen, und dann hatte es zu viel zu tun gegeben für ihn, um nach ihr zu suchen. Sándor schloss die Augen und rief sich ihren Auftritt auf der Kellerstiege vor Augen, ihre freche Retourkutsche auf seine Unverfrorenheit mit der Groschenmünze – und den langen Blick bei seinem Klarinettensolo.

»I'm lost without you«: Sándor sang den Refrain vor sich hin und trommelte den Rhythmus des langsamen Foxtrotts an die groben Bretter, mit denen Hertha Fuhs' Lokal vernagelt war, und offenbar hatte er mit dem Foxtrott ein geheimes Klopfzeichen gegeben, denn Sekunden später öffnete sich neben ihm die Tür eines Hauseinganges, und Hertha selbst steckte ihren runden Kopf durch den Spalt und zischte ihm zu:

»Sándor, Sie sind's – komm'se hier lang, hinten ist offen!«

Im Inneren der Bar sah es aus wie immer; die Gläser waren blank poliert, Hertha wienerte hinterm Tresen rum, und auf einem Barhocker brütete Julian über ein paar neuen Arrangements. Arno Lewitsch, der Geiger, war auch da; er hatte eine Batterie bunter Likörflaschen auf dem Tresen aufgebaut und versuchte, in einem langen Cocktailglas mit Löffel und Eiswürfeln für Hertha Fuhs ein sensationelles neues Getränk zu kreieren, das er »Pluto« nennen wollte – nach dem neuen Planeten, den der amerikanische Astronom Tombaugh im Februar entdeckt hatte.

»Plütoh?«, fragte Sándor, der von seiner Mutter eisern und erfolglos ein bisschen Küchenfranzösisch eingetrichtert bekommen hatte, das sie wiederum bei den hohen Herrschaften aufgeschnappt hatte, »ist das nicht französisch und heißt, warte mal – ziemlich?«

Arno Lewitsch ging auf den Spaß nicht ein.

»Ziemlich falsch«, dozierte er mit schwerer Zunge. »Pluto ist der Gott der griechischen Unterwelt. Der griechische Gott der Unterwelt. So ziemlich. Und weil er der neunte Planet unseres Sonnensystems ist, müsste ein Cocktail dieses Namens aus neun verschiedenen Zutaten bestehen. Aber wie ich das Zeug auch mische«, er deutete mit glasigem Blick auf das bunte Flaschenarsenal, »es kommen nur die Ringe des Saturns raus.«

Hertha Fuhs mischte sich ein: »Sterne sieht er auch schon – Arno, ich mixe meine Drinks hier selber, ich brauche Ihre Hilfe nicht, geben Sie her!«, forderte sie den Geiger auf und rang mit ihm um eine halb leere Flasche Curaçao, während Arno gleichzeitig eine olivbräunliche Melange aus wild verquirlten Likören hastig herunterschluckte.

Sándor war erleichtert, hier in der Bar alles beim Alten vorzufinden, und erkundigte sich bei Mutter Fuhs nach dem Grund der Verdunklung. Die resolute Frau stützte sich mit dem nackten Arm ihrer hochgekrempelten Kellnerinnenbluse auf den Tresen und patschte sich mit der flachen Hand gegen die Stirn.

»Weil ich nicht meschugge bin, nicht bleed, Sándor – darum ist hier zappenduster!«

Julian blickte kurz auf und quittierte den Jargon-Ausbruch seiner Mutter mit einem vorwurfsvollen »Mama!«. Doch die Alte breitete die Arme aus und deutete durch die dunklen Bretter hinüber Richtung Femina.

Sie senkte die Stimme; der betrunkene Arno Lewitsch sollte nicht mitbekommen, was außer ihr und Julian niemand sonst in der Band wusste – das kleine Geheimnis, womit Sándor Lehmann sein tägliches Brot verdiente. Sándor wusste nicht, was die Musiker tagsüber trieben – eigentlich wusste er es doch, das brachte sein Beruf so mit sich. Aber er wollte es nicht wissen, und die Kollegen an Bass, Schlagzeug und Saxofon ging sein eigenes Leben einen Dreck an. Nicht wissen, was der andere so macht: Das war eine solide Basis für musikalische Zusammenarbeit. Hertha Fuhs jedenfalls wahrte sein Geheimnis und raunte:

»Gestern Nacht das Spektakel – ich hab's ja alles von hier aus wie aus der Kaiserloge mit ansehen können. Habt ihr die Halunken schon erwischt? Nee? Nebbich! Weil die Braunhemden, die unter dem Schutz der Berliner Polizei stehen, sowieso schon wissen, wem sie für die Sache die Scheiben eindreschen werden. Uns Juden!«

Sándor Lehmann seufzte angesichts dieser sehr vereinfachenden Darstellung, doch Hertha Fuhs ließ den gespielten Protest dieses netten Polizisten nicht gelten. Sie war nicht mehr die Jüngste, und die Zeiten waren kompliziert – aber ein geradezu siebter Sinn ließ sie sehr genau wissen, wann Gefahr drohte. Die Rabauken von der SA – über 50.000 Mann liefen in den braunen Hemden durch die Stadt, eine rabiate und illegale Parteiarmee – waren nun mal schnell zur Stelle, wenn irgendwas in der Stadt passierte, und gaben immer den Juden die Schuld. Wenn ein Kaufhaus seine Waren wegen der schlechten Lieferbedingungen überteuert verkaufte, waren die Juden schuld und es wurden ein paar Schaufensterscheiben eingeschlagen. Wenn ein Sexual- oder Gewaltverbrechen passierte, machten die SA-Männer mit Holzknüppeln und Schanzzeug – Klappspaten, Picken, Beilen – Jagd auf vermeintlich degenerierte jüdische Untermenschen. Und wenn sich Sozialdemokraten oder Kommunisten in ihren Publikationen für einen jüdischen Journalisten oder Handelsbetrieb starkmachten, wurde dem gleich die ganze Bude abgefackelt.

Deshalb war Hertha Fuhs' Vorsicht für den Moment vielleicht noch übertrieben, aber konnte sie wissen, was noch alles passieren würde? Ab und an lugte sie aus der schweren Hofeinfahrt auf die Straße, um nachzusehen, ob die Kriminalen und die Schutzpolizei drüben schon abgezogen waren – falls die Femina am Abend wirklich wieder aufmachen würde, würde sie ebenfalls öffnen und den Laden andernfalls noch ein paar Tage geschlossen halten. Ihr Sohn Julian und seine Jungs konnten natürlich trotzdem unten im Keller ihre Jazzmusik üben – »Jatz« sprach Hertha trotzig das moderne Wort aus, und Julian korrigierte mehr als einmal geduldig von seinen Notenblättern aus: »Dschäss, Mama, Dschässs!« Der Bengel hatte mit ihr Frieden geschlossen; das war nicht immer so gewesen. Ihr längst verstorbener Gatte und auch sie selbst hatten es damals nicht gern gesehen, dass ihr talentierter, intelligenter Sohn sich nach dem bravourösen Abschluss des

Stern'schen Konservatoriums so völlig dieser modernen Musik hingegeben hatte. Als erster Spross ihrer Familie hatte Julian das Zeug dazu, ein Doktor zu werden, ein Versicherungsmann oder Bankdirektor. Also sollte dieser kluge Junge auch etwas aus seinem Talent machen, um nicht wie Wilhelm Fuhs und seine Frau von den Einnahmen dieser kleinen Kaschemme leben zu müssen. Stattdessen hatte der Bursche nur die Pianotasten im Kopf! Als Vater Fuhs grob geworden war und den Filius kurzerhand zum Soldaten machen wollte, hatte Julian, gerade achtzehnjährig, Reißaus genommen und in Hamburg auf einem der Überseedampfer angeheuert, sich mit unermüdlichem Klaviergeklimper die Überfahrt nach New York verdient. Vierzehn lange Jahre hatte Hertha Fuhs auf ein Lebenszeichen ihres Sohnes gewartet – eine Zeit, die sie fast umgebracht hätte und in der sie nach dem Kriegstod ihres Mannes selbst die beste Kundin ihrer eigenen Bar geworden war; Jahre voller Verzweiflung und Hunger, in denen das Überleben wichtiger gewesen war als Fragen von Moral und Anstand. Vierzehn Jahre lang hatte sie ihren Sohn vermisst wie ein fehlendes Körperteil, ein Schmerz, der nie nachließ, nie verging und der sie vielleicht zuverlässiger zum Weiterleben gezwungen hatte, als der eigene Überlebenstrieb es gekonnt hätte. Sicher, Abertausende von Familien hatten ihre Söhne im Krieg gelassen, und der Tod ihres Mannes hatte sie auch mit einer schneidend harten Breitseite getroffen; doch das Wissen, dass Julian nicht im Krieg gewesen war, sondern polizeilich seine Überfahrt an Bord des HAPAG-Dampfers »Deutschland« nach New York bestätigt worden war – dass er vielleicht noch lebte dort drüben in den Staaten und trotzdem nichts von sich hören ließ –, dieses Wissen hielt sie am Leben und brachte sie gleichzeitig fast um.

Vierzehn Jahre war eine unendlich lange Zeit, aber Julians Streit mit dem Alten hatte bei ihm Wunden geschlagen, die erst heilen mussten. 1924, mit 32 Jahren, hatte ihr verlorener Sohn dann plötzlich in der Tür gestanden; ein ironischer, weltgewandter junger Mann voller Ideen, mit einem kleinen Bündel Erspartem für die erste Zeit und einem ganzen Schrankkoffer voller Noten … Und auch wenn Hertha nach einer ersten Woge von Glückseligkeit doch skeptisch gewesen war, wie ihr Sohn diese Jazzarrangements zu Geld machen wollte: Der Junge war seinen Weg gegangen, hatte die Berliner Musikerlokale abgeklappert, Kontakte geknüpft, an den richtigen Stellen die richtigen Namen fallen lassen und die ambitioniertesten Talente zu gemeinsamen Bandproben zusammengebracht. Er hatte im Nu eine Kapelle auf die Beine gestellt, die erst unter den Jazzbegeisterten der Stadt und schnell auch bei einem weit größeren Publikum Furore gemacht hatte. Und sie selbst, Hertha Fuhs, hatte sich am Riemen gerissen und sich herausgearbeitet aus dem Sumpf aus Suff und Gleichgültigkeit; hatte ihre kleine Bar renoviert, ein paar notorische Säufer dauerhaft vor die Tür gesetzt und alles getan, ihrem glänzenden Sohn, auf den sie nun doch sehr stolz war, keine Schande zu machen.

Seit seiner Wiederkehr konnte sie ihrem Jul, wie sie den Mann mit der Hornbrille noch immer nannte, nicht mehr böse sein; sie hatte einen Narren an ihrem wiedergefundenen Sohn gefressen und erfüllte ihm jeden Wunsch, auch wenn sie schwarzsah, was die Welt dort draußen anging – den Antisemitismus, die aggressive Hitlerpartei, die ihr einigermaßen friedliches Dasein Jahr für Jahr mehr in Gefahr brachte. Zwischen der Begeisterung für die steile Karriere ihres Sprösslings und der wachsenden Angst vor der politischen Entwicklung bewegte sich ihr mütterliches Denken. Julians Freundschaft mit Sándor sah sie gern; immerhin war der Mann Polizist; vielleicht würde er ihren Sohn beschützen können, wenn ihm Unrecht geschah.

Sie zwinkerte Lehmann kokett zu, und er strahlte gutmütig zurück. Martha Fuhs musste mal eine schöne Frau gewesen sein, doch die langen Nächte all der Jahre hatten dieser Schönheit zugesetzt.

Sándor schob sich neben Julian auf einen Hocker; der Bandleader mochte diese Unterbrechung seiner nachmittäglichen Arrangierarbeiten nicht, aber Lehmann ignorierte das heute, weigerte sich, einen von Arnos »Plutos« zu probieren und kam gleich zur Sache.

»Julian, der Anschlag gestern Nacht: Wer steckt dahinter?«

Julian machte eine erstaunte Grimasse; er hatte eine ganze Reihe dieser Showgesichter auf Lager, mit denen er zwischen den Stücken das Publikum zum Lachen brachte; ein Clownsgesicht irgendwo zwischen Dummheit und Sentimentalität.

»Da fragst du den Falschen, mein Freund. Gestern Abend – das war nicht nur unvorstellbar, ich kann mir auch niemanden vorstellen, der so was machen würde. Unsere nationalsozialistischen Kameraden vielleicht, aber die inszenieren ja eher publikumsträchtige Prügelorgien.«

Sándor zuckte die Achseln. Für die SA würde er seine Hand nicht ins Feuer legen, doch Julian hatte Recht: Der Gasangriff sah nach einem Einzeltäter aus, einem Verrückten, nicht nach den ferngesteuerten Uniformierten aus dem Hause Hitler und Goebbels.

»Eine Eifersuchtsgeschichte? Ein Wahnsinniger? Ein Konkurrent? Könnte Jenitzky etwas mit der Sache zu tun haben?«

Julian Fuhs sah resignierend von den Notenblättern auf, putzte sich umständlich die Brille, legte die Stirn in Denkerfalten und tat so, als hörte er den Namen das erste Mal.

»Jenitzky?«

»Menschenskind, ja, Jenitzky, der Name wird dir ja wohl geläufig sein.«

»Geläufig ist gut, Sándor … immerhin spielen wir heute Abend im Café Jenitzky; willst du absagen?«

Das hatte Sándor komplett vergessen, doch er schüttelte den Kopf. Natürlich nicht. Trotzdem, er fragte noch mal nach: Was hielt Julian von einer Beteiligung des Friedrichstadt-Kneipiers am Femina-Anschlag?

Julian lehnte sich zurück; sein Smoking, Berufsbekleidung, die er auch tagsüber trug, klaffte auf und enthüllte ein kleines Kugelbäuchlein, an dem wohl Lily Löwensteins österreichische Kochkunst die Schuld trug. Fuhs lächelte lautlos vor sich hin und schüttelte den Kopf dabei.

»Jenitzky ... Der Mann ist noch immer die Nummer eins im Osten, aber seine Stellung ist allmählich ins Wanken gekommen, und seit ein paar Jahren macht ihm das neue Berlin rund um die Gedächtniskirche echte Probleme. Der Delphi-Palast, die beiden Eldorados, Haus Gourmenia, die Femina, Rio Rita, Rosita, das Quartier Latin, die unzähligen Bars von Kakadu bis Pompeji, das sind alles Nägel zum Sarg der Friedrichstraße. Hier brennt die Luft, und in der alten Stadtmitte ist tote Hose. Das kann ihm keinen Spaß machen. Und einem wie Jenitzky traue ich alles zu; der Mann ist ein Ganove erster Güte.«

»Heißt das ... ja?«

Fuhs blies empört einen Stoß Luft durch die Nase aus, sah zu Arno hinüber und dämpfte seine Stimme.

»Bin ich die Polizei oder du?«

Sándor Lehmann lächelte verschmitzt; er stupste den Freund mit der Schulter an und holte weit aus.

»Was wiegt einer wie Jenitzky, drei Zentner? Vier? So ein Walross zieht doch eine Riesenschneise, wenn er irgendwas vorhat; der kauft doch nicht mal eben irgendwo eine Gasbombe, schmuggelt das Ding ungesehen in die Femina, und keiner kriegt was mit ... Du kennst doch Gott und die Welt, Julian, du bist doch selbst immer noch auf der Friedrichstraße unterwegs mit den Jungs. James Kok, Schulz-Reichel, du trinkst dein Bier mit Max Schmeling: Irgendwer muss es mitgekriegt haben, wenn Jenitzky in den letzten Tagen auf Abwegen gewesen ist. Irgendwer hat sicher ein Hühnchen zu rupfen mit dem alten Gangster und brennt darauf, darauf angesprochen zu werden. Hat er nicht schon die halbe Welt um die Gage geprellt? Warum spielt ihr alle nur auf Vorkasse bei ihm?«

Julian schüttelte den Kopf, wahrscheinlich ungläubig über die Unverfrorenheit, mit der sein alter Freund ihn hier für Spitzeldienste anheuerte, doch dann lächelte er, hielt inne, hob beide Hände rechts und links neben den Kopf und nickte ergeben.

»Okay, okay, ich werde mich umhören. Werde die Jungs fragen, Borchard, Weintraub, wen ich so sehe. Erwarte nicht zu viel. Sicher, dass Jenitzky nicht einfach pleitegehen will, ist klar. Vielleicht hat er ja wahrhaftig einen seiner Männer in die Femina geschickt; der Bursche ist gewalttätig und paranoid. Allerdings ...« Julian lehnte sich zurück, und die bunte Barbeleuchtung spiegelte sich in den Scheiben seiner Brille.

»Allerdings was?«, warf Sándor ein, obwohl er ahnte, was jetzt kam.

»Allerdings werde ich mich hüten, ihm das heute Abend ins Gesicht zu sagen.«

Sándor Lehmann grunzte zustimmend.

»Keine Frage. Ihm alles zutrauen, das ist noch kein Tatmotiv. Wenn ich sicher wäre, würde ich ihn hochnehmen.«

Julian nickte.

»Geht doch hin. Macht Razzia. Nehmt zwei, drei seiner Läden auseinander.«

Sándor nickte ebenfalls.

»Wahrscheinlich wird es darauf rauslaufen. Mein neuer Kollege bevorzugt den ganz großen Auftritt, mit 'ner einfachen Vernehmung ist es dem nicht getan.«

Julian hob die Achseln und ließ sie wieder fallen.

»Na, denken wir mal positiv, positively absolutely« – die englischen Brocken stammten aus einem seiner neuen Arrangements –, »und hoffen, dass dein Kollege nicht schon heute Abend Jenitzky die Tür einrennt.« Er machte eine nachdenkliche Pause und fragte dann noch einmal nach: »Bleibt's dabei, kommst du wirklich zum Auftritt?«

Sándor blinzelte und lächelte übertrieben verschlagen.

»Ist Bella mit von der Partie?«

Julian stutzte, nickte, grinste.

»Die war ganz empört, als ich nach gestern alle Auftritte erst mal absagen wollte. Das Mädel hat Haare auf den Zähnen; was die sich in den Kopf setzt, macht sie auch. Fabelhaft! Und wer spielt das Klarinettensolo? Muss ich Charlie Vidal fragen, oder kann ich mit dir rechnen?«

»Ja. Ich bin dabei. Inkognito. Du erkennst mich an dem riesigen roten Schnurrbart, alter Freund.«

Er schlug dem Bandleader auf die Schulter und winkte Arno zu, dem Mutter Fuhs gerade einen mehrstöckigen Bohnenkaffee zuschob.

»Das ist nicht Pluto, das ist Mars!«, deutete Arno auf den Kaffee, und Hertha Fuhs drückte Sándor an den wogenden, von einer zu eng geknoteten Kellnerinnenschürze in Form gehaltenen Busen. Sie deutete durch das herabgelassene Rouleau in Richtung Femina.

»Sándor, meinem Jungen wollte ich die Musiziererei damals nicht erlauben, aber bei Ihnen, ehrlich gesagt … bei Ihnen wär's mir manchmal am liebsten, wenn Sie diesen noch viel gefährlicheren Polizeiberuf an den Nagel hängen würden und nur noch Klarinette spielten.«

»Mach' ich, Frau Fuhs, versprochen.«

»Im Ernst?«

»Ganz sicher. So wahr mein Schnurrbart echt ist!« Er lachte.

Hertha Fuhs schüttelte tadelnd den Kopf.

»Polizei oder Musiker, Angst um euch Bengels habe ich sowieso. Irgendwann werden sie euch noch alle einsperren, bloß weil ihr diese Jatz-Musik macht.«

»Dschässs, Mama«, murmelte Julian vom Tresenrand. Er war längst wieder in die swingende Welt seiner Arrangements eingetaucht und tippte rhythmisch mit den Füßen auf die Messingstange am Tresensockel.

Sándor lachte und tätschelte Mutter Fuhs' Hand, die auf dem Tresen lag.

»So weit sind wir in Deutschland nun doch noch nicht, dass einer eingesperrt wird, weil er die falsche Musik macht, Frau Fuhs«, versicherte er.

Hertha Fuhs blickte skeptisch. Sie seufzte. Arno Lewitsch kippte den Kaffee hinunter und schüttelte sich.

»Sándor«, murmelte er, »auch da?«

Sándor Lehmann nickte aufmunternd und wiederholte die Textzeile aus Julians neuestem Arrangement:

»Positively absolutely, Arno!«

DIE POLIZEI

Belfort stand am Fenster und sah mit einer unübersehbaren Heiterkeit in den Innenhof, als Sándor Lehmann das gemeinsame Büro am Alexanderplatz betrat. Diese entspannte Zuschauerpose war so ungewöhnlich für den Mann, dass Sándor sich neben ihn stellte und seinem Blick aus dem Fenster folgte. Im Hof stand eine Gruppe uniformierter Schutzpolizisten um ein blechernes Ungetüm auf Rädern, das offenbar eben erst geliefert worden war; die Spätnachmittagsonne spiegelte sich in akkurater dunkelblauer Lackierung und blitzenden Metallteilen. Die Mitte des Fahrzeuges wurde von einem riesigen Stahlballon ausgefüllt; ein massiger Zylinder, der sicher fünfzehn Kubikmeter Wasser fassen konnte und dem schwerfälligen Vehikel ein Gewicht geben würde, dass selbst der starke Lastkraftwagenmotor, der hier verbaut worden war, nur mit äußerster Anstrengung ziehen konnte.

»Ist Badetag bei der Berliner Polizei?«, fragte Sándor sarkastisch, und vielleicht zum ersten Mal seit ihrem Kennenlernen grinsten beide Kommissare einvernehmlich über denselben blöden Witz.

»Ja«, antwortete Belfort schließlich, »da geht der gesunde Menschenverstand baden, und auf dem Badewasser schwimmt der schöne Schaum der Demokratie.«

Sándor Lehmann runzelte die Stirn; er verstand die Pointe nicht ganz, und dem anderen schien der eben gelieferte erste deutsche Wasserwerfer ein weiterer Beweis verfehlter Innenpolitik zu sein.

Innenpolitik in Deutschland 1930, das wurde immer mehr vor allem eine Frage der richtigen Bewaffnung. Letztes Jahr im Mai hatten sie alle gesehen, was falsche Bewaffnung ausrichten und anrichten konnte; und der Wasserwerfer, der unten im Hof stand, war ein direktes Ergebnis dessen, was die Kommunisten »Blutmai«

nannten. In den Wochen vor der traditionellen Maidemonstration der Arbeiter war die Stimmung gefährlich hochgekocht. So verzweifelt, wie die Lage war, stand der wackeligen Weimarer Republik eine gewaltige Auseinandersetzung bevor, Straßenkämpfe womöglich – eine Krise mit revolutionärer Sprengkraft. Die KPD hatte bei den zurückliegenden Betriebsratswahlen die Arbeiterschaft in sensationellen Mengen hinter sich gebracht; dass für die seit Jahren stattfindende, mit hohem Symbolwert behaftete Maidemonstration nun keine Ausnahme des seit Ende 1928 bestehenden Demonstrationsverbots gemacht wurde, erboste die Kommunisten bis aufs Blut. Vor allem deshalb, weil die Weigerung vom Polizeipräsidenten Zörgiebel ausgesprochen worden war, einem Sozialdemokraten, der seine Partei und die Gewerkschaften hinter sich wusste. Dass die verhassten sozialdemokratischen Konkurrenten ihnen die Demonstration verboten, war für die KPD nicht hinzunehmen – und andererseits hätte jedes Nachgeben der Polizeiführung einen Gesichtsverlust für die SPD dargestellt. So waren die Fronten verhärtet. Die SPD-nahe Presse warf den Kommunisten vor, Menschenleben zu riskieren – und die KPD ihrerseits prophezeite, dass Sozialisten auf Kommunisten schießen lassen würden.

Am 1. Mai 1929 hatte die Stadt einem Heerlager geglichen; in allen Seitenstraßen standen Polizeieinheiten, Maschinengewehre und kleine Feldgeschütze waren aufgefahren worden, um jede aufkeimende Demonstration sofort zu verhindern. Gennat hatte protestiert, aber auch er musste mit seinen Leuten ausrücken, um bei etwaigen Festnahmen die erkennungsdienstliche Arbeit zu machen.

Die Menschenmassen im Wedding und in Neukölln waren unübersehbar groß gewesen. Über 100.000 Arbeiter waren auf die Straße gegangen, doch die Polizei – die sofort an allen Enden eingriff – hatte sich nicht lange mit ihren Holzknüppeln aufgehalten, und die Feuerwehrspritzen nutzten nur da, wo es Hydranten in der Nähe gab. Irgendein überforderter Schutzpolizist hatte einen Neugierigen erschossen, der sein Fenster in der Weddinger Kösliner Straße nicht schließen wollte – das hatte dem Aufruhr Zunder gegeben. Die Polizeiführung hatte es mit der Angst zu tun bekommen und die gepanzerten Wagen auffahren lassen mit den Maschinengewehren hinter zentimeterdickem Blech. Und die militärisch geschulten, rechtsorientierten Kräfte in der Polizei hatten die Gelegenheit ergriffen, Tabula rasa zu machen und den Kommunisten Zunder zu geben, wo die Sozialdemokraten schon mal den Schwarzen Peter hatten. Ein revolutionärer Flächenbrand hatte den ganzen Berliner Norden ergriffen; im Wedding hatten die Barrikaden zwischen Wiesen- und Weddingstraße gebrannt, während mit polizeilichen MG-Salven jedes Stückchen roter Stoff beschossen wurde, das irgendwo an einem Wohnhaus aus einem Küchenfenster hing. Am Ende wehte über Berlins Norden Pulverdampf, und es lagen 33 tote Zivilisten auf den Bahren. Hass und Rachedurst waren in alle Köpfe gebrannt wie noch nie zuvor.

Die Polizeileitung hatte die Vorkommnisse anschließend in Dutzenden Gesprächen und Planspielen analysiert und, weil sie die Politik aus ihren Überlegungen ausklammerte, die hinter all dem Hass als Ursache stand, die Sache unbeholfen und unzureichend auf einen technischen Nenner gebracht. Nicht der nationalsozialistische Kommunistenhass weiter Teile der Polizei oder die aggressive Aufhetzung durch den seit 1928 nicht mehr mit Redeverbot belegten Aufrührer Adolf Hitler, nicht die Verzweiflung der Arbeiter angesichts der immer verheerenderen wirtschaftlichen Lage und auch nicht der eifersüchtige Neid der Sozialdemokraten auf den Erfolg der Kommunisten bei den Arbeitern hatten die Situation so eskalieren lassen – die Bewaffnung, glaubten die uniformierten Analysten, war unzureichend gewesen. Zwischen Holzknüppeln und Maschinengewehren hatte einfach die richtige Technik gefehlt, und die sollte der rollende Badezuber dort unten im Hof jetzt zur Verfügung stellen: Wasser unter Hochdruck verschießen, streikende Arbeiter und randalierende SA-Männer gleichermaßen von den Beinen spritzen, die morsche Notverordnungsdemokratie der Weimarer Republik wässern, bis sie schwimmen lernte oder vollends absoff.

Belfort befürwortete schlichtere Methoden. Für ihn war das beste Mittel gegen eine kommunistische Demonstration, die Teilnehmer schon ausfindig zu machen, bevor sie überhaupt stattfand – und kurzerhand einzusperren. Gewalttätige Demonstrationen konnte es eben nur geben, solange es überhaupt Demonstrationen gab. Am 1. Mai hätte er nicht die Wohnhäuser beschossen, sondern gleich auf die Köpfe gezielt. Nicht mit Wasserspritzen, sondern mit soliden Gewehrsalven aus soliden Waffen, die nicht erfunden werden mussten, sondern zur Verfügung standen. Deshalb erregte das archaische Spritzengefährt unten im Hof seine Heiterkeit. Technischer Firlefanz wie ein Wasserwerfer würde in Deutschland keine Zukunft haben; in ein, zwei Jahren würde kein Mensch mehr von diesem Unsinn sprechen. Das Ding war für Karnevalsumzüge zu gebrauchen, im polizeilichen Alltag gab es für Wasserwerfer keinen Platz.

Sándor hingegen glaubte nicht an neue Technik, solange die alten, politischen Probleme nicht angegangen wurden, aber darüber mussten sie hier am Fenster nicht groß diskutieren. Unten regte sich jetzt das dunkelblaue Seeungeheuer. Mit einem röhrenden Beben sprang der schwere Motor an, der neben dem Antrieb des Fahrzeugs auch noch die Pumpanlage des Wasserbehälters mit Druck versorgen musste. Der Gefechtskopf drehte sich anderthalb Mal um seine Achse, und mit imposantem Wasserdruck wurden zur unüberhörbaren Freude der uniformierten Zuschauer ein paar Bürofenster eingeschossen. Es gab trotz des offensichtlichen Fehlschusses begeisterten Applaus unten im Hof. »Roter

Wedding, wascht euch, Genossen, haltet die Seife bereit«, intonierte einer der Beamten mit dröhnender Stimme eine dümmliche Verballhornung eines populären neuen Arbeiterliedes, und Sándor stellte verblüfft fest, dass die fehlende Treffsicherheit der neuen Wunderwaffe den Umstehenden offenbar vollkommen egal war ... solange das Ding nur ordentlich Druck auf dem Rohr hatte.

Belfort hatte sich kopfschüttelnd wieder seinem Schreibtisch zugewandt; Sándor sah die akkurat gestapelten Vorgangsmappen und fragte beiläufig: »Und, wie läuft's?«

Der Kollege tippte der Reihe nach auf die Mappenstapel und zählte auf:

»Hier sind die Ganoven, deren Namen wir aus Hallsteins Liste extrahiert haben. Eine erstaunliche Ansammlung von Abschaum und Gesindel; einen potenziellen Ehrenbürger hat Berlin mit dem Kerl jedenfalls nicht verloren. Wir haben auch noch zwei, drei Kellner aufgetrieben; die Vernehmung läuft noch; das wird die Zahl der unmittelbar Tatverdächtigen weiter aufstocken. Seit ein paar Stunden läuft die Fahndung nach den Namen auf der Liste auf Hochtouren. Wer greifbar ist, wird festgenommen; wer gemeldet ist, dessen Wohnung wird auf den Kopf gestellt. Es könnten dreißig, vierzig Mann werden insgesamt; Hansen und Schmitzke und zwei, drei andere sind unten schon an der Arbeit.«

Belfort tippte auf den nächsten Stapel.

»Hier liegen die Verdachtsfälle gegen Jenitzky aus den letzten fünf, sechs Jahren. Nötigung, schwere Körperverletzung, Unzucht: Der Mann arbeitet offenbar das ganze Strafgesetzbuch durch. Hat aber die teuersten Anwälte auf der Lohnliste, alle namhaften jüdischen Kanzleien der Stadt; die pauken ihn jedes Mal raus. Ein unbescholtener Bürger einstweilen, weil er sich diesen ehrenwerten Rechtsbeistand leisten kann.«

Stapel drei.

»Hier haben wir eine Aufstellung seiner Vermögenswerte, die Kauf- und Pachtverträge seiner Etablissements, Bankbewegungen. Das Material ist unvollständig; die Herren Bankiers mauern, wahrscheinlich wollen sie sich die kleinen Gefälligkeiten ihres Gönners nicht verscherzen. Wer ist schon die Kriminalpolizei des Deutschen Reichs, die in einem mehrfachen Mordfall ermittelt, gegen eine minderjährige Negerhure mit Bananenröckchen, die einem auf dem Schoß sitzt?

Immerhin, ein paar Zahlen haben wir zusammengebracht. Ich habe nur flüchtig reingesehen, aber mir scheint, das Imperium darbt gerade ein bisschen. Nichts, was einem wie Jenitzky den Mittagsschlaf vermiesen könnte, aber – wie nennt es dieser Seelendeuter Freud? – es kratzt am Ego.«

Vier.

»Die Gasbombe. Hat ja nicht jeder so ein Ding in der guten Stube im Schrank stehen. Unsere ist Baujahr 16 und unregistriert, war also nicht östlich der Oder unterwegs, sondern ist gleich aus Reichswehrbeständen abgewandert. Irgendwelche geschäftstüchtigen Individuen werden das Gerät noch im Herstellungswerk abgezweigt und so die deutsche Wehrkraft einmal mehr geschwächt haben.«

»Schwarze Reichswehr?«, wollte Sándor wissen, und Belfort schnaubte erwartungsgemäß verächtlich. Bruno Buchruckers illegalen Verbände, die bei Küstrin versteckten Kampfeinheiten oder die bayrischen Truppenteile, zusammen im ganzen Reich sicher 30.000 Mann, bildeten eine bedrohliche Schattenarmee, jeder politischen oder polizeilichen Kontrolle entzogen, nationalistisch, kampfbereit, hochbewaffnet. Ein klarer Verstoß gegen die Versailler Verträge und ein offenes Geheimnis. Doch wer davon sprach – wie Professor Gumbel aus Heidelberg, der die Fememorde unter den aufgeheizten paramilitärischen Gruppierungen untersucht hatte –, wurde des Landesverrats bezichtigt. Von der Schwarzen Reichswehr sprach man nicht, und auch Belfort wechselte abrupt das Thema und fragte stattdessen, ohne die weiteren Mappenstapel zu erläutern:

»Und was haben Sie gemacht?«

»Kaffee getrunken«, gab Lehmann ohne Umschweife zurück, steckte die Hände in die Hosentaschen und schlenderte hinüber zu seinem eigenen, weit unbenutzter wirkenden Schreibtisch. Belfort folgte ihm mit einer langen Papierrolle; einem Grundriss, den er auf Sándors Schreibtisch ausrollte.

»Kaffee? Dann sind Sie vielleicht wach genug, mal auf dieses nützliche Stück Papier hier zu schauen. Eine Lageskizze vom Café Jenitzky; die haben wir eben mithilfe eines festgenommenen Individuums angefertigt, das unten noch verhört wird und Jenitzkys Laden ebenfalls gut kennt. Der Mann wollte uns einen kleinen Gefallen tun, damit Schmitzke nicht so detailliert wissen will, womit er sein trübes Einkommen erzielt. Also: Hier drüben liegt die Friedrichstraße, um die Ecke in der Taubenstraße ist der Haupteingang. Zwei Lieferanteneingänge, ein Fahrstuhl in den Keller, hier zwei, nein, drei Feuerleitern nach oben. Insgesamt leicht zu kontrollieren. Zwanzig Mann müssten völlig reichen, und mit zwei mal zehn weiteren lässt sich das Publikum auch zur besten Zeit zügig durcharbeiten.«

»Wollen Sie eine Razzia machen?«, fragte Lehmann ohne jede Gefühlsregung, und Belfort übertraf ihn noch an Gelassenheit, rollte den Plan wieder zusammen, schnippte ein Ringgummi über die Rolle und zielte mit der Mündung des langen Papierrohres auf die Brust seines Gegenübers.

»Nein, mein Lieber« – die Stimme dehnte sich, vermied jede Ironie, versuchte, beiläufig zu klingen –, »SIE wollen eine Razzia machen. Oder haben Sie heute Abend schon etwas anderes vor?«

ZELLENGEFÄNGNIS

Unterm Präsidium liefen die Vernehmungen, und Sándor war klar, dass er sich nicht den ganzen Tag davor drücken könnte. Hansen, Schmitzke, der dicke Plötz waren schon als »Minenarbeiter« eingeteilt, eine stickige, anstrengende Tätigkeit unter Tage, zwei Treppen unter dem Erdgeschoss, fern vom Tageslicht, der Kaffeeküche und Kantine. Es war eine Arbeit für Arschlöcher, und keiner riss sich darum, aber sie musste gemacht werden. Belfort hatte das Kellergeschoss, das sich unter dem Häuserblock des Polizeipräsidiums am Alexanderplatz weit in die ansteigende Erdmasse des Prenzlauer Bergs schob, mit allerhand kleinen und großen Fischen gefüllt, die jetzt sortiert werden mussten. Im Zehnminutentakt hatte die grüne Minna Inhaftierte ausgespuckt, protestierende Familienväter, weinende Kleinkriminelle und verbissen schweigende harte Burschen. Oder was sich so dafür hielt. Denn wirklich hart blieben hier unten in den Katakomben nur wenige – alle anderen überlegten es sich auf halber Strecke, um nicht länger als unbedingt nötig in die Mangel genommen zu werden.

Am Anfang stand die Bürokratie. Hansen und Schmitzke arbeiteten parallel, um den Andrang zu bewältigen. Name, Alter, Anschrift. Verwandtschaftsverhältnisse, Glaubensbekenntnis, Arbeitsverhältnis, Leumund. Auch hier unten hatte die moderne Rohrpost Einzug gehalten. Die Einkassierten wurden gemessen, gewogen und – vor einer Wand mit einem Schiebmaß nach Bertillon – fotografiert. Fingerabdrücke wurden abgenommen; die Daktyloskopie der feinen Rillen und Ornamente auf den menschlichen Fingerkuppen hatte Bertillons Körpermaß-Identifizierung als System zur Tätererkennung zwar im Grunde längst abgelöst; allerdings gab es ganze Kohorten von Wissenschaftlern, die die

Kriminalpolizei belagerten und ganz erpicht waren auf alle Daten, die über Schwerkriminelle erhoben werden konnten. Wenn die Wissenschaft erst mal beweisen könnte, dass der durchschnittliche Sittenstrolch 1,72 groß und 68 Kilo schwer war, mit blauen Augen und schwarzen Haaren ausgestattet – dann würde man alle aktuellen und künftigen Täter ganz einfach auf der Straße festnehmen können. Oft, bevor die Tat überhaupt geschah oder die Täter überhaupt wussten, wozu sie imstande waren.

Auch Schmitzke glaubte an die Physiognomie des Schwerverbrechers, und während er missmutig Maße in die Felder von Lochkarten piekste, schwadronierte er lautstark drauflos, woran man einen Berliner »schweren Jungen« erkennen könne: an der »Verbrecherfresse« nämlich, an »Blumenkohlohren« und »dieser platten Nase«. Sándor, der eben in den Raum getreten war, räusperte sich. Die Beschreibung traf auf ihn selbst zu. Schmitzke lachte dröhnend; er war eine rustikale Frohnatur und hatte ganz andere Vorstellungen von der Schwerverbrechererfassung als das Lochen der braunen Karteikarten, von denen eben wieder ein Dutzend in einem kleinen Rollwägelchen in die Rohrpost rutschten.

»Hundert Jahre früher war die Arbeit noch ein Klacks, Chef«, verkündete er über den Kopf eines Delinquenten hinweg grinsend, »da hat man den Kerlen eine Nummer in die Arschbacken gebrannt, und wenn man mal wieder nach 'nem Schuldigen gesucht hat und wissen wollte, ob der Bursche schon was auf dem Kerbholz hatte, hat man ihm kurz mal die Hose übern Hintern gezogen und nachgesehen.«

Er tätschelte dem Vernommenen – einem kleinen, ältlichen Mann, der schwer erkältet zu sein schien und auch vor Angst zusätzlich schlotterte – fast zärtlich die Wange.

»War natürlich viel schlechtere Luft hier unten, nicht wahr? Die Kohlen, das Feuer, der heiße Stahl … und, zisch, das Brutzeln auf der Haut, verbrannte Haare …« Er lachte wieder lauthals, und der kleine Mann musste husten und fiel fast in Ohnmacht dabei.

Sándor lachte kopfschüttelnd mit und sah zu Hansen rüber, der mit seiner kleinen Nickelbrille unter den buschigen Augenbrauen wie der Inbegriff eines Buchhalters aussah. Hansen ließ sich Zeit zwischen den Fragen, viel Zeit, und wer gelogen hatte, dem wurde jede Sekunde besonders lang.

Lang waren auch die Flure, und jedes Geräusch hallte hundert Meter weit ins Halbdunkel hinein: Türenknarren, Furzen, metallische Schließgeräusche. Männer wurden von Wachtmeistern nach vorn zum Verhör gebracht, wieder abgeführt zu den Vernehmungsräumen. Von den Vernehmungsräumen wurden sie hinübergeleitet in die lange Reihe der Einzelzellen; geleitet, geführt – und mitunter auch getragen. In den Vernehmungsräumen war der dicke Plötz an der Arbeit, und auch Belfort selbst griff ein, wenn ihm eine Ausrede zu windig schien, ein Alibi zu dünn gewebt. Die Verhöre waren ausufernd und mühsam; neben der eigenen Anwesenheit in der Femina mussten die Festgenommenen auch erklären, wen sie erkannt, gesehen und gesprochen hatten. Welche »Kollegen« waren am fraglichen Abend auf der Pirsch gewesen, hatte man Prominenz erkannt oder Fremde, die durch auffällige Kleidung, ungewöhnliches Benehmen hervorgestochen waren? Für jeden der so Beschriebenen wurde eine Karteikarte in einem rollenden Karteikastenwagen angelegt, auf der sich im Lauf des Nachmittags Daten sammelten, kleine Beobachtungen, Vorlieben beim Trinken, Tanzpartnerinnen, Uhrzeit der Ankunft und Platzierung im Ballsaal im Augenblick des Geschehens. Der Karteiwagen rollte eifrig zwischen den Vernehmungsräumen hin und her. Je mehr all die Kleinkriminellen und Nachtschwärmer den eigenen Hals aus der Schlinge bekommen wollten, umso mehr Details fielen ihnen über andere ein, und gegen vier am Nachmittag lagen Lehmann und Belfort rund zweihundert Karteikarten über Gäste und über dreißig von Bediensteten, Kellnern und den Bühnenmusikern vor. Die Musiker selbst hatte Belfort nicht aufstöbern können, und Lehmann war froh darüber, dass Julian Fuhs, Arno Lewitsch und die anderen die Köpfe offenbar nicht aus Mutter Fuhs' Versteck gereckt hatten, sondern abwarteten, bis der erste Sturm vorüber war. Auch Frauen waren nur als Ausnahme, als Beifang mit ins Präsidium gekarrt worden: Die Professionellen hatten sich längst dünngemacht und waren im Schutz ihrer Zuhälter von der Bildfläche verschwunden, und alle übrigen gehörten eher zum Geldadel der Reichshauptstadt und standen kaum im Verdacht, sich selbst und ihresgleichen mit einer Gasbombe ins Jenseits befördern zu wollen.

»Niemanden erkannt? Wolln'se mich verscheißern, Männeken?« Der dicke Plötz, der wie eine erschöpfte Erdkröte hinter einem metallisch grünen Stahlschreibtisch thronte, hatte verbittert kopfschüttelnd die Arme vor dem imposanten Wanst verschränkt, und Belfort, der lautlos im Vernehmungsraum hin und her ging, kam näher, trat hinter den Delinquenten.

»Na los, erinnern Sie sich mal ein bisschen, Mann ... Welche Farbe hatten die Smokings der Kapelle?«

»Rot«, versicherte der Befragte auf dem einsamen Holzstuhl in der Raummitte mit bebender Stimme, und da war schon Belfort hinter ihm und riss ihm fast das Ohr ab. Der Mann warf sich mit einem Schmerzensschrei zur Seite und fing sich gleich noch einen Fußtritt ein.

»Rot?« Plötz schüttelte besorgt grollend den Kopf.

»Weiß«, gab der Mann wimmernd zu, und Belfort zog hörbar die Luft ein, Luft, die nach Keller und Schweiß roch und nach den Unmengen von Zigaretten, die in den letzten Jahrzehnten hier unten geraucht worden waren.

Sándor Lehmann drückte sich noch eine Weile untätig beobachtend in den Gängen herum, rauchte draußen noch mal eine Zigarette in der nach Teer und Frühlingsblumen duftenden Mailuft und bezog dann so langsam wie möglich einen weiteren Vernehmungsraum. Nacheinander wurden auch ihm die Festgenommenen hereingeführt; eine lange Reihe von Männern in zerdrückten, fadenscheinigen Anzügen, denen die Weltwirtschaftskrise in jeder Stofffalte zu hängen schien. Jeden Zweiten kannte er persönlich, jeden Dritten hatte er selbst schon mal eingebuchtet, und die meisten gaben kleine, unterdrückte Geräusche der Erleichterung von sich, wenn sie ihn erkannten: Nicht, weil Sándor Lehmann nicht auch schon mal ein Kehrblech mit Schneidezähnen bestückt hätte oder seine Hand eine Woche lang in eine Mullbinde wickeln musste, weil er sich an irgendeinem begriffsstutzigen Kinn die Knöchel blutig gehauen hatte. Aber Sándor Lehmann, der Bulle mit dem Ochsenkopf und den hellblauen Augen, spielte nach Regeln, die man verstehen konnte. Wer ihm half, kam glimpflich davon; nur wer bockte, kriegte die Fresse voll: So einfach war das. Sándor hielt nichts von der ganzen Festnahmeorgie; und in die Fresse kriegten nur wenige an diesem Nachmittag: ein, zwei aufgebretzelte Russen mit Offizierspatent, die sich wegen der guten Hammersteinschen Beziehungen zwischen der Wehrmacht und den sowjetischen Militärs für unangreifbar hielten und schon deshalb eines Besseren belehrt werden mussten; ein morphiumsüchtiger Nuttenmörder, der von einem morphiumsüchtigen Richter freigesprochen worden war und dem Lehmann letzten Herbst angekündigt hatte, dass er ihn umbringen würde, wenn er noch einmal östlich von Spandau den Kopf aus der Deckung nahm. Und irgendein blöder Bauer aus der Provinz, der lautstark protestiert und seine guten Beziehungen zu irgendeinem dieser neuen NSDAP-Reichstagsabgeordneten beschworen hatte und dem Lehmann dringend beibringen wollte, dass genau diese Art von guten Beziehungen hier unten in der Hölle einen feuchten Scheißdreck wert waren.

Bis zum Abend hatten sie dreihundert Karteikarten mit Personenbeschreibungen. Fräulein Wunder, wie üblich pikiert von den blutigen Hemden der beiden Herren, hatte sie den ganzen Nachmittag über schon durchnummeriert und mit den notierten Standorten im Saal in einen der großen Grundrisse eingetragen, die Belfort aufgetrieben hatte.

Lehmanns Kollege schrieb Notizen an den Rand des Plans, machte Fragezeichen hinter Standortbeschreibungen, markierte Akteure, die er für wichtig hielt.

»Wo waren Sie selbst eigentlich, als das Ding hochging?« Belforts Stimme klang beiläufig, aber Lehmann hatte schon den ganzen Tag auf diese Frage gewartet und grinste nickend.

»Wo haben Sie mich denn getroffen, Kollege? Auf der Straße. Die Kollegen in der Mordkommission – da hatte ich einen Wagen abzuliefern – hatten kein kaltes Bier mehr, da habe ich einen Bummel gemacht, um in der Femina eins zu trinken. Bevor ich reinkam, ging das Ding hoch.«

Belfort quittierte die Erklärung mit einer einzigen, kaum sichtbar hochgezogenen Augenbraue, und Lehmann, der auch eine Frage hatte, legte nach.

»Aber Sie selbst – Sie waren zum Arbeiten da. An was? Einem Fall? Einem Hinweis?«

Jetzt gab Belfort der Augenbraue jeden Platz, den seine kalte, blasse Stirn bot. Er wies mit einer kargen Geste auf den mit Notizen gefüllten Grundriss.

»Meine Güte, Lehmann … Halten Sie das da für meine einzige Informationsquelle, das Geschwafel von ein paar Wagenladungen Abschaum?«

Sándor sog die Luft ein; das Wort »Abschaum« kam in seinem Wortschatz nicht vor.

»Soll das heißen, dass Sie vor dem Anschlag schon wussten, dass etwas passiert?«

Belfort fächerte die Karteikarten auseinander, schob die eng vollgeschriebenen Karten dann wieder zu einem kompakten Stapel zusammen und klatschte das Paket auf den polierten, linoleumgezogenen Stahlschreibtisch. Er echote:

| 89 |

»Dass etwas passiert? DASS etwas passieren muss, wenn in einem dieser Vergnügungstempel die Negertrommel geschlagen wird, versteht sich ja wohl von selbst. Ein paar Hundert Taschendiebe, Homosexuelle, Huren, sexuelle vertierte Individuen auf einem Haufen, gewiefte jüdische Geschäftemacher, die die Orientierungslosigkeit unserer Jugend mit Alkoholverkauf und schamlosen Eintrittspreisen ausnutzen: Dass da was passieren muss, ist ja wohl keine Überraschung. Dass man da für polizeiliche Überwachung sorgen muss, solange diese Kaschemmen nicht verboten sind, versteht sich von selbst.«

Der Fernsprecher schepperte. Fräulein Wunder ging ran, hielt dann die Hand an die Sprechmuschel und fragte in den Raum:

»Plötz will wissen, ob welche dabehalten werden sollen von den Vernommenen oder ob alle freigelassen werden.«

Lehmann drehte sich zur Sekretärin herum, aber Belfort ordnete schon mit schneidender Stimme an:

»Hier wird freigelassen, wen ICH freilasse.« Er schlug mit der Faust auf den Karteikartenstapel und ergänzte:

»Und ich habe heute keine Zeit mehr, darüber nachzudenken. Das ganze Pack bleibt über Nacht!«

Lehmann schüttelte missbilligend den Kopf.

»Auf Staatskosten Übernachtung mit Frühstück? Fuffzig Mann?«

Belfort blickte eisig zu ihm herüber, stand mit breit gespreizten Beinen im Raum, die Pose eines Anführers, eines Leitwolfs.

»Haben Sie eine billigere Lösung? Mir würde auch spontan eine einfallen, aber die würden sie wahrscheinlich ebenso wenig gutheißen, Sie Menschenfreund.«

Überm Dom ging die Sonne unter, eine fleischig rote Kugel in den grauen Rauchschichten über der Stadt, dem Qualm aus den Fabrikschloten, den Heizkesseln der Dampfboote. Ein Expresszug auf dem Weg nach Moskau rollte mit kreischenden Stahlfahrgestellen und langsam wie eine Beerdigungskutsche am Polizeipräsidium vorüber; durch die erleuchteten Fenster konnte man

Momentaufnahmen der Reisenden sehen, Damen mit Bediensteten, rauchende Herren, Lesende. Ein Schaffner arbeitete sich von
Sitzreihe zu Sitzreihe vor, eine uniformierte Gestalt, schlaglichtartig beleuchtet, die gegen die Fahrtrichtung des Zuges im Waggon zurückging und dabei wie ein unwahrscheinlicher Verstoß
gegen jede physikalische Regel auf der Stelle zu stehen schien.
Der Zug rollte unaufhaltsam vorwärts, und der Schaffner strebte
Reihe für Reihe zurück, kontrollierte, nickte, sorgte für Ordnung. Jeder kam dran.
Die roten Schlusslaternen des Zuges flackerten vorbei; dann beherrschten wieder Rauch und Leere und die Lichter des Alexanderplatzes den Blick, bis eine S-Bahn vorbeiratterte, rüttelnd, blechern. Der Lärm hätte eine Antwort übertönt, wenn Sándor denn
eine gegeben hätte. Belfort widmete sich wieder den Karteikarten.
Er schien sich jeden Namen einzeln einprägen zu wollen, weil
jeder Einzelne als Täter infrage kam – oder eins der Opfer war,
die unten in der Leichenschau in den stählernen Kühlfächern
lagen.
Hinter diesen dreihundert Namen verbarg sich eine ganze untergehende Welt – die Welt der parlamentarischen Demokratie, die
Verbrechen wie dieses nur katalogisieren konnte und erklären,
aber nie wirksam verhindern.

Sándor Lehmann ließ sich – ausnahmsweise mit einem chauffierten Dienstwagen – auf einen Sprung nach Hause fahren, um sich
für den abendlichen Einsatz zu waschen und umzuziehen – den
Einsatz als Polizist mit Durchsuchungsbefehl und als Klarinettist
in Julian Fuhs' »Follies Band«, die heute Abend im Café Jenitzky
einen großen Auftritt haben sollte. Draußen, auf dem staubigen
Alexanderplatz und Unter den Linden, ging ein Regen nieder; die
Straßenbahnschienen glänzten, die ganze Stadt glänzte.
Sándor rieb sich mit der Hand über die Augen; er fühlte pochende
Nervosität unter den Augenlidern. Eine Tram ratterte neben ihnen

auf den Schienen. Der Polizeiwagen hatte moderne Scheibenwischer. Sie gaben einen Takt vor, den Sándors Schuhspitzen mittappten; die ersten Takte von Sam Woodings »Love Me Or Leave Me« wirbelten ihm durch den Kopf.

Sam Wooding war ein ganz anderes Kaliber als die immer gut gelaunten »Follies« – der Bandleader der »Chocolate Kiddies« machte einen großstädtischen, ungestümen Jazz, und der Klarinettist Jerry Blake, der mit Woodings Band eben wieder in Berlin war, ließ sein Instrument eine fiebernde, herausfordernde Sprache sprechen, die Sándor berührte und elektrisierte. Sam Woodings Auftritte im UFA-Palast und im Haus Gourmenia waren eben mit Standing Ovations und militanten Störmanövern der SA über die Bühne gegangen; jetzt liefen noch mehrere Rundfunkkonzerte mit den ausschließlich schwarzen Bandmitgliedern, die frenetischen Jubel bei den Fans und empörte Hörerbriefe und Protestschreiben an die Rundfunkanstalt und die Zeitungen hervorriefen. Ja, love me or leave me – man musste ihn lieben, den Hot Jazz und das neue Lebensgefühl, oder hassen, hassen, wie Kollege Belfort und die von der nationalsozialistischen Hasspresse aufgehetzten Sittenwächter es ganz unübersehbar taten.

Aber genau dieser treibende Rhythmus, dieser Drive, war der Atem dieser Stadt, dieses Berlins, das draußen hinter den rhythmischen Scheibenwischern des Polizeiwagens zuckte und tanzte. Black Bottom! Oben in den Kommandozentralen der Generäle und den schimmernden Wahnvorstellungen der Politik war Deutschland wieder auf dem Weg zu neuem, weltweitem Glanz – doch in Wahrheit versank es in einem schwarzen Bodensatz, in dem sie alle tanzten, zappelten und Musik machten um Kopf und Kragen.

ABENDZEITUNG

Den ganzen Tag über hatten die journalistischen Maulwürfe Wühlarbeit geleistet. Lehmann hatte sich nicht zum Stand ihrer Ermittlungen geäußert, aber auch von Belfort und von Gennat selbst war nichts Offizielles zum furchtbaren Gasangriff auf die Femina zu erfahren, und Bernhard Weiß, der Vizepolizeichef, hatte nur die üblichen Standardsätze zum Besten gegeben. Ein schreckliches Verbrechen, Motive unklar, aber ablehnenswert, Beileid den Hinterbliebenen, Untersuchungen laufen auf Hochtouren. Sándor konnte sich vorstellen, dass das den Dreckwühlern nicht reichte; sie schwärmten aus und klapperten ihre Quellen ab, denn ein sensationshungriges Millionenpublikum dürstete noch nach den haarkleinsten Informationshäppchen, die zu kriegen waren. Der *Berliner Herold*, die *Morgenpost*, die *B. Z.*, die *Vossische*, die *Volks-Zeitung*, der *Lokal-Anzeiger*, die *Abend-Zeitung*, Rudolf Mosses *Tageblatt* und August Scherls *Tag* – Dutzende von Berliner Tageszeitungen gierten nach Augenzeugenberichten, rührenden Einzelschicksalen und möglichst schillernden Verdächtigungen. Unter den Linden, Ecke Friedrichstraße schrien sich die Zeitungsjungs die Lunge aus dem Leib; an der Leipziger Straße kam sogar der Verkehr zum Erliegen, weil zu viele Fahrer ihre Automobile halten ließen, um eine Abendzeitung zu kaufen. Die Zahl der Opfer stieg von Blatt zu Blatt mit der Überschriftengröße; wer noch vergiftet im Krankenhaus lag, wurde kurzerhand totgeschrieben. Die Boulevardpresse war elektrisiert: »Femina schlägt Kürten«, titelte ein Blatt aus dem Scherl-Verlag wahrhaftig als Gipfel der Geschmacklosigkeit. In der Tat hatte der Sexualmörder Peter Kürten, der »Vampir von Düsseldorf«, der im Frühjahr verhaftet worden war, neun Menschen bestialisch umgebracht. Die Zahl der Toten des Femina-Attentats war – von ihm, Sándor, hatten sie das nicht erfahren – im Lauf des Nachmittags auf elf gestiegen.

Julian Fuhs waren sie am Vormittag auf die Pelle gerückt; ein Reporter der *Vossischen* und zwei Lokal-Anzeigler hatten dringend um ein Interview nachgesucht und gleich einen Fotografen mitgebracht. Um ein bisschen Konzertatmosphäre vor die Kamera zu bekommen, hatte der Scherl-Verlag, bei dem der *Lokal-Anzeiger* erschien, im Delphi angerufen und nach einer Fotoerlaubnis gefragt; Julian war auch dort ein Begriff, und so trafen sie sich vor dem Säuleneingang in der Fasanenstraße und schlenderten durch den abgedunkelten Saal zur Bühne.

Julian war normalerweise niemand, der sich mit Schauergeschichten und eigenen schlimmen Erlebnissen wichtigmachte; andererseits war jede Pressemeldung Publicity, und die brauchte er so sehr wie jede andere der verzweifelt um die Zuhörergunst buhlenden Berliner Jazzkapellen, von denen es in diesen finanziell knappen Zeiten sowieso viel zu viele gab. Also skizzierte er den gestrigen Abend aus Bühnensicht, streifte seine aktuellen Arrangements, erwähnte die neue Sängerin, Bella.

»Bella Bellissima, die Schöne – hat die junge Dame auch einen Nachnamen?«, wollte der Reporter der *Vossischen* wissen, und Julian legte den Finger auf die Lippen und machte in professioneller Verschwörerroutine ein Geheimnis daraus.

»Nur … Bella. Fragen Sie die Dame doch selbst; heute Abend steht sie mit uns im Café Jenitzky auf der Bühne.«

Er wurde ernst und beschrieb den Augenblick der Panik, das aufwallende gelbe Gas direkt vor der Bühne, die Weltkriegsveteranen, die als Erste begriffen hatten, in welcher tödlichen Falle sie da saßen, und die den Sprung aus dem Fenster dem elenden Verrecken in der Todeswolke vorgezogen hatten.

Der Reporter der *Vossischen* hatte der Beschreibung mit ernstem Blick zugehört und sich nur wenige Notizen gemacht, während

die Kollegen vom *Lokal-Anzeiger* ausdruckslos und akribisch alles
protokollierten, was Julian sagte, und keine Fragen stellten.

»Sagen Sie, Herr Fuhs«, Julian staunte über die mitleidlose Härte,
mit der der Journalist seine Frage vorbrachte, »ist das nun der
Todesstoß für die Berliner Jazzmusik? Bleiben die Tanzpaläste
jetzt leer, weil die Menschen Angst haben müssen, beim nächsten
ausgelassenen Tanzvergnügen Opfer eines weiteren Angriffs zu
werden? Und glauben Sie, dass genau hierin das Kalkül der Sache
liegen könnte – dass die modernen Vergnügungslokale, mit denen
der Westen unserer Stadt seit ein, zwei Jahren so auftrumpft, in
den Ruin getrieben werden sollen? Von wem? Wer profitiert aus
Ihrer Sicht davon, wenn die Femina schließt und die Leute ihr
Vergnügen nicht mehr an Tauentzien und Ku'damm suchen, weil
hier – buchstäblich! – dicke Luft herrscht?«

Julian blies die Backen auf und ließ den Atem mit einem Stoß ent-
weichen. Das waren eine Menge Fragen, die einem offensichtlichen Ziel folgten: ihn zum Stichwortgeber einer Verschwörungs-
theorie zu machen; eine Erklärung zu hören für etwas, das ihm
vor allem noch immer als unerklärlicher, aber sehr realer Schrecken in den Gliedern saß. Nein, so einfach war das nicht zu be-
antworten, und Julian Fuhs drehte sich auf dem Klavierschemel,
auf den der Fotograf ihn für seine Aufnahmen gesetzt hatte, herum und schüttelte den Kopf. Er zog die Augen zu Schlitzen
zusammen und bog die Mundwinkel nach unten, zerstörte die
Grimasse dann mit einem sarkastischen Lächeln. Er breitete die
Arme aus.

»Meine Güte ... wer profitiert? Sehen Sie sich doch mal um in
dieser Stadt; die Tanzlokale erleben doch sowieso nur noch ein
letztes Aufflackern in einer jahrelangen, immer schlimmer werdenden Krise. In dieser Stadt und in dieser modernen Welt sterben Menschen mitten unter uns an Hunger. Menschen sind arbeits-
los, Menschen werden auf der Straße totgeschlagen, weil sie eine
andere politische Meinung haben als ihre uniformierten Wider-

sacher. Die Femina muss nicht eigens in den Ruin getrieben werden – wir ALLE schlingern auf den Ruin zu, und er ist ebenso wirtschaftlich wie politisch oder kulturell.«

Er hatte sich in Rage geredet, räusperte sich und sprach ruhiger weiter.

»Entschuldigen Sie. Ich will mich nicht so aufregen über diese Dinge, und ich selbst habe es ja noch glücklich getroffen – wenn ich mal das Zeitliche segnen sollte, möchte ich es jedenfalls nicht auf der Straße unter Naziknüppeln oder verhungernd im Armenhaus tun, sondern schon da, wo ich als Bandleader hingehöre: in einem Smoking, auf der Bühne!«

Der Reporter der *Vossischen* leckte sich aufgeregt die Lippen; er schien genau das zu bekommen, was seine Leser gerne hören wollten – Fatalismus und Durchhalteparolen, schwarze Zukunft und den Glamour eines teuren Abendanzugs. Julian hatte dem dramatischen Unterton seiner eigenen Worte nachgelauscht und sich langsam wieder zum Klavier gedreht. Er spielte nachdenklich die ersten Töne von »Calling«, einem seiner eigenen Lieblingstitel, der durch seine Behutsamkeit aus dem üblichen sinfonischen Geschmettere herausfiel und jetzt, am Klavier, zu einer fragilen Skizze der Verzweiflung wurde. Der Reporter der *Vossischen* zog sich ohne Abschiedsgruß zurück und bedeutete auch seinen zwei Kollegen, ihm zu folgen. Julian schüttelte den Kopf; um seine Betroffenheit oder die Beobachtungen eines Augenzeugen schien es den Männern nicht gegangen zu sein; diese Profis waren offenbar kaum zu erschüttern, was auch immer passierte. Wahrscheinlich würden seine paar Worte gar nicht erst gedruckt werden; vielleicht war es besser so.

BAHNHOF ZOO

Heinrich Liemann hatte die ganze Fahrt zurück im Speisewagen Magenbitter getrunken; trotzdem war ihm noch immer speiübel, als der Eilzug Paris–Moskau spätnachmittags neben der Avus durch den Grunewald schoss. Der Funkturm kam in Sicht, das Häusermeer Berlins, die Lichter der Gaslaternen. Der Zug machte eine weite Rechtskurve und ratterte ohne Halt quer durch Charlottenburg. Als er mit dem kleinen Handkoffer am Bahnhof Zoo aus dem Waggon kletterte, war er wackelig auf den Beinen, und diese Schwäche ärgerte ihn fast noch mehr als der Grund seiner hastigen Rückkehr. Heinrich Liemann war ein nervöser, umtriebiger Geist; einer, der sein Gegenüber mit einem glühenden Blick anstarrte, mit schmalen Lippen, einem ironischen Lächeln. Angebote prüfen, eine Chance erkennen und zugreifen – das war sein Credo, schon immer. Niemandem etwas schenken – wer schenkte ihm etwas? Als junger Mann war er noch vor dem Krieg aus der Kleinstadt Tarnow über Breslau nach Berlin gekommen, ein galizischer Jude, der – verbittert von einer Jugend in Armut und Gewalt – hier in der Millionenstadt mit seinem Bruder Josef das Glück suchte, der sich unbedingt nach oben strampeln wollte, nach ganz oben. In Tarnow war ihnen die Welt zu eng geworden, da konnten sie nichts werden, wenn sie nicht als Landmaschinenvertreter über die Dörfer ziehen wollten, um die Bauern übers Ohr zu hauen. Berlin hatte sie nicht gerade mit offenen Armen empfangen – das hatte Berlin noch nie getan, bei niemandem. Aber Josef und er hatten sich durchgebissen. Ein kleines Schmucklädchen hatten sie betrieben in der Mauerstraße, ein kleines Café, schließlich die Libelle in der Jägerstraße. Die Libelle war etwas Besonderes gewesen, ein kleiner Tanzpalast, holzgetäfeltes Quadrat, auf dem sich die Tanzverrückten drängten, und je wilder die

| 97 |

Musik gewesen war, umso mehr Leute waren gekommen, und getrunken hatten sie alles, was die Bar hergab, Bier und Wein und Henkell Trocken für happige zehn Reichsmark.

In der Libelle war Heinrich Liemann zu seinem Faible für Tanz-paläste gekommen: Was in einer kleinen Kaschemme am Gendar-menmarkt funktionierte, das musste auch in ganz großem Stil funktionieren. Natürlich nicht rings um den Gendarmenmarkt; da betrieben schon Lokalgrößen wie Jenitzky oder Giovanni Eftimiades ihre Vergnügungslokale. Doch das waren aufgeblasene Kaffeehäuser mit ägyptischen Salons, Plüschsesseln und Roll-treppe, in denen Komiker als Kapellmeister agierten und das Besuchervolk aus der Provinz betrunken gemacht wurde. Nein, was Liemann vorschwebte, waren große, eher expressionistisch dekorierte Hallen, mondäne Showtreppen und breite, spotlight-bestrahlte Bühnen. Der Jazz war über den Ozean nach Berlin ge-schwappt, eine Massenhysterie, und wer jetzt die Zeichen der Zeit erkannte, konnte mit den Tanzwütigen ein Vermögen ma-chen. Gesagt, getan. Heinrich Liemann nahm Anlauf, sammelte Erfahrungen – mit dem Eden-Hotel, dem Casanova – und krönte sein gastronomisches Werk mit der Femina, die sich, wenn man mit den Lieferanten hart verhandelte und sich vom Personal nicht auf der Nase herumtanzen ließ, noch zu einer ausgesprochenen Goldgrube entwickeln würde.

Jedenfalls solange einem der Schuppen nicht vorher abbrannte oder wie gestern durch eine Gasbombe zur tödlichen Falle wur-de. Heinrich Liemann hatte die Nachricht telegrafisch bei einem nächtlichen Dinner mit Josephine Baker persönlich erhalten. Die nackte Bananenstaude hatte 1926 Berlin in Ekstase getanzt, und seitdem versuchte er hartnäckig und bisher erfolglos, die Baker zu einem Auftritt in der Femina zu überreden. Seine Depeschen wurden nicht beantwortet, telefonisch war die Baker für ihn nicht zu sprechen, es war jahrelang nicht vorwärtsgegangen. Schließlich

hatte Karl Vollmoeller höchstpersönlich ein Wort für ihn ein-
gelegt; und Karl Vollmoeller – dem Flugpionier, Schriftsteller,
Drehbuchautor und Talentscout, der die Dietrich für den Film
entdeckt hatte – konnte nicht mal Josephine Baker einen Gefallen
verweigern. Also hatte sie einem Dinner mit Liemann zugestimmt,
und Liemann hatte sich nicht lumpen lassen. Sie hatten nicht mal
das Hors d'œuvre gekostet, als die Nachricht aus Berlin eintraf.
Eine Gasbombe! Die Baker war schockiert; in diesem Laden
würde sie nie und nimmer auftreten. Liemann kam die Galle
hoch, und er hielt sich nicht mit Höflichkeitsfloskeln auf, sondern rief eine Droschke zum Gare du Nord.

Unterwegs im Zug hatte er Telegramme dutzendweise abgesetzt.
An jedem Bahnhof wurden seine Depeschen in Empfang genommen und weitergekabelt. Hallstein antwortete nicht, vollkommen
unverständlich, warum; die Kriminalpolizei äußerte sich nicht
mal ansatzweise zu den Vorfällen, sondern wünschte im Gegenteil, ihn selbst dringend im Präsidium am Alexanderplatz zu den
Vorfällen zu befragen. Sándor Lehmann, eigentlich ein zuverlässiger Kontaktmann, wenn es Probleme mit der Polizeiführung
gab, schien nicht zu Hause zu sein, und ins Präsidium konnte er
ihm keine Telegramme schicken, ohne dass ihre kleine informa-
tive Partnerschaft aufflog.

Immerhin hatte die Femina selbst zurückgefunkt, ein kryptisches
Telegramm wohl von einem der Kellner, nach dem »Hallstein abgestochen« und der »Ballsaal ein Trümmerhaufen« war. Heinrich
Liemann hielt den Kopf zwischen beiden Händen; man war zwei
Tage nicht in Berlin, und schon brach daheim der Krieg aus. Aber
nicht mit ihm, er würde sich die Femina nicht einfach zusammen-
schießen lassen, dazu war er seinem Traum von Erfolg und Reich-
tum zu nah.

Heinrich Liemann hatte ein untrügliches Gespür für das Empfinden der Öffentlichkeit; seine Reklamefeldzüge waren in ganz
Berlin berühmt und berüchtigt. Bevor seine Rundfunkwerbung

für die damalige Femina-Eröffnung ausgestrahlt worden war, hatte er zweihundert Hotelportiers einen kleinen Radioempfänger geschenkt – und einen Fünfmarkschein in Aussicht gestellt, wenn sie das Gerät zur richtigen Zeit anschalten würden. Hotelportiers machten einen langweiligen Job; ein Radioempfänger war für sie ein unerschwingliches und äußerst willkommenes Geschenk. Und so wusste mit einem Schlag die ganze Stadt, was Ullstein, Scherl und ihre Revolverblätter nur gegen teures Werbegeld verkündet hätten: dass Heinrich Liemann, ein kleiner galizischer Jude, der Weltstadt Berlin endlich einen angemessenen, eleganten Tanzpalast schenkte, in dem die moderne Musik der ganzen Welt – und namentlich Amerikas – tagtäglich auf der Bühne sein würde.

Jetzt, nach dem Gasangriff auf sein Kleinod, wusste Liemann instinktiv, dass die Femina so schnell wie nur möglich wieder öffnen musste. Beschossen, geschlossen, vergessen: Dieser Zwangsläufigkeit konnte er nur entgehen, wenn sein Tanzpalast heute Abend in seiner ganzen strahlenden Größe wieder aufmachen würde; strahlender als zuvor, selbstbewusst und unangreifbar. Von diesem Entschluss an vervielfachte sich sein telegrafisches Sperrfeuer noch. Ganze Kohorten von Handwerkern wurden beauftragt; eine Plakatdruckerei druckte und plakatierte noch im Lauf des Nachmittags auffällige Werbeposter, mit denen die Litfaßsäulen der halben Stadt beklebt wurden, und die Tresenkräfte und Barmädchen, die nicht von der Kripo festgenommen worden waren, wurden angewiesen, alle Gäste mit einem kostenlosen, hochalkoholischen »Wiedergeburts-Cocktail« zu begrüßen, der den Verunsicherten die Angst nehmen sollte und die Brieftasche lockern für den weiteren Getränkegenuss.

Musik musste her! Julian Fuhs hatte mit dem Hinweis auf ein anderes Engagement abgesagt – ausgerechnet bei Jenitzky, dem Erzrivalen, dem Liemann gut und gerne den gestrigen Angriff zutraute, spielte der Mistkerl heute. Immerhin konnte Lieman Juan Llossas mit seiner Kapelle anheuern; der deutsche Tangokönig hatte jahrelang die Dachterrasse des Eden bespielt und war ihm mehr als einen Gefallen schuldig. Und die zwei Frenks, ein tanzendes Komikerpaar, würden auf der wiederhergerichteten Tanzfläche mit ihren lustigen Verrenkungen jede Erinnerung an den Gasangriff vergessen machen. Ferry Koworik, der Clown, würde im Foyer auf Posten sein und jeden Gast einzeln mit seinen derben Späßen auf unterhaltsame Stunden einstimmen. Wenn der heutige Abend ein leidlicher Erfolg war, hatte er gewonnen.

Am Bahnhof Zoo stand Sándor Lehmann auf dem Bahnsteig, und er musterte den Eintreffenden mit einem steinernen Gesicht. Wenn Liemann gehofft hatte, von ihm etwas über die Stimmung im Kripo-Hauptquartier zu erfahren oder ihm Interna aus Gennats Allerheiligstem zu entlocken, hatte er sich geirrt. Sándor war stocksauer. Wie kam Liemann auf die Idee, den Laden noch heute Abend wieder aufmachen zu wollen? Die ganze Polizei Berlins suchte nach einem verrückten Gasmörder, und anstatt mit ihnen zusammenzuarbeiten, ihnen Hinweise zu geben, ob er sich Feinde gemacht hatte – Sándor lachte höhnisch, als er es aussprach, denn natürlich hatte Liemann Feinde, jede Menge und schon immer –, ob er sich also irgendwelche NEUEN Feinde gemacht hatte außer den Gewerkschaften, den Kommunisten, den Sozialisten, den Nationalsozialisten, der evangelischen und katholischen Kirche, den Berliner Gastronomen, der Presse, den Nachbarn, dem Personal … Sándor blieb die Puste weg bei der ausschweifenden Aufzählung. Anstatt mit ihnen zusammenzuarbeiten, machte er die Femina einfach wieder auf und riskierte damit womöglich einen zweiten Angriff, weitere Tote – ein Risiko, für das er selbst, Liemann, geradezustehen haben würde.

Heinrich Liemann hatte die Tiraden des Polizeibeamten über sich ergehen lassen, und die beiden Männer starrten sich im fahlen

Gaslicht des Bahnsteigs an wie zwei Fremde. Sándor schüttelte den Kopf und wollte dem Gastronom einen halbversöhnlichen Klapps auf die Schulter geben, doch der öffnete die schmalen Lippen zu einem heiseren Kommentar, den Sándor trotz des Bahnhofsgetöses ringsum Wort für Wort mitbekam.

»Ach wissen Sie, Lehmann, die Frage ist doch nicht, ob ich mir in Ihrer sauberen Stadt Feinde mache oder nicht. Die Frage ist, wie Sie mich vor Ihnen schützen. Statt mir hier Moralpredigten zu halten, was ich zu tun und zu lassen habe, sollten Sie den Burschen lieber zu fassen kriegen. Und wenn Sie Sorge um meine Gäste haben, dann schicken Sie doch ein paar Dutzend Polizisten zu unserer Sicherheit vorbei. Ich habe nichts dagegen, ganz im Gegenteil, ich spendiere der ganzen Truppe ein Fass Bier. Nur werfen Sie doch bitte mir nicht vor, dass ich die Sicherheit meiner Gäste nicht gewährleisten kann – denn die Sicherheit meiner Gäste ist Ihre Aufgabe, Ihre ganz allein.«

Sándor hatte sich während Liemanns Antwort aufgerichtet; er überragte den Femina-Boss und seinen teuren dunkelbraunen Maßanzug um anderthalb Köpfe. Sicher, Liemann hatte Recht, doch er wusste genauso wie Sándor, dass er mit Polizeischutz nicht zu rechnen brauchte. Er selbst hatte mit Belfort darüber gestritten, aber Belfort hatte sich strikt geweigert, sich mit ihm zusammen bei Gennat dafür zu verwenden. Wenn Heinrich Liemann die Femina heute wieder aufmachen wollte, dann tat er das auf eigenes Risiko. Also zuckte Sándor Lehmann mit den Achseln, verschränkte die Arme vor dem Trenchcoat, unter dem er noch immer das zerknitterte und verschmierte Hemd des Nachmittags trug, und trollte sich.

»Aber – Lehmann, he, Lehmann«, offenbar wollte Heinrich Liemann ihm bei aller Verbitterung noch etwas mit auf den Weg geben, und Sándor grunzte genervt und drehte sich zu ihm um, »wenn Sie bei aller Sorge um das Wohl meiner Gäste noch Zeit für die Polizeiarbeit haben, dann klopfen Sie doch mal bei meinem geschätzten Kollegen Jenitzky in der Friedrichstadt an. Der hätte mit seinem angestaubten Sammelsurium von Schießbuden guten Grund, der Femina die Pest auf den Hals zu wünschen. Und mir selber auch. Jedenfalls scheint er nicht für mich arbeiten zu wollen, obwohl ich ihm einen fürstlich bezahlten Geschäftsführerposten angeboten habe ab dem Tag, an dem ich seine zugrunde gerichteten Kaschemmen übernommen haben werde.«

Mit diesen Worten schritt der sehnige, schmächtige Mann mit dem Menjoubärtchen würdevoll die Treppe hinunter, tauchte ein in das Gewusel der großen Abfertigungshalle und war nicht mehr zu sehen.

Sándor genehmigte sich einen Escorial in der Bahnhofskneipe und überlegte, wie die Sache weitergehen würde. Natürlich war auch Heinrich Liemann kein Amateur. Eins seiner Telegramme hatte zweifellos einer Sicherheitsfirma gegolten, einer der wenigen, die noch das Risiko eingingen, auch für jüdische Auftraggeber zu arbeiten, obwohl dort die Gefahr, es mit ernsteren Raufereien zu tun zu bekommen, zunehmend größer wurde. Hoffentlich konnten diese Kerle seinen Laden einigermaßen beschützen. Sándor Lehmann war da nicht sicher, und weil die Nürnberger Straße nur ein paar Minuten entfernt war, ging er hin.

Wahrhaftig; als er vom Tauentzien aus rechts in die Nürnberger Straße einbog, hatte »Skowronneks Veranstaltungsagentur« – die vierschrötigen Männer des Sicherheitsdienstes – schon jede Menge zu tun. Denn vor der Femina hatte sich, wohl gereizt von den großmäuligen Wiedereröffnungspostern an den Litfaßsäulen, eine stattliche Truppe uniformierter SA-Männer versammelt, die Protestplakate hochhielten. »Achtung, Lebensgefahr, hier wird jüdischer Profit gemacht«, »Negermusik – ein Bombenerfolg«. Sándor hielt Abstand; es hatte keinen Sinn, bei diesem Mob den Helden zu markieren. Die SA-Männer blockierten den ohnehin wenigen frühen Besuchern den Zugang zum Haus und lieferten

| 103 |

sich ein zunehmend rabiater werdendes Gerangel mit den Sicher-
heitskräften und dem Barpersonal. Steine flogen; aus den Fenstern im ersten Stock wurden die Provokateure mit heißem Wasser
aus der Restaurantküche verbrüht, und nun rückten doch noch
Sándors Kollegen vom Bereitschaftsdienst an und versuchten, die
Randalierer von der östlichen Seite der Nürnberger Straße zu
verdrängen. Die SA-Männer skandierten noch ein paar Parolen
und ließen ihre Wut an den Geschäften der Nachbarschaft aus.
Ein Zeitschriftenladen ging zu Bruch; auch Mutter Fuhs, die dem
Beispiel der Femina gefolgt war, wieder geöffnet hatte und die
eben hochgezogenen Rouleaus nicht schnell genug wieder herab-
lassen konnte, wurden die Scheiben eingeworfen – dann war der
Spuk vorbei. Die Menge zerstreute sich; zwei Polizeibeamte blieben sicherheitshalber neben dem Eingang der Femina stehen,
durch den erst mit Einbruch der Abenddämmerung zögernd erste
Gäste strebten. Sándor sah nicht bei Hertha Fuhs vorbei; er ging
zur Straßenbahn.

MOKA EFTI

»Problem« war der Name einer teuren, kratzend starken Zigarette aus Kamelmist – jedenfalls war Sándor in zahlreichen Selbstversuchen zu der Überzeugung gekommen, dass kein Orienttabak der Welt diese beißende Qualmwolke produzieren konnte, diesen wie mit Hustenbonbons gewürzten Geschmack, der die Zunge pelzig werden ließ und den Rachen rau. Womöglich war die Zigarette schon da gewesen, bevor es für unlösbare Aufgaben ein eigenes Wort gab, und man hatte schwierige Situationen einfach nach der Zigarette benannt: »Problem«. Jedenfalls gab es, wenn man intensiv über eine harte Nuss nachdenken musste, kein besseres Hilfsmittel als eine »Problem«, die den Straßenstaub aus den Augen spülte und jede falsche Sentimentalität aus der Lunge hustete.

Also hatte Sándor sich vom Zigarettenmädchen eine »Problem« geben lassen und saß in einem monströs hässlichen Plüschsessel und dachte nach.

Monströse Plüschsessel gab es im Moka Efti, Friedrich-, Ecke Leipziger Straße, in großer Zahl. Giovanni Eftimiades, genannt Efti, ein levantinischer Kaffeeröster, hatte die oberen zwei Stockwerke eines pompösen Versicherungsgebäudes zu einem Sultanspalast umgebaut – oder zu dem, was Besucher aus der Provinz, kleine Verkäuferinnen und Handlungsreisende für einen Sultanspalast halten mochten. Wildes Gekringel von Ornamenten, Kellnerinnen mit Burka und blankem Bauchnabel, dazwischen Säbeltänzer, Wasserpfeifen und ganze Waggons aus dem Orient-Express: So musste er aussehen, der Traum von tausendundeiner Nacht, den kleine Habenichtse und Klinkenputzer träumten und den sie hier mit großen Augen bestaunen konnten. Vor allem

Hausierer und Handlungsreisende erholten sich im bunt gemusterten Plüsch von ihrem strapaziösen Alltag; es gab sogar einen Korrespondenzraum, von dem aus man ein Mindestmaß an Betriebsamkeit vortäuschen und Telegramme und Briefkorrespondenz aufgeben oder von geschäftig wirkenden Sekretärinnen tippen lassen konnte.

25.000 Tassen Kaffee verkaufte das Moka Efti angeblich am Tag; vier davon hatte Sándor Lehmann getrunken, für die restliche Rekordzahl wollte er keine Wette eingehen – der Laden war halb leer, der Abend war noch jung, und aus einem gelangweilten Reflex hatte er schon begonnen, einer der Kellnerinnen Avancen zu machen, einer lang gestreckten, schmalen Person mit dünner Seidenhose und einem flachen, elastischen Bauch.

»Haben Sie einen Vollbart unter Ihrer Maske, oder ist Ihr Gesichtchen so weich und entzückend wie Ihr Bauchnabel?« – verdammt, es war noch früh am Tag, man musste erst mal wach werden, um geistreichere Sätze abzusondern. Allerdings schien die Kleine mit der beiläufig platzierten Anmerkung ganz einverstanden zu sein; sie kicherte beifällig in einer erfreulich tiefen Tonlage. Leider beförderte die alberne Rolltreppe, ein Werbegag – »schweben Sie mit diesem technischen Wunderwerk in den siebten Himmel des Orients« – in diesem Moment die ersten »Follies« in das Etablissement, und Lehmann musste das vielversprechende Gespräch abbrechen, bevor es richtig begonnen hatte.

»Bis wann müssen Sie denn hier Sultansdienst schieben? Vielleicht singen wir später noch das Duett aus der *Entführung aus dem Serail*?« Er hasste sich für diesen Schmalz; er war ein Draufgänger, kein Draufredner. Bei Frauen kamen ihm immer nur vorgestanzte Allgemeinplätze in den Kopf; allerdings fand diese hier das gar nicht so abgedroschen wie er selbst.

»Vielleicht«, gab sie jedenfalls zurück und schlenkerte mit ihrer dünnen Seidenhose Richtung Getränkeausgabe, während die »Follies« ihr wohlwollend hinterhersahen und Arno Lewitsch mit den Lippen das Geräusch einer schmachtend wimmernden Geige machte.

Diese Meetings – Julian Fuhs hatte das schicke Wort aus den Staaten mitgebracht, es klang nach soigniertem Club, nach Männerrunde und bedeutungsschweren Schlachtplänen – diese Meetings fanden vor jedem Konzert und nie am Ort des Auftritts statt. Der Bandleader wollte, dass sein Trupp im Konzertsaal eintraf, nicht lange an der Bar herumhing, sondern die Bude mit Schmiss und im Handstreich eroberte. Die dezidierte Planung des Auftritts fand in einem Café in der Nähe statt, und weil das Café Jenitzky hundert Meter nördlich ebenfalls in der Friedrichstraße lag, war das Efti der richtige Ort für ihre Vorbesprechung. Sándor war sehr einverstanden damit. Die bauchnabelfreie Bedienung hatte ihn einen Moment von seinem Problem abgelenkt, aber gelöst war es deshalb keineswegs.

Er musste heute Abend mit den »Follies« auf der Bühne stehen, weil er es Julian versprochen hatte, weil er Bella wiedersehen wollte und weil es keinen besseren Ort als mittendrin gab, um Jenitzky auf den Zahn zu fühlen.

Und gleichzeitig musste er um punkt neun, wenn der Laden knüppelvoll war, Belfort vor dem Haupteingang treffen und die Razzia kommandieren.

Die Bandkollegen sollten nicht erfahren, dass er ein Kripomann war. Und Belfort, noch wichtiger, durfte um Himmels willen nicht mitschneiden, was er selbst oben auf der Bühne trieb. Nicht, weil der Kollege in seinem kulturellen Empfinden behelligt werden könnte durch die Erkenntnis. Sondern weil er Sándor einen Interessenskonflikt unterstellen würde, der nicht vorlag.

Sándor zog noch einmal an der viel zu kurz gerauchten »Problem« und warf das Ding dann qualmend in einen Standaschenbecher in Minarettform. Er hatte den Gasgeruch von gestern Nacht noch immer in der Nase, und er würde den verdammten Schweinehund, der das verbrochen hatte, schnappen und an den Galgen bringen, und wenn es – wenn es jemand wie Bella wäre …

Bella stand neben ihm; zum zweiten Mal sah er ihre Beine zuerst, sprang auf und schob ihr, weil sie offenbar darauf wartete, einen Plüschsessel an den niedrigen Rauchtisch aus getriebenem Silber, den Julian sofort mit Notenblättern und kleinen Notizzetteln überschwemmte. Sie gingen die Stücke durch; erwartungsgemäß hatte der Leader eine zahme, massentaugliche Melange angerührt, um das eher konservative Publikum im Café Jenitzky nicht zu erschrecken. Zwei Tangos, für die Julian am Nachmittag neue Arrangements geschrieben hatte und deren Kohlepapierabzüge er jetzt verteilte, riefen den Unwillen des Drummers Charlie Hersdorf hervor, aber Bella legte ihm beschwichtigend die Hand auf den Arm und sang die ersten Textzeilen von Juan Llossas' bekanntester Tangoschnulze:

»Abends in der kleinen Bar / spielt die Margaret …«

Charlie grunzte besänftigt; es war nicht ganz klar, ob das Handauflegen diese Wirkung gehabt hatte oder Bellas samtige, beim Tango von einem hispanoiden Timbre gefärbte Stimme.

»Oho, spanisches Blut in den Adern, Margaret?«

Sándor konnte sich den spöttischen Kommentar nicht verkneifen, aber Bella ließ die geografische Mutmaßung nicht auf sich sitzen und gab lächelnd mit einem unverkennbaren Berliner Unterton zurück:

»Sándor ist auch kein richtiger Weddinger Hinterhofname wie Atze oder Kutte oder Paule. Da ist wohl der Zigeunerbaron über die Panke geritten gekommen zu Muttern Lehmann, oder?«

Die Männer lachten; Sándor ließ es auf sich bewenden und ärgerte sich nur über die leichte Röte, die an den tatsächlich ungarisch-markanten Wangenknochen spürbar aufflackerte.

Nein, ein Zigeunerbaron war es nicht gewesen, zu dessen ehrendem Angedenken das einzige Kind von Mutter Lehmann den ungarischen Vornamen bekommen hatte. Kein Zigeuner und auch kein Baron. Oder jedenfalls kein Adeliger, höchstens ein Weißblechbaron, ein Industrieller mit Monokel, Taschenuhr und Nadelstreifenweste über einem bedrohlich hervorgewölbten Bauch, ein Zigarre rauchender, Zwiebeln fressender Fettwanst, der für Thyssen und Krupp für niedrige Löhne verzinnte Vorprodukte in den verdreckten ungarischen Industriestädten herstellen ließ und die Metallmassen auf Frachtkähnen ins Deutsche Reich brachte – oder eigentlich überall hin in der Welt. Mit Bierfässern aus Blech hatte er angefangen; der Siegeszug der Konservendose hatte ihn ein Imperium aufbauen lassen, das überall dort Handelsniederlassungen hervorbrachte, wohin Schiffe die tonnenschweren Walzen dünnen Blechs bringen konnten. Der Weltkrieg hatte nicht nur die Granaten in Verdun, sondern auch die Produktion von Patronenhülsen, von Soldatenproviant und Gasmaskendosen explodieren lassen, und an jeder einzelnen hatte der Weißblechbaron ein paar Pfennige mitverdient und, reich geworden, den Firmensitz schließlich aus Ungarn nach Berlin verlegt. Mutter Lehmann hatte bei dem geschäftigen Mann als Aufwartefrau, als Zugehfrau oder, wie sie im Wedding weit weniger gestelzt gesagt hatten, als Putze gearbeitet und war mit einem ganzen Schwarm anderer Hausbediensteter jeden Morgen mit der Tram über Christiania- und Seestraße Richtung Charlottenburg gefahren.

Die Lehmannsche – zu dieser Zeit um die Jahrhundertwende auch schon an die vierzig und vom arbeitsamen Leben gebeugt, aber nicht gebrochen – war eine zähe Frau, die arbeiten und zur Not auch kämpfen konnte, aber der Weißblechbaron war ein korpulenter, kräftiger Bursche, bei dem an ernsthaften Widerstand nicht zu denken war, und sie hatte nur die Zähne zusammengebissen und die Fäuste in seine Rockschöße verkrallt, als er über sie hergefallen war an einem hellen Aprilvormittag, als sie gar nicht mit ihm gerechnet hatte in der Zimmerflucht mit den großen Flügeltüren und den gebohnerten Böden, auf die sie fast ein bisschen stolz gewesen war. Nach der Sache hatte er wortlos die Hemdzipfel wieder in die Hose gestopft – hirschlederne Knickerbocker, in denen seine feisten Schenkel aussahen wie Leberwürste – und war hinausgegangen, ohne ein Wort an sie zu richten oder auch nur die Tür hinter sich zuzumachen.

Die Lehmannsche hatte weiter die Charlottenburger Zimmerflucht geputzt; man wäre wahnsinnig gewesen, einen Arbeitsplatz aufzugeben, ganz gleich, warum. Der Vorfall hatte sich nicht wiederholt, als hätte der Weißblechbaron die scharf geschliffene Näherinnenschere geahnt, die sie seit diesem ersten und einzigen Mal unter ihrer Schürze versteckt hielt für den Fall, dass er noch einmal in ihre Nähe käme.

Als das Kind unübersehbar unterwegs war – und sie wollte ihm den Triumph nicht gönnen, es wegmachen zu lassen –, hatte er sie vor die Tür gesetzt ohne ein Wort der Entschuldigung oder ein Handgeld, und als sie schweigend und mit geradem Blick vor ihm stehen geblieben war, hatte er ihr noch eine Ohrfeige mit auf den Weg gegeben.

Die Lehmannsche kümmerte wenig, was die Leute über sie sagten und dachten, und sie erzählte jedem, der es hören wollte, dass der kleine Sándor ein Bankert war, einer, den ihr einer der hohen Herren ins Nest gelegt hatte – ins Nest geprügelt, um genau zu sein. Nicht sie, der Weißblechbaron musste sich schämen deswegen, und deshalb hatte sie den Sohn nicht Wilhelm oder August oder Josef genannt, sondern ihm den ungarischen Vornamen Sándor gegeben.

Sándor war also vaterlos aufgewachsen, hatte sich seine männlichen Autoritäten selbst zusammengesucht in der Nachbarschaft: schlaksige Pickelgesichter, die den großen Gangster mimten; betrunkene Bierkutscher, die ihm fürs Fässerschleppen – nasskalte Holzfässer, aber auch moderne aus Weißblech! – ein paar kleine Münzen gaben oder einen Arschtritt; schwule Gigolos, die sich im Knast gegenseitig das Tanzen beigebracht hatten und jetzt

drauf aus waren, ihr neu erworbenes Wissen im Frauenüberschuss
in den Tanzlokalen zu Geld zu machen, und ständig »Frisch-
fleisch« brauchten, um vorher in den Hinterhöfen zum Klang
eines billigen Akkordeons die neuen Tänze einzustudieren; nur
einen, nicht zehn Pfennig der Tanz, aber ja, auch für ihn, »Ten
Cents a Dance«.

»Sándor? Das klingt wie'n Putzmittel«, hatten die Spottdrosseln
in der Grundschule befunden, »aber deine Mutter ist ja auch 'ne
Putze.« Das gab Keile.

Seitdem hatte Sándor sich mehr und mehr mit dem ungewöhn-
lichen Vornamen abgefunden; schließlich gab es hier in Berlin bei
vier Millionen Menschen eine unüberschaubare Zahl an Vornamen, und es war besser, einen ungarischen Vornamen zu haben
als gar keinen – was man, beispielsweise, Jenitzky nachsagte. Das
war vermutlich Unsinn, aber Sándor hatte eigenhändig im neuen
Personenregister nachgesehen, das sie bei der Kriminalpolizei
anlegten, und dort hatte zu seiner Verblüffung wortwörtlich
»Jenitzky, vermtl. Theodor (?), evtl. August« gestanden. Ja, der
Mann war eine Legende; Sándor konnte es kaum erwarten, den
vermutlichen Theodor und eventuellen August in diesem für ihn
etwas ungewohnten Revier unter die Lupe zu nehmen.
Es konnte eigentlich ein sehr unterhaltsamer Abend werden; auch
die kleinen Wortgefechte mit Bella hatten einen Unterton, der ihn
amüsierte und reizte. Wenn nicht das Problem gewesen wäre, seine
Doppelrolle zu spielen – die lästige Verabredung um neun Uhr,
für die er hier auf seinem Plüschsessel im Moka Efti noch keine
Lösung gefunden hatte und keinen erkennbaren Ausweg.

MASSEN

Am Nachmittag hatten ganz ähnliche Massen, wie sie jetzt in der lauen, weichen Abendluft die Friedrichstraße fluteten, den Hermannplatz in Neukölln bevölkert. Da war seit Tagen schon das neu eröffnete Kaufhaus Karstadt ein Anziehungspunkt, den man gesehen haben musste. Berlins größtes Kaufhaus, größer als das KaDeWe, natürlich nicht so luxuriös, aber riesengroß; man konnte stundenlang zwischen all den Waren durch die Gänge laufen, die Eröffnungsangebote auf den Präsentationstischen betasten, sich mit geschlossenen Augen vorwärtsschieben lassen von einer Menschenmenge, die überall hinwollte und nirgends.

Im Erdgeschoss links gab es eine Buchabteilung; viel leichte Kost für den Massengeschmack war zu haben; der Zeitschriftenverlag, Maxim Kliebers Aufwärts-Verlag, der Schützen-Verlag – sie alle stopften die Regale mit ihren bunten Broschuren voll, die von Südseeträumen, Bergeinsamkeit und dem Wilden Westen berichteten; Gegenden, in die der normale Neuköllner kaum jemals kommen würde. Trotzdem rissen die Leute sich um die illustrierten Titel.

Auf einem Sockel im vorderen Bereich der Buchabteilung saß ein älterer Mann in einem bequemen Lehnstuhl und betrachtete blass, aber wohlwollend den Aufruhr. Immerhin schien das Volk das Bücherlesen zu einem festen Bestandteil seiner Freizeitgestaltung gemacht zu haben; für jedes Buch wurde eine Flasche Schnaps weniger gekauft, und nach der leichten Kost der Groschenromane würden nach und nach auch die anspruchsvolleren Werke gelesen werden. Es gab also Hoffnung. Letztlich hatte er selbst eben erst genau diese Vorwärtsbewegung erlebt; ein Buch, das keineswegs allzu leichte Kost war, das ihm als Autor 1904 bei seinem Erscheinen in Lübeck eine Menge Ärger und Ablehnung eingebracht hatte – dieses Buch, sein geschmähter *Professor Unrat*, war eben, in diesem April, hier in Berlin im Gloria-Filmpalast als gefeierter Spielfilm herausgekommen, der seitdem jeden einzelnen Abend bis zum letzten Platz ausverkauft war. Das mochte an dem schmissigen Titel *Der blaue Engel* liegen, an der lasziven Schauspielerin Marlene Dietrich, die der Drehbuchautor Vollmoeller für die Besetzung der Lola aufgetrieben hatte, und an dem vielen Geld, das Erich Pommers UFA in die Reklame gesteckt hatte. Aber letztlich war es doch sein Buch, das da verfilmt worden war mit dieser Weintraub-Jazzband und der Musik von Hollaender. Sein deutscher Roman, der sich seitdem verkaufte wie geschnitten Brot und ihm auch die Anfrage des Karstadt-Präsidenten eingebracht hatte: ob er nicht zur Eröffnung des Hauses am Hermannplatz aus seinem Buch würde lesen wollen.

Natürlich wollte er. Die einsamen Jahre am Schreibtisch hatten ihm jede Erinnerung an die Physis des Volkes genommen; das Bad in der Menge war der reinste Jungbrunnen für ihn. Das Stimmengewirr, die unverblümte Berliner Sprache, das Schimpfen und Krakeelen – all das war einfach zu köstlich anzuhören. Heinrich Mann hätte den ganzen Tag hier auf seinem Lehnstuhl sitzen können, ein nachdenklicher Patriarch mit glitzernder Brille auf dem Siegertreppchen, verwundert, aber wohlwollend und voller Zutrauen darein, dass dieses deutsche Volk niemals im Leben für die Verführungen der Kriegshetzer und Demagogen empfänglich sein würde. Nein, da war er sich ganz sicher: Ein Volk, das las, war auf einem guten Weg.

Rudi Carius teilte seinen Optimismus keineswegs. Heinrich Mann schmunzelte und unterschrieb milde lächelnd eine Ausgabe seines neueren Romans *Der Untertan*, den eine der Zuhörerinnen seiner Lesung im Anschluss hinten an der Kasse gekauft hatte. Carius war Kommunist und malte die Zukunft des Deutschen Reichs in den düstersten Farben. War das Revolutionsromantik, oder stand Deutschland wahrhaftig an der Schwelle zu einer Katastrophe? Heinrich schwankte in seinen Meinungen. Albert Einstein und er nahmen teil am politischen Leben des Landes, unterzeichneten Appelle, bezogen Stellung in den Zeitungen. Herrgott, die Stimme der Vernunft würde doch letztlich die klarste, zielführende sein?

Carius teilte seine Meinungen nicht, aber sie teilten sich dieselbe Frau. Nelly. Heinrich Mann atmete tief ein; noch immer öffnete ihm der Gedanke an Emmy Johanna Kröger, an Nelly, alle Poren, alle Nervenenden seines Körpers; ein Zustand, der so ganz und gar nicht zu seiner wohlkontrollierten bürgerlichen Herkunft passte und seinem doch schon etwas fortgeschritteneren Alter von fast sechzig Jahren.

Nelly war 27 Jahre jünger als er, und seine Familie hasste sie, ohne sie gesehen zu haben. Thomas hatte sie »eine arge Hur« genannt, seine Frau sprach von ihr als »das Stück«. Heinrich schoss die Zornesröte in die Stirn, wenn er sich an die Auseinandersetzungen erinnerte. Sicher, der Altersunterschied war beträchtlich, und jeder reimte sich erst mal eine banale, geldgesteuerte kleine Romanze zusammen zwischen der Animierdame aus der Kakadu-Bar, Joachimstaler Straße 10, und dem erfolgreichen Romancier, der seine einsamen Abende nach der schweren Schreibarbeit unter den bunten Lampions des Etablissements verbrachte. Allerdings währte dieses Glück schon seit zwei Jahren, und wirklich erfolgreich war er damals gar nicht gewesen; der späte Ruhm kam erst jetzt mit dem Kinofilm. Nein, mit Nelly war es etwas Besonderes, sie hatte ihn umgekrempelt, ihn eine Spur wieder aufnehmen lassen, die er so lange Jahrzehnte verloren zu haben geglaubt hatte – die Spur des direkten, physischen Lebens, ein Mitfließen in der fließenden Menge, die ihn auch hier in der Buchabteilung von Karstadt so wunderbar umbrauste und umsprudelte.

Sándor Lehmann genoss sein Bad in der Menge weit weniger, als er sich abends durch die Menschenmassen in der Friedrichstraße drängte. Wer dieses aufgekratzte Volk strömen sah, konnte kaum verstehen, warum die Friedrichstadt am Hungertuch nagte und ein Lokal nach dem anderen dichtmachen musste. Erst ein genauerer Blick offenbarte die ausgebeulten Hosen, die billigen Strassbroschen des Publikums, das hier im Gedränge ein flüchtiges Stück des Glanzes der Weltstadt erhaschen wollte, aber mit der dünnen Hand die paar Groschen in der Tasche gut festhielt, um weder einem Taschendieb zum Opfer zu fallen noch einer verlockenden Flasche Wein.

Jenitzkys Café, das Sándor nach ein paar Minuten Schieberei endlich erreichte und durch die plumpen Drehtüren betrat, war ebenfalls gut gefüllt. Anders als in der Femina gab es hier keine livrierten Türsteher; wer hereinwollte, war willkommen und wurde durch ohrenbetäubenden Lärm unterschiedlicher Herkunft in die eine oder andere Ecke des weiträumigen Saales gerissen. Hier buhlten Animierdamen in einer getürkten Hafenkneipe um ein paar Drinks; dort schepperte auf einer Nebenbühne eine fragwürdige Kapelle die Gassenhauer der letzten Jahrzehnte, deren Publikumswirkung mit dem Aufkommen neuer Musik und neuer Tänze doch sehr gelitten hatte. An den wohl fünfzehn Meter langen Biertischen herrschte Gedränge; Kellnerinnen im knappen Dirndl schoben sich zwischen den Bänken durch. Die Damen mussten Oberschenkel aus Kruppstahl haben bei all den Kniffen und Tätscheleien, denen sie bei ihrer Arbeit mit dem vollen Tablett ausgesetzt waren. Immerhin ging das personalintensive Konzept auf, das billige Bier floss in Strömen, und auch wenn Jenitzky am einzelnen Maßkrug kein Vermögen machte: Er verkaufte eine ganze Menge davon.

Es herrschte ein Mordsradau in der hohen, verräucherten Halle, und Sándor fragte sich, wie Julian und seine »Follies« gegen dieses Getöse anspielen sollten. Julians Fuhs' sinfonischeren neuen

Arrangements waren viel zu dezent; die gestopften Trompeten würden sie wohl aufmachen müssen und diesem bierseligen Fußvolk hier mit gepfeffertem Charleston und einem röhrenden Black Bottom gehörig den Marsch blasen.

Allerdings tauchte jetzt auch schon eine Vorgruppe auf der großen, aber nicht tiefen Bühne auf; die dunkelbraunen Samtvorhänge mit den frivolen Goldstickereien fuhren zitternd auf, und die Persiflage einer Jazzband nahm Aufstellung – ein Schlagzeuger, drei Bläser, ein Bassist und drei sehr freizügig gekleidete Sängerinnen, die sich gleich ein schmetterndes Duett mit dem Bläsertrio lieferten, bei dem sie nur verlieren konnten. Gab es keinen Sänger, keinen Pianisten oder Bandleader? Doch, den gab es, einen dicken Mann mit Saxofon, der jetzt hinter dem Vorhang auftauchte und sich erst nur als gewölbte, zappelnde Form in dem schmuddeligen Samt abzeichnete. Das Publikum klatschte frenetisch Beifall; man schien die Nummer also schon zu kennen oder hatte davon gehört, und als erwartungsgemäß der große Vorhang am oberen Ende abriss – oder abzureißen schien, denn das dazugehörige Reißgeräusch machte der Bassist mit einer Glasscherbe auf den Saiten, nicht der Stoff –, kreischten alle begeistert auf. Der Dicke mit dem Saxofon tutete dumpf aus dem Dunkeln der braunen Stoffhülle, wand sich dann schlingernd und nicht ohne Geschick aus dem unappetitlich aussehenden Haufen, und der Bassist machte wahrhaftig einen Schritt vor zum Ständer des Gesangsmikrofons und kündigte mit Rückkopplungspfeifen und schmachtend dunkler Stimme an:

»Ladies and Gentlemen, Mesdames et Messieurs, Dirndl und Buam – aus der Scheiße ans Licht: Jenitzky!«

Sándor war perplex, aber ja, wirklich, das war er, Jenitzky selbst, der sich da auf der Bühne zum Affen machte, jetzt hochaufgereckt in einem hellblauen Tuxedo im Spotlight stand und ein riesiges, grell glänzendes Saxofon schwenkte. Das Publikum war außer sich und donnerte mit den Bierseideln auf den Tischen den

Takt, während das Bläsertrio seinem Boss musikalisch zu Hilfe kam und sich die Sängerinnen schmachtend mit ihren kokett herausgereckten Hinterteilen an den hellblauen Anzugstoff dieses Unterhaltungsmusik-Pavians schmiegten.

Jedenfalls hatte der Mann keine Scheu vor dem Publikum, er stürzte sich rein ins Geschehen und sorgte eigenhändig dafür, dass jeder sich hier amüsierte – notfalls auf seine eigenen Kosten. Wenn Jenitzky ein Gangster war, dann war er der Clown unter den Gangstern, einer, der den Leuten die Pistole auf die Brust setzte und sie zum Lachen zwang. Eben hatte er noch auf der Bühne gestanden, jetzt eilte er von Tisch zu Tisch, schüttelte Hände, machte anzügliche Witze und verteilte Handküsse an die anwesenden Damen. Im Hinblick auf die Frauen hatte der Mann einen Ruf zu verlieren: »Das Haus der 100 schönen Frauen« hatte er sein Café mehr als einmal vollmundig in den Annoncen genannt, und es war ein humoristischer Höhepunkt des Abends, wenn er mit Monokel und Klassenbuch zwischen den Tischen hindurchwatschelte und – »achtundsechzig, neunundsechzig, det wird nüscht heute, ich kann den Laden zumachen, wir Deutschen sterben aus!« – nachzählte, ob er sein Versprechen auch diesmal wieder erfüllt hatte. Schonungslos wurden Mauerblümchen und ältere Jahrgänge mit »einhalb« oder »null Komma zwo« gezählt, während zartere Männer ohne Bart zum Gaudi der Kundschaft auch mal mit »fifty-fifty« zur Statistik beitragen mussten. Und selbstverständlich endete die Zählerei jedes Mal mit neunundneunzig, was das Publikum, das ab neunzig zum lautstarken Mitzählen animiert worden war, zu schallendem Gelächter und lautstarken »Frauen, Frauen!«-Sprechchören reizte.

»Moment mal, Freunde!«, schrie dann Jenitzky durch das Inferno. »Wir haben eine übersehen! Die Schönste von allen, die Bluse, äh, Blume der Nacht, eine vollblonde naturschwarze Brünett-Grazie!« Das Licht ging aus, und ein fiebernder Scheinwerferfinger huschte von Tisch zu Tisch, erwischte knutschende Paare, errötende Fregatten, erboste Halbprominenz, die inkognito hier sein wollte. Das Publikum war hingerissen, gebannt, an den Saalrändern sprangen sie auf die Tische, um besser sehen zu können, wen, wen denn nur Jenitzky als vergessene Schönheitskönigin ins Visier nehmen wollte. Und schon wurde der Scheinwerfer zurückgerissen zum Moderator selbst, der sich im Schutz der temporären Dunkelheit eine blonde Zopfmähne aus Pferdehaar über den Kopf gestülpt und die dicken Lippen mit grellem Lippenstift beschmiert hatte. Mit einem Satz war der korpulente Mann auf dem nächsten Tisch, und man konnte sehen, dass nicht nur der bullige Kopf einer Maskerade unterzogen worden war – Jenitzky trug einen getigerten, eng anliegenden Rock mit opulentem Strassbesatz, der wild um seine haarigen Beine baumelte.

In das einhellige Kreischen und Grölen des Publikums donnerte ein Trommelwirbel, das Bühnenlicht ging an – und die nächste Kapelle begann ihren lautstarken Auftritt.

Sándor ächzte; hier war Julian Fuhs mit seinem Jazz der sanften Zwischentöne, der schwingenden Emotionen reichlich fehl am Platze. Was hatte den Bandleader geritten, sich unter diesen Knallchargen verheizen zu lassen? Aber Julian wusste, was er tat; vielleicht war es auch Jenitzky selbst, der seine oberflächlichen Krawallnummern in ein etwas gediegeneres Programm einbetten wollte und mit hochkarätiger Musik zurückgewinnen, was an Besuchern in die Tanzpaläste der westlichen Stadtteile um Tauentzien und Kurfürstendamm abgewandert war.

Bislang war der Plan jedenfalls noch nicht aufgegangen; hier bei Jenitzky trafen sich die schlichteren Gemüter, um sich einen auf die Lampe zu gießen und möglichst viel Lärm dabei zu machen. Sándor schubste zwei streitende Bayern beiseite – zwei von ein paar Hundert Touristen, die den Laden wahrscheinlich »typisch berlinerisch« fanden – und drängelte sich zur Bar vor. Sprach er Chinesisch, oder hatten sie wirklich keinen grünen Escorial? Immerhin trug das Café Jenitzky seinen Namen nicht grundlos, der Kaffee war passabel, und Sándor Lehmann lehnte sich mit dem Rücken an den Tresen und betrachtete noch eine Weile das Getobe auf und vor der Bühne, in das er gleich mit der Klarinette und – später am Abend – mit Schlagstock und Trillerpfeife eingreifen sollte.

RAZZIA

In dem, was Jenitzky großspurig »Künstlergarderobe« nannte – einem kleinen Kabuff neben der Küche, feucht und heiß von der Kaffeebrüherei nebenan –, kriegten sie sich erst mal in die Haare. Charlie und Arno waren die Wortführer; die beiden Herren waren was Besseres, sie konnten – wenn man ihren Worten glauben wollte – überall spielen, die Bandleader liefen ihnen die Bude ein, und sie hatten es nicht nötig, ihre Laufbahn mit einem Auftritt in einem Loch wie diesem hier zu demolieren.

Sándor hielt sich zurück und wartete darauf, wie Julian reagieren würde, aber zu seiner Überraschung war es Bella – in einem engen schwarzen Kleid, Nerzbolero und weinroter Kappe mit zartem Augenschleier in Schwarz, hinreißend! –, die das Wort ergriff. Ihr Plädoyer war flammend; sie packte die Kerle bei der Ehre. Schließlich gehe es partout nicht an, erst sein musikalisches Leben dem Jazz zu widmen, der doch bekanntlich seine Wurzeln im Blues aus New Orleans und St. Louis, den Sklavengesängen der Baumwollpflücker habe, und sich dann zu schade zu sein, diese angebliche schwarze Volksmusik eben hier, vor dem einfachen Volke, darzubieten. Müsse man eine Oberschule besucht haben und ein Konto auf der Bank, um ihre Musik hören zu dürfen?

»Gerade du, Arno – was hast du studiert? Germanistik? Ganz sicher nicht mit deinem Fünfzig-Wörter-Sprachschatz. Da draußen sitzen Leute wie du, Leute aus dem Volk, einfache Mädels, ehrliche Kerle, die ein bisschen Spaß haben wollen. Hast du Angst vor proletarischem Ohrenschmalz, der beim Zuhören auf dein edelstes Körperteil tropfen könnte – deine Geige?«

Die Männer wieherten; die Kleine gab dem Geiger Saures.

Arno verteidigte sich nur halbherzig gegen die unverhoffte Attacke: »Aber – unsere Musik ... bei dem Radau da draußen ...«

Bella lachte schallend wie ein Brauereikutscher, schlug sich auf die Schenkel, brach urplötzlich ab und legte sich den Zeigefinger auf die Lippen. »Pssss …«

Die Männer lauschten in gebannter Erwartung, was jetzt kommen würde. Doch Bella schwieg. Völlige Stille. Vier, fünf Sekunden.

Dann ihre Stimme, rauchig, tief, verlockend, ein bisschen ironisch:

»Die bringe ich zur Ruhe. Bezweifelt das einer?«

Geräusper. Julian klatschte einen einsamen Beifall und strahlte Bella an; Sándor sah den Blick und empfand impulsiven Hass auf den Freund, der einen Augenblick später wieder abebbte. Er hob eine Braue, deutete auf die Trompetendämpfer und fragte Julian:

»Also kein Extrakrach heute?«

Julian Fuhs schüttelte verträumt den Kopf.

»Im Gegenteil, mein Lieber. Im Herzen des Hurrikans herrscht Stille.«

Die Männer beruhigten sich; ihr Bandleader schien immerhin anzunehmen, dass sie sogar hier in dieser Kaschemme Musik machen könnten. Jenitzky sah noch kurz vorbei – voller als durch die Anwesenheit des dicken Mannes konnte es in dem engen Raum nicht werden, und Sándor ekelte die plumpe, feuchte Patschhand, die der Kneipenboss wie selbstverständlich um Bellas Taille legte. Aus der Nähe betrachtet, strahlte der unermüdliche Impresario noch etwas anderes aus als nur die lautstarke, ungebändigte Fröhlichkeit: eine unbeugsame Härte und Selbstbeherrschung, die in völligem Gegensatz zu seinem sonstigen Erscheinungsbild standen. Ein betrunkenes Rhinozeros, dem nichts entging, das jede Nuance wahrnahm.

»Ist das echt?«, fragte er erstaunt und stupste Bellas Nerzjäckchen gefährlich nah am Dekolleté an. »Hat wohl der Papa bezahlt?«

Sándor rührte sich, und Jenitzkys Blick streifte ihn mit einem wohlwollenden »schöner Schnurrbart«, auf das er aus gutem Grund nicht näher einging. Währenddessen nestelte Jenitzky einen Umschlag aus der Westentasche, den er neben Julian auf das Schminktischchen legte.

»Die Gage. Im Voraus. Wenn sie kürzer als eine Minute klatschen, will ich euch nie wieder sehen.«

Er zwinkerte beim Hinausgehen und ließ offen, ob das ein Witz gewesen war oder eine Drohung. Sein flächiges Gesicht hatte eine Unverbindlichkeit, eine Verlorenheit, hinter der sich die Gutmütigkeit eines väterlichen Freundes verbergen konnte – oder die schiere Brutalität.

Letztlich war es eine Frage der Dramaturgie, und da waren Jenitzkys Techniker mit allen Wassern gewaschen. Ein auf- und abschwellendes Dimmen der Saalbeleuchtung bis zur völligen Dunkelheit, dann rotes, sehr rotes Bühnenlicht, ein einzelner weißer Lichtstrahl, der einen Barhocker beleuchtete, auf dem eine einzelne rote Rose lag: Das war Kitsch pur, und nirgendwo funktionierte Kitsch besser als in diesem Laden. Bella trat aus dem Schatten ins Licht, und schon die nachlässige Handbewegung, mit der sie die schöne Blume achtlos in den Bühnenstaub wischte, reizte das Publikum zu einzelnen Pfiffen und erwartungsvollem Johlen. Bella zog das Mikrofon heran und sang a cappella in die Stille hinein, in der jeder einen Basslauf, ein Klaviervorspiel erwartet hätte:

»I work at the Palace Ballroom ... I'm much too tired to sleep ...«

Ein Seufzen ging durch das Publikum, und von diesen ersten mehr gehauchten, gesprochenen Worten, zu denen sich jetzt nach und nach die Instrumente gesellten, glänzendes Blech, das vom Lichtkegel erfasst wurde, die schwarze, wuchtige Silhouette des Basses, die reflektierenden Kringel der Trommelränder – von diesen ersten Worten an war klar, dass sie gewonnen hatten; dass

auch das Publikum in diesem krawalligen Vergnügungslokal auf
Jazz intuitiv so reagierte, wie Jazz gemeint war: subtil, komplex –
aber letztlich emotional und ganz einfach. Bellas Stimme füllte
den Raum, der Rhythmus überholte sie, übernahm die Führung.
Die Blechbläser schnitten die stickige Luft in glänzende schwarze
Scheiben, und Sándors Klarinette kringelte sich perlend wie ein
wucherndes, rankendes Silberornament um diese Sängerin und
ihren sich wiegenden Körper im schwarzen Samtkleid.

Eine knappe Stunde später stand Sándor ohne seinen roten
Schnurrbart in einem Hauseingang neben Jenitzkys Café und sah
auf die Armbanduhr. Zwei einzelne Automobile hielten an; drei
Männer von der Einsatzbereitschaft und Belfort, der blass und
hochkonzentriert wirkte, gegen den abends eingesetzten Niesel-
regen in einen schwarzen Ledermantel gewickelt, dessen Kragen
er hochgeschlagen hatte. Er hatte den Grundriss dabei, aber Sándor hatte sich mit den Räumen vertraut gemacht und wies die
Männer schnell ein.
»In vier mal sechzig Sekunden gehen wir rein – Uhrenvergleich,
meine Herren. 9 Uhr 7 Minuten 10 Sekunden. Zugriff ist 9 Uhr
11 Minuten.«
Die anderen nickten. Er fuhr fort:
»Ich selbst gehe wieder in den Saal und hefte mich an Jenitzkys
Fersen, falls der Kerl abhauen will. Sein einziger Fluchtweg wäre
nebenan durch die Taubenstraße, und da« – er deutete auf einen
der Männer, es war Hansen – »stehen Sie, Kollege. Haben Sie den
Durchsuchungsbeschluss, den Aktenwagen, Beschlagnahme-
listen?«, wandte er sich an Belfort. Der hielt eine Antwort nicht
für nötig; selbstverständlich hatte er.
Sándor nickte.
»Sie gehen vorne rein, durch den Haupteingang, mit dem halben
Trupp. Das Publikum wird zu den Garderoben drängen und raus
wollen; da müssen Sie ein paar Männer postieren. Der Rest geht

die Tische ab und stellt Personalien fest; Sie treffen mich mit vier Männern am Aufgang zu Jenitzkys Büro. Von der Taubenstraße aus stürmen Sie« – wieder der erste der Männer – »das Büro und sorgen dafür, dass nichts wegkommt. Sie treffen uns dort oben, und wir kämmen uns akribisch durch jeden Quadratzentimeter Papier und alles, was wir sonst noch finden.«

Sándor sah erneut auf die Uhr.

»9 – 8 – 0. Meine Herren!«

In zwei Seitenstraßen warteten die Mannschaftswagen mit abgeblendetem Licht und ausgeschalteten Motoren. Sándor ging zurück in das Café, kramte dabei unfällig den falschen Schnurbart aus der Jackentasche und klebte sich das alberne Ding wieder unter die Nase. Die Maskerade konnte einem zur zweiten Natur werden. Er sah sich nicht mehr um, sondern tauchte ohne Zögern in die Massen ein und durchquerte den Saal zielstrebig in einer geraden Linie zur Bühne. Sein entschlossener Schritt teilte die Menge; hinter ihm schloss sich die Menschenwand wieder; vorne tanzten falsche, sehr nackte Indianerinnen einen grotesken Stammestanz, der eben zu Ende ging.

Die Indianerinnen wurden mit geheimnisvollem Flackerlicht beleuchtet, das an den Schein von Lagerfeuer erinnern sollte und den vorderen Bühnenrand im Dunkeln ließ. Doch Sándor hatte bei ihrem Auftritt Bellas schweres Kondensatormikrofon aus dem Mikrofonständer genommen und am Bühnenrand abgelegt; jetzt ging er vor der Bühne in die Hocke, schaltete das Gerät auf Empfang und brüllte mit pfeifender Falsettstimme:

»Freibier für alle, Leute. Außer für die Scheiß-Bayern!«

Die laute Ansage zeitigte sofortig Wirkung. Das dreihundertköpfige Publikum brüllte zwei genau gegensätzliche, vielkehlige Schreie. Einen Schrei begeisterter Zustimmung, dem ein sofortiger Aufbruch zu den am Eingang gelegenen Bars folgte. Und ein etwas leiserer, aber ungleich inbrünstigerer: die blanke Wut des bayrischen Teils der Anwesenden, die sich empört vom angekündigten Freibier ausgeschlossen sahen und nun wutschnaubend nach vorn zur Bühne wollten, um ihr Recht zu fordern.

Beide Gruppen prallten in der Saalmitte aufeinander und behinderten sich gegenseitig auf ihrem Weg, und beide Gruppen griffen nach allem, was sie an Stühlen, Flaschen und Tischen zu packen bekamen, und prügelten aufeinander ein. Im selben Augenblick platzten die Drehtüren am Eingang auf, und auch aus den Seitentüren strömten Uniformierte in den Saal, die mit Trillerpfeifen und Schlagstöcken Ordnung schaffen wollten, stattdessen hineingerissen und überrollt wurden und in kürzester Zeit selbst in der Defensive waren.

Belfort steckte mit seinen Leuten im vorderen Eingangsbereich fest. Sándor hatte sich vor der Bühne erhoben; er spurtete seitlich zum Büroaufgang, wo eben Jenitzky, vom Krawall alarmiert, schnaufend die Stufen herunterkam. Der vermutliche Theodor und eventuelle August sah den großen Mann mit dem monströsen Schnurrbart auf sich zustürmen und ging unwillkürlich in Abwehrhaltung, doch Sándor rief ihm zu: »Polizeirazzia, schlagen Sie mich nieder, Mann – und dann ab durch die Bierrutsche!«

Jenitzky hatte einen mächtigen, unförmigen Körper, aber einen äußerst beweglichen Geist – und er setzte Erkenntnisse geradlinig um, ohne zu zögern. Er überblickte das wütende Gerangel im Saal, studierte kurz Sándors bestimmtes, selbstbewusstes Gesicht, holte dann aus und traf die rechte Schläfe seines Gegenübers mit einer solch unerwarteten Härte, dass Sándor, der sich auf den Schlag vorbereitet hatte und der Faust in allerletzter Sekunde noch einige Zentimeter ausweichen wollte, die Augen zu schmalen, wütenden Schlitzen zusammenkniff. Das Lagerfeuerlicht von der Bühne funkelte wie ein Feuerwerk, und die Schwärze des Bodens kippte nach oben. Er fiel um.

BLACKOUT

»Hier können Familien Kaffee kochen«, stand auf dem Schild des
Ausflugslokals an der Panke, und 1909, als Sándor zwölf war,
hatte seine Mutter ihn sonntags mal fein gemacht, also Opas Fliege
umgebunden, ein viel zu großes Ding mit etwas fadenscheinig
gewordenen Ecken, aber aus Damaszener Seide, hatte ihm die
widerspenstigen blonden Kraushaare mit Wasser an den Kopf gedrückt und war mit ihm hingegangen. Bis dahin hatte er das
Schild nur täglich auf dem Schulweg bestaunt; »Familien« und
»Kaffee kochen«, das waren gleich zwei Festungen gutbürger-
lichen Lebens, die ihm bisher eher verwehrt geblieben waren.
Seine Mutter hatte sich nach seiner Geburt nur zwei, drei Tage
ohne Arbeit erlauben können, dann schleppte sie sich wieder zu
ihren vielfältigen Hilfsarbeiten, schlug sich durch, so gut es ging.
Dass das mit einem kleinen Kind am Bein eher schwerer war als
davor, ließ sie Sándor nie merken; er war ihr Gefährte an den langen Abenden in der dunklen Hinterzimmerwohnung, wenn sie in
der Stube das Petroleum fürs Licht sparten und am offenen Fenster in den Abendhimmel träumten. Ferne Länder, reiche Herrschaften; die Ränke und Intrigen des deutschen Herrscherge-
schlechts, in dem sich Sándors Mutter auskannte, als hätte sie in
früheren Jahren wahrhaftig selbst für Kaiser Wilhelm das Tafel-
silber geputzt.
Als Sándor zwölf wurde, hatte seine Mutter die Fünfzig bereits
überschritten, die Arbeit fiel ihr schon lange nicht mehr leicht,
und ihr Leben war nicht besser geworden in den letzten Jahren,
sondern schwerer. Die Zeiten selbst waren schwerer geworden; der
idyllische Wedding mit seinen Ziegenställen in den Hinterhöfen,
mit den Biergärten am Gesundbrunnen und grünen Bachufern
entlang der Panke war dicht an dicht mit großen Mietshäusern

| 126 |

bebaut worden, in denen die Arbeiter der großen Fabriken auf engstem Raum mit vielköpfigen Familien wohnten. Acht, zwölf oder noch mehr Familien teilten sich eine Außentoilette, die zwischen den Stockwerken im Treppenhaus lag, eiskalt im Winter, fliegenumschwirrt im Hochsommer, immer verdreckt, ein Hort für Krankheiten, Übelkeit und Gestank. Überhaupt durfte man nicht zimperlich sein, was die Ausdünstungen der zigtausend Menschen anging, die hier in diesem Arbeiterviertel zusammengepfercht waren. Der Geruch von Schweiß, Kot und Erbrochenem sickerte regelrecht durch die Wände; es roch nach Schimmel, nach Keller, nach verfaulten Essensresten. Über dem Viertel lag der erdrückende Qualm schlechter Kohle, und die Menschen hatten kaum Luft zum Atmen – weil ihnen auch die harte Fabrikarbeit in zermürbenden Schichten für schlechten Lohn schwer auf die Lunge und die Glieder drückte.

Mutter Lehmann hasste ihr enges Souterrain-Kellerloch; er dagegen war im Grunde froh, seine klamme Schlafnische nicht noch mit sieben, acht Geschwistern teilen zu müssen. Aber auch die Lehmannsche selbst hatte sich bei aller Not im Grunde mit ihrem Schicksal abgefunden oder resigniert, und Versuche, alles zum Besseren zu wenden, machte sie selten. Wie auch? Ein- oder zweimal war sie oben am Gesundbrunnen in einem der etwas besseren Lokale bei einem sogenannten Witwenball gewesen – einer erniedrigenden, trostlosen Veranstaltung, bei der die männersuchenden Damen aller Altersklassen eine stolze Reichsmark Eintritt zahlen mussten, nur um in einer deprimierenden Überzahl bei alberner Musik in einer Stuhlreihe zu sitzen und auf Männer warten zu müssen. Ab und zu trudelte einer der Kerle herein, hatte sich draußen Mut angetrunken oder wollte die teuren Preise am Tresen sparen; plumpe, erschöpfte Proleten, denen die erste Frau gestorben war oder die noch nie eine gehabt hatten. Nach großer Liebe sah das alles nicht aus, nach solider Familiengründung auch nicht. Lustige Musik schepperte aus dem Grammofon, dümmliche Stimmungsliedchen – »wenn aller Schnee geschmolzen ist, so bleibt uns doch die Asche« –, und wer Glück hatte, bekam bei der Herrenwahl einen ab, der einen unbeholfen und mit feuchten Fingern über die Tanzfläche schwenkte. »Schiebertänze verboten« stand auf einem Schild an der Tür, aber Anzüglichkeit und Verführung kamen hier ohnehin nicht zustande, und die Lehmannsche beschloss, nicht mehr hinzugehen zu dieser Viehschau.

Dass sie arm waren, dass in anderen Stadtteilen dieser endlos großen Stadt andere Zustände herrschten, sogar Wohlstand, Gutbürgerlichkeit – das war Sándor lange nicht bewusst gewesen. Als Kind nahm er wahr, was er aus eigenem Erleben kennenlernte – ein Radius von ein paar hundert Metern um die Badstraße herum, Höfe, eine Schmiede, ein paar Lagerhäuser, Läden, Lauben am Pankeufer. Das war die Welt, sie war so, wie sie war. Seine Lebensziele waren überschaubar; erwachsen werden – das allein versprach schon alle vorstellbaren Möglichkeiten.

Trotzdem war der Ausflug in das Gartenlokal ein Blick in eine fremde, begehrenswerte Welt. Für einen Groschen eine große Tüte duftiger Kuchenränder kaufen; auf einer riesigen Kochstelle mit kostenlos bereitgestelltem heißem Wasser den eigenen, mitgebrachten Kaffee aufbrühen – Mutters Sonntagsmischung, zwei Drittel Gerstenkaffe, ein Drittel Malzkaffee und eine Prise richtiger, echter Bohnenkaffee – und dann an den langen, knallgrün gestrichenen Bierbänken sitzen unter rot-weiß gestreiften Sonnenschirmen mit verschnörkelten Vollants ... das war großartig. Sándor hatte noch nie unter Sonnenschirmen gesessen, es gab auch wenig Grund dafür; er hatte noch nie echten Bohnenkaffee getrunken und kam sich mordsmäßig erwachsen vor, und im Grunde und eigentlich fehlte doch nur der Vater, um sie zu einer kompletten Familie zu machen. Ach was, Vater. Bald war er selbst ein ganzer Mann, schon jetzt hatte er richtige Muskeln an den Oberarmen, und den etwas schmächtigen Brustkorb würden bald kräuselige blonde Haare schmücken. Er warf sich in die Brust, spannte die Wangenmuskeln an und zerrte nicht an der Fliege, die Mutter Lehmann viel zu eng gebunden hatte. Sie waren als Familie hier und kochten Kaffee. Es war Sonntag. Für eine ganze lange Stunde war das Leben vielversprechend und restlos schön. Ein Drehleiermann spielte, und Mutter Lehmann bekam einen ganz weichen Blick und schunkelte auf ihrer Holzbank im Takt.

Vor der Brücke, die unter der Badstraße durchführte, war die Panke, ein schmales, wasserarmes Flüsschen, an einem Wehr etwas aufgestaut, und der dadurch entstandene kleine Kanal war ein zusätzlicher Anziehungspunkt für die Ausflügler und ihre Kinder. Die dreißig Meter Wasserfläche lockten die Mücken an und rochen nicht sehr gut. »Kleen Venedich«, spotteten die Sonntagsbesucher gutmütig; »die Rattenwanne« hieß es abschätzig bei den Einheimischen – doch für die Weddinger Kinder und für Sándor hatte der Kanal eine sensationelle, unwiderstehliche Anziehungskraft. Nicht zuletzt deshalb, weil der neue Wirt des Gartenlokals ein echtes Ruderboot ins Wasser gelegt hatte, das meist den vorbeikommenden Musikanten als Auftrittsort diente oder bei Einbruch der Dunkelheit Treffpunkt für ein lauschiges Plauderstündchen unter Verliebten war. Jetzt, am Nachmittag, im Sommer, tobten die Kinder als Piraten und Militär um das Boot, und Sándor kannte einige der Rotzlöffel, vergaß für ein paar Augenblicke sein neues Familiengefühl und die Noblesse von Großvaters Fliege und tobte mit.

»Frühschoppen« war ein vernebelnd fröhliches, fast sportliches Wort für eine Tätigkeit, die nicht nur im Wedding am Sonntag mehr als verbreitet war und im Grunde hartes Trinken schon bei Tagesbeginn meinte. Ausgelaugt von der körperlichen Arbeit der sechs Werktage, verkatert vom Samstagabendbesäufnis und ratlos, was mit dem einzigen freien Tag der Woche nun anzufangen war, strömten die Männer schon morgens um neun in die Bierschwemmen, palaverten an Stehtischen über die Politik, schwenkten grölend die Bierseidel und genossen ihre temporäre Freiheit. Am Nachmittag lagen Betrunkene auf den Straßen, krakeelten in den Biergärten und belästigten die Ausflügler auch hier am Pankeufer. Just als Sándor als Kavallerieoffizier über die Hafenanlage auf das heftig verteidigte Piratenschiff zugaloppierte, kippte einer dieser schwankenden Frühschoppler seiner Mutter einen halben Maßkrug Bier in den Schoß. Die Lehmannsche schrie wütend auf, und Sándor riss den Kopf herum, um nach seiner Mutter zu schauen. So übersah er das schwere Paddel des Ruderboots, das ihn an Hals und Kopf traf, und der zweite Schrei von Mutter Lehmann galt ihrem Sohn, der der Länge nach in die Panke gefallen und unter das Ruderboot gerutscht war.

Ein Geschmack von Brackwasser und trübes, grünliches Licht umgaben Sándor, und er hatte das Gefühl, zu sinken, hochgerissen zu werden, angeschrien – und erneut zu sinken.

»Lehmann!«

Wieder Wasser; das Licht wurde heller. Es stammte von einer Blendlaterne, die ihm direkt ins Gesicht gehalten wurde, und das Wasser lief an seinem Gesicht herunter in seinen Kragen; kaltes Wasser aus einem Bierkrug.

Er schlug die Augen auf.

Belfort und zwei Schutzpolizisten hatten ihn aufrecht an die Außenwand von Jenitzkys Café gesetzt; er hatte Kopfschmerzen und einen geschwollenen Wangenknochen, aber die Wirklichkeit kam langsam zurück. Er sortierte fieberhaft, was geschehen war, griff erschrocken in sein Gesicht – verdammt, der Schnurbart! Belfort durfte das flammendrote Ding nicht sehen, aber der Bart war weg, wahrscheinlich beim Dampfhammerschlag dieses Hundertfünfzig-Kilo-Mannes abgerissen und im Handgemenge da drin abhandengekommen. Gut so! Oder – ein Schreck durchfuhr ihn – hatte Jenitzky das Ding eingesammelt, um die doppelte Identität bei Gelegenheit gegen ihn zu verwenden?

Jenitzky, der alte Gangster, hatte ihn umgehauen. Das war nicht ganz der Plan gewesen, wenn es überhaupt einen Plan gegeben hatte. Im Grunde hatte Sándor nur seinen eigenen Arsch aus der Zwickmühle retten und nicht zwischen dieser absurden Razzia und seiner geheimen Identität als Klarinettenspieler zerrieben werden wollen. Mindestens das war ihm offenbar auch gelungen. Er war nicht aufgeflogen, weder bei den Mitmusikanten noch bei Belfort, hatte heldenhaft Keile eingesteckt in Ausübung seines Amtes, und wenn er es sich genau überlegte – genaues Überlegen tat noch ziemlich weh an einer anschwellenden Kante zwischen Ohr und Schädelmitte –, dann war er auch Jenitzky nähergekommen. Schmerzhaft nahe sogar. Er hatte den Mann vor der aufziehenden Razzia gewarnt. Wahrscheinlich gab es nichts zu warnen; einer wie Jenitzky würde keine Bomben-Bestellschreiben oder Arbeitsverträge mit Auftragsmördern in der Schreibtischschublade aufbewahren; die ganze Sache war ein einziger Einschüchterungsversuch von Belfort. Trotzdem hatte er, Sándor Lehmann, sich dem Hauptverdächtigen gegenüber als Retter zu erkennen gegeben, hatte seine Sympathie verdient, und das würde ihn womöglich näher an die Aufklärung des Verbrechens bringen, als Belfort mit seinen Brachialmethoden es je schaffen würde.

Das schien Belfort selbst übrigens unterdessen auch gedämmert zu haben, denn der Mann hatte sichtlich schlechte Laune.
»Autsch«, knurrte Lehmann, um seine Rückkehr in den Kreis harter Burschen zu signalisieren, »diese Bayern können zulangen. Habe ich einen Maßkrug an die Birne bekommen? Einen Barhocker? Ich habe nicht mal gesehen, was mich getroffen hat.« Belfort schnaubte ungnädig.
»Jedenfalls haben Sie sich im wichtigsten Augenblick aus dem Staub gemacht. Mitten im Zugriff gerät das ganze Ding außer Kontrolle, wir machen Razzia, diese Irren da drin machen Saalschlacht … und Sie legen sich schlafen.«

»Und … Jenitzky?«, fragte Sándor schläfrig, als erinnerte er sich eben jetzt erst wieder an den Namen.

»Hockt wie Gottvater in seinem Büro, plaudert mit Hansen, Schmitzke und Plötz und ist die Freundlichkeit in Person. Kein Wunder, wir haben sicher eine Viertelstunde gebraucht, bis wir zu ihm durchgekommen sind. In dieser Zeit hätte er alles verbrennen oder sonst wie beiseiteschaffen können, was ihn belastet hätte.«

»Mist.«

»Ja, verdammter Mist. Gewarnt ist er obendrein, dass wir ihn ins Visier genommen haben. Das Ding hier ist gründlich in die Hose gegangen; das war eine echte Schnapsidee von Ihnen, vor Beginn der Aktion noch mal quer durch den Saal zu stolzieren.«

»Ich habe die Saalschlägerei nicht angefangen«, merkte Sándor an, und das war gut gelogen.

Belfort drehte sich um und gab den beiden Schutzpolizisten Anweisungen. Sie sollten Jenitzky aus seinem Büro holen und aufs Präsidium schaffen. Da würde man schon herausfinden, ob der Bursche mit dem Anschlag auf die Femina zu tun hatte.

»Das würden wir, mit Verlaub gesagt, nicht gerne sehen.«

Die diskret leise sprechende Stimme kam aus dem Beifahrerfenster einer cremefarbenen, lang gestreckten Limousine, die nahezu geräuschlos aus der Seitenstraße herangerollt war. Die beiden Schutzmänner schienen den eben in den Verkauf gelangten Maybach Zeppelin, einen bulligen Zwölfzylinder-Reisewagen mit einer respektheischenden Karosserie von Hermann Spohn aus Ravensburg, noch nie in natura gesehen zu haben, sie machten einen Satz auf den Bürgersteig, als wäre der Reichskanzler selbst vorgefahren.

Belfort wandte sich gefährlich langsam herum zu dem Redner; einem ruhigen, väterlichen Mann um die sechzig, zurückhaltend, aber gediegen gekleidet, mit einem etwas altmodischen Monokel in einem Auge.

| 132 |

»Und wer sind Sie?«

»Das wollten wir Sie selbst gerade fragen. Wenn Sie der dienst-habende Kriminalbeamte sein sollten, der mit einem etwas frag-würdigen Hausdurchsuchungsbefehl angerückt ist und mit seinen Männern eine Saalschlacht mit ein paar Hundert ehrbaren Gästen begonnen hat; wenn Sie der Mann sind, der unseren Mandanten seit einer Stunde ohne Rechtsgrundlage in seinem Büro festhält und mit unnötigen Fragen zu seinem Verbleib am gestrigen Abend löchert, dann würden wir Ihnen, mit Verlaub, empfehlen, Ihre Situation nicht noch schlimmer zu machen. Denn Ärger haben Sie sich auch so schon eingehandelt.«

Er reichte Belfort eine Visitenkarte aus dem Wagenfenster.

»Ich denke, Sie haben nichts dagegen, uns nun zu unserem Man-danten hinauf zu lassen, nicht wahr? Wenn Sie nichts Belastendes gefunden haben – und davon möchte ich doch stark ausgehen –, sehe ich nicht ganz, woher Sie die Berechtigung nehmen, sich hier weiter aufzuhalten. Es ist immerhin zehn Uhr abends; der arme Herr Jenitzky wird Hunger haben; wir haben deshalb im Restau-rant Horcher einen Tisch reserviert, um mit ihm einen flambier-ten Faisan de presse zu essen und den neuen Château d'Yquem zu probieren. Er soll ganz passabel ausgefallen sein dieses Jahr.«

Belfort war kreidebleich geworden, und Sándor hatte für einen Augenblick den Eindruck, dass er kurz davor stand, seine Pistole aus dem Holster zu ziehen und die sechsschüssige Trommel in das Prunkautomobil zu entleeren. Stattdessen trat auch Belfort nun einen Schritt zurück, breitete wutzitternd einen Arm zu einer ironisch einladenden Geste aus und ließ mit der anderen Hand die goldgeprägte Visitenkarte der renommierten, stadtbekannten Anwaltskanzlei in den feuchten Schmier der Taubenstraße fallen.

JUDEN

Am nächsten Morgen hatte Belfort Schatten um die Augen und ein amüsiertes Lächeln im pausbäckigen Jungengesicht. Er klatschte Sándor – der ausnahmsweise vor ihm im Präsidium war – die druckfrische Ausgabe des *Lokal-Anzeigers* auf den Schreibtisch. »Der Tod trägt Smoking« stand da neben einem düsteren, von flächigen Schatten dominierten Foto von Julian Fuhs. »Jüdische Jazzmusiker: Wir verlassen die Bühne nur als Leiche«. Sándor lief es kalt den Rücken runter, und er bemühte sich, Belfort den Schrecken nicht merken zu lassen. Was hatte Julian da verzapft?

Doch Fuhs' Antworten auf die Interviewfragen waren nur die verzerrt wiedergegebenen Stichworte, an denen der Autor des Leitartikels seine Theorie einer jüdischen Musikverschwörung entwickelte. Vielleicht war es Friedrich Hussong selbst, einer der rhetorischen Wegbereiter der Nationalsozialisten, der hier in die Tasten gegriffen hatte. Er führte auf den Titelseiten der Scherl-Blätter einen Krieg gegen Theodor Wolff, Kurt Tucholsky oder Carl von Ossietzky – nicht mit sauberer Recherchearbeit, sondern mit Demagogie und Hetze. Jedenfalls lieferte seine alphabetisch sortierte »Liste der jüdischen Tanzkapellen in Berlin« nicht mal ein Viertel der Bandnamen, die nachts auf den Bühnen standen – doch unbewanderte Leser mussten von der schieren Menge beeindruckt sein und den Eindruck bekommen, dass wahrhaftig ein jüdischer Plan zur »Vernegerung« der deutschen Kultur, zum »kulturbolschewistischen Unterwandern unserer Hochkultur« im Gange war.

Sándor Lehmann verriet mit keiner Miene, dass er mit den meisten der hier Genannten per Du war, und studierte interessiert die lange Liste, die Hussong in einer fanatischen Fleißarbeit zusammengetragen hatte:

»Baskini, Sam, weißrussischer Jude. Leiter der Jazz-Symphoniker mit Auftritten im Café Berlin, bei Karstadt am Hermannplatz, in den Ostseebädern.

Bela, Dajos (Künstlername von Leon Golzmann, geboren in Kiew). Leiter der Hotelkapelle im Adlon und Excelsior.

Berlin, Ben (eigentlich Hermann Bick, geboren in Tallinn, Estland). Orchesterleiter im Delphi und im Karstadt-Dachgarten.

Borchard, Eric (eigentlich Erich), Berliner. Mit seiner Kapelle in etlichen Tanzlokalen aktiv.

Dauber, Dolfi (eigentlich Adolf) aus Wiznitz bei Tschernowitz, Bukowina. Kapellmeister u. a. im Delphi …«

So ging es eine ganze Spalte lang weiter: René Dumont aus Straßburg; Norbert Faconi, der eigentlich Cohn hieß; Julian Fuhs; der Budapester Ernö Geiger; Adolf Ginsburg; Lud Gluskin, der russischstämmige Amerikaner; Paul Godwin (der eigentlich Pinchas Goldfein hieß) aus Sosnowitz; James (eigentlich Arthur) Kok aus Tschernowitz/Bukowina; Ilja Livschakoff; Ludwig Rüth; Efim Schachmeister aus Kiew; Michael Schugalté (eigentlich Moses Schuchhalter) aus Odessa; die Studentenkapelle »Sid Kay's Fellows« von Sigmund Petruschka und Kurt Kaiser; Otto Stenzel; Marek Weber aus Lemberg; der Filmkapellmeister Stefan Weintraub aus Breslau und die »Weißen Raben« um Rudi Fehr – ihnen allen widerfuhr die zweifelhafte Ehre einer Nennung. In der Tat, die Liste war lang, aber Sándor hätte ohne große Mühe zwanzig, dreißig weitere Bandnamen hinzufügen können, die Hussong hier offenbar nicht als jüdisch auflisten konnte – um von national gesinnten Kapellmeistern wie Oscar Joost, der die deutsche Tanzmusik am liebsten von allen Jazzeinflüssen »gesäubert« hätte, gar nicht erst anzufangen. Joost war zu Sándors Leidwesen immer wieder auch in der Femina zu erleben; Liemann, der Opportunist, wollte seinem Publikum wahrscheinlich die maximale musikalische Bandbreite bieten, und es gab regelmäßig Reibereien zwischen den »hotten« Jazzern und den stumpfen Marschmusikanten aus dem Stalle Joost. Einmal hatte Charlie Hernsdorf Joosts Schlagzeuger samt Trommeln, Becken und Veteranenuniform von der Bühne gekippt und ein halbes Jahr Hausverbot dafür kassiert.

Der Hetztiradenschreiber vom *Lokal-Anzeiger* jedenfalls sah seine akribische Auflistung als schlagenden Beweis für die These, dass es einen jüdischen Plan zur Übernahme der Führung in der deutschen Kulturlandschaft geben musste, und weil Rosenbergs »Kampfbund für die deutsche Kultur« nur Reden hielt und nichts unternahm, musste das Berliner Publikum selbst aktiv werden – »vielleicht nicht gleich mit einer Gasgranate, womöglich der ehrlichen Antwort eines deutschen Frontsoldaten auf die Zumutung des Niggerjazz, aber doch mit dem deutlichsten und schmerzhaftesten Verhalten, das einem Etablissement zugefügt werden kann: dem Fernbleiben. Wenn deutsche Volksgenossen sich endlich zu ihrem kulturellen Empfinden bekennen und die Orte, in denen diese animalische, unsittliche Musik aufgeführt wird, konsequent meiden – dann werden auch Geschäftemacher wie der Jude Liemann begreifen, dass sie gegen dieses geeinte Volk nichts ausrichten können. Es stimmt froh, zu sehen, dass dieses beherzte Vorgehen nicht erst seit dem Gasangriff auf die Femina zusehends Schule macht: Gemunkelt wird nicht erst seit heute von Finanzproblemen bei allen großen jüdischen Negermusiksälen; ein Gerücht, das jeden kulturbegeisterten Zeitgenossen nur mit Freude und Erleichterung erfüllen kann.

Und gebietet es nicht letztlich die Menschlichkeit, einer offenbar von Selbstzweifeln geplagten, tragischen Figur wie dem populären Negerjazzpianisten Julian Fuhs aufmunternd zuzurufen: Kopf hoch, Volksgenosse, dir ist kein Bühnentod beschieden, denn die Bretter, auf denen du spielst, sind längst verpfändet? Du wirst deine Laufbahn nicht vor irregeleitetem Publikum beschließen, sondern kannst dir schon jetzt darüber Gedanken machen, wie du dem Volkskörper als Ganzes mit ehrlicher und harter Arbeit zurückgeben kannst, was du ihm schuldest!«

Sándor Lehmann faltete das Blatt behutsam zusammen und legte es vor sich auf den Schreibtisch.

»Und nun?«, fragte er mit müdem Aufatmen. »Soll ich das Blatt abonnieren oder was? Steht hier drin, wer der Täter ist?«

Belfort brummte ungnädig wie ein Hilfslehrer, der seinem Zögling zum achten Mal einfaches Addieren beibringen musste:

»Sehen Sie doch einfach der Tatsache ins Auge, dass diesen jüdischen Zweckverbänden allmählich die Puste ausgeht. Die Presse duldet das nicht mehr, die Leute bleiben auch weg, die Luft wird immer dünner. Und wo die Luft dünner wird, finden Verdrängungswettkämpfe statt. Die Kapellen haben weniger Auftrittsmöglichkeiten, die Leute merken, dass nicht alle überleben können, die Großen beginnen, die Kleinen zu fressen – oder sie wenigstens kaputt zu machen. Genau dieser Entwicklung sehen wir gerade zu. Wenn die juristischen Itzigs ihren Jenitzky auch noch so üppig mästen und überall brillant rauspauken: Am Ende wird keiner von ihnen allen das Spiel gewinnen. Deshalb brauchen wir uns keine Sorgen zu machen, wenn uns wie gestern mal jemand in die Parade fährt: Die Juden schaffen sich schon selber gegenseitig ab, und das nimmt uns eine Menge Arbeit ab, Ihnen und mir, glauben Sie mir.«

Sándor seufzte leise auf. Viele Jahre war er nun schon Kriminalkommissar, und die Technik und die Methoden hatten sich stetig verfeinert und verbessert. Dass jetzt neuerdings noch politische Nachhilfestunden aus unberufenem Munde dazukommen sollten, hielt er für alles andere als einen Fortschritt.

Er rieb sich die Augen und Schläfen mit einer müden Handbewegung. Viel Schlaf gab es auch nicht zurzeit. Obwohl er am heutigen Schlafmangel definitiv selbst schuld war. Der Sanitäter, den sie bei größeren Razzien immer mitnahmen, hatte ihn nach dem gestrigen Knock-out begutachtet und für den Rest der Nacht krank geschrieben; aber bevor sie ihm noch einen Eisbeutel aus der Caféküche für den Heimweg holen konnten, war Sándor schon abwinkend die Friedrichstraße hinuntergestakst und in der Nacht verschwunden.

Als die Caféetage im Moka Efti langsam die Stühle hochstellte und die Schicht zu Ende ging, saß der große Kerl mit den Kräuselhaaren unten in der Cocktailbar am Tresen mit seinem dritten grünen Escorial und wartete auf irgendwas. Die Frau in der Seidenhose, die nun keine Maske mehr vor dem Gesicht hatte, blieb einen Moment auf der Treppe stehen und betrachtete ihn aus der Distanz. Er schien, seitdem sie ihn das letzte Mal gesehen hatte, ein blaues Auge verpasst bekommen zu haben, das ihm einen etwas zerzausten, verwegenen Ausdruck gab, was ihr gefiel. Die platte Nase war allerdings wohl eher ein Mitbringsel aus früheren Kämpfen. Das martialische Aussehen eines Raufboldes passte nicht so recht zu seinem ruhigen, schon etwas melancholischen Dasitzen, und irgendwas an ihm weckte fast Muttergefühl in ihr.

Sie schüttelte sich fröstelnd und zog den dunklen Mantel enger um die Schultern. Muttergefühle waren das Letzte, was sie jetzt gebrauchen konnte. Also drehte sie den Kopf zur Seite und verschwand durch die Tür auf die Straße, auf der der Automobilverkehr langsam nachgelassen hatte und das Stimmengewirr der Passanten einer nächtlichen Ruhe gewichen war, die nur noch vereinzelt von betrunkenem Gesang oder weiter entferntem Streit unterbrochen wurde. Es nieselte; Sommer konnte man das noch nicht nennen. Sie zündete eine schlanke Damenzigarette an, eine »Tusculum« von Garbaty, und im Aufflackern des Zündholzes betrachtete sie für Sekunden ihre eigenen Hände, abgearbeitet von einem Beruf, der ihr mehr Freundlichkeit und Wärme abverlangte, als sie selbst zu vergeben hatte oder zurückbekam. Ihre bläuliche Rauchwolke wirbelte aus dem Eingang des Moka Efti in die Nacht und wurde vom Sprühregen aufgelöst.

Sie sah noch einmal durch die großen Scheiben hinein – er hatte ihr Fortgehen nicht bemerkt oder sich nicht anmerken lassen, dass er es bemerkt hatte –, warf die kaum angerauchte Zigarette dann nach nochmaligem Zögern in den Rinnstein und ging zurück in die Bar.

Später stand sie – wieder mit Zigarette – am Fenster und sah gedankenverloren über die nächtliche Friedrichstadt. Die Leuchtreklamen der Friedrichstraße, von der sie eine kleine Ecke sehen konnte, flackerten trotzig weiter, auch wenn ihnen niemand mehr Beachtung schenkte und die grellen Versprechungen, die aufreizenden Silhouetten nicht mal mehr die Tauben von den Laternenmasten scheuchten. Über den Umrissen der Häuser gegenüber thronten behäbig und dunkel die Kirchtürme vom Gendarmenmarkt, und unten in den Seitenstraßen waren stille, verhüllte Gestalten unterwegs; Hungrige, die in den Abfalleimern und Toreinfahrten nach Resten von Essbarem suchten. Vereinzelte Pferdefuhrwerke klapperten geräuschvoll durch die Straße; der Müll wurde abgeholt. Drüben vom Bahnhof Friedrichstraße zog das Stampfen und Zischen der Nachtzüge herüber, und fröstelnde, verhüllte Reisende, deren Gemurmel sie zu hören glaubte, beeilten sich, von den Bahnsteigen hinunter in die wartenden Droschken und Taxis zu kommen. An der Schiffbauerdammbrücke, wo die Friedrichstraße die Spree überquerte, ließen die Lichter nach, es wurde dunkler; die Stadt schlief, auch wenn in der Oranienburger Straße noch in Kellerbars und Absteigen träges, betrunkenes Leben herrschte. Vom Fluss – auf dem Lastkähne im Schatten der Ufermauern schliefen – zog ein feuchter, nach Eisen und Schlamm schmeckender Atem herauf, den sie auf den nackten Schultern spürte; die Spree zog behäbig durch die Stadt, hatte mit ihren Bögen und Schwüngen den Straßen und Plätzen ihre Form aufgezwungen und war bei aller unbeleuchteten Unsichtbarkeit die eigentliche Lebensader dieses Millionengeschöpfs. Was sich an ihren Ufern emportürmte an Häusern, Türmen, Palästen, änderte sich mit den Jahrhunderten. Die Spree selbst änderte sich nie; sie floss immer vorwärts, dem Meer zu, auch wenn um sie herum mitunter alles rückwärts zu fließen oder mindestens zu einem eisigen, ineinander verkeilten Stillstand zu kommen schien, der Wärme immer nur für Momente zuließ.

PROBLEME

Sándor glaubte nicht an Gedankenübertragung, an Telepathie, nicht mal an Intuition. Er wusste etwas, oder er wusste es nicht. Beim Musikmachen war das anders, da konnte er das Hirn ausschalten, sich treiben lassen, und wie im Traum spülte es Erinnerungen und Assoziationen an die Oberfläche – aber im Wachen, bei der Ermittlungsarbeit, zählte das nicht. Da trug er die Fakten zusammen oder die Schnipsel von Tatsachen, kleinste Hinweise darauf, und dieses Rohmaterial verdichtete sich zu einer Vermutung, einer Annahme. Mehr Hokuspokus war nicht dabei. Gennat wurde immer ein »siebter Sinn« unterstellt; auch ihm selbst sprachen die Kollegen einen »guten Riecher« zu – aber das war alles Unsinn. Im Gegenteil, er verließ sich eben nicht auf seine Nase, sondern siebte die kleinen Bruchstücke wieder und wieder, hielt den Kopf offen, ohne sich festzulegen, und baute fest auf die einzige unverbrüchliche Tatsache, die für ihn feststand: dass der Mensch – jeder einzelne – ein unberechenbares Arschloch sei, dem alles zuzutrauen und bei dem mit allem zu rechnen war. Deshalb behielt er bei einem Fall bis zuletzt alle Optionen in der Hand und sortierte einen Verdächtigen nie voreilig aus. Oder höchstens, wenn die Sache insgesamt eine nachvollziehbare Bagatelle war; ein Bankraub aus Armut vielleicht; und er den Mistkerl von Täter so an den Eiern hatte, dass er jedes Interesse an der weiteren Verfolgung verlor und die ganze Sache gegen eine kleine Gefälligkeit oder Unkostenbeteiligung auf später verschob.

Nein, Sándor Lehmann war nicht korrupt im typischen Sinne des Wortes. Er machte seinen Job, sehr gut sogar. Er brachte weit mehr Kerle hinter Gitter als jeder seiner Kollegen. Aber er war ein Sportsfreund, liebte das Armdrücken, das Oberhandbehalten. Wenn er gewonnen hatte, wenn er Recht gehabt hatte, musste er nicht rachsüchtig jeden Einzelnen unnachgiebig vor Gericht zerren. Vor allem nicht, wenn dieser Einzelne gut vernetzt war, Beziehungen hatte, eine Rolle spielte in diesem krabbelnden, kämpfenden kriminellen Gewusel der Reichshauptstadt. Was nützte es, einen Hehler oder Bandenboss aus dem Verkehr zu ziehen? Nach einem Tag war der Mann ersetzt durch einen anderen, auf den man keinen Zugriff hatte. Also ließ er den Überführten an seinem Posten – und erhielt im Tausch Informationen, Unterstützung, bessere finanzielle Mittel für all die Ausgaben, die er so hatte.

Dieses System hätte vermutlich sogar Gennat eingeleuchtet, insgeheim zumindest. Gennat würde begreifen, dass ein Informant, ein Unterworfener hinter Gittern nicht viel wert war; draußen in der kriminellen Szene aber durchaus. »Wir und unsere Verbrecher« – das war eine Formulierung, die bei der Kripo niemand benutzt hätte, aber im Grunde kannte man seine Pappenheimer, und es wurde gemunkelt, dass der Gefangenenchor, der in Sträflingskostümen mit Pappmachékugeln an den Füßen bei der Pensionierungsfeier eines hochrangigen Kollegen gesungen hatte, wahrhaftig komplett aus polizeilich gesuchten Bankräubern und Dieben bestand, was den Spaß der Belegschaft, die ihre Pappmachéheimer selbstverständlich erkannt hatte, vervielfacht haben sollte.

Belfort arbeitete ganz anders. Er machte im Grunde keine Ermittlungsarbeit, er führte einen Kreuzzug, und wer in dieser Stadt, diesem Land und dieser Welt die Guten und die Bösen waren, stand für ihn felsenfest. Dieser Charakterzug seines Kollegen war Sándor Lehmann fast sympathisch; Idealisten hielt er für dumm, aber nicht zwangsläufig für unsympathisch. Was Belforts flammendem Kampf allerdings einen fatalen Misston gab, war die Tatsache, dass er seine Unterscheidungskriterien zwischen Gut und Böse ganz offenbar nicht auf der Basis faktischen eigenen Wissens aufgebaut hatte, sondern auf den Hetzschriften und

-reden der Nationalsozialisten. Keine Frage, wenn man irgendeinen beliebigen Kommunisten, Juden, Jazzmusiker oder Homosexuellen nur lange genug auf den Kopf stellte und schüttelte, würde man nahezu überall auf Abwege, auf kleinkriminelle Indizien stoßen. Nur fand man die bei jedem anderen Menschen ebenso, und Sándor war sich sicher, dass die brüllenden Lichtgestalten Hitler, Goebbels oder Himmler nicht weniger, sondern weit mehr Blut an ihren Händen hatten als jeder ihrer als »undeutsch«, »unrein« oder sonst wie »un-« bezeichneten Gegner.

Trotz seines gestrigen Misserfolges stand für Belfort offenbar fest, dass sie mit Jenitzky auf der richtigen Spur waren, und weil die Ergebnisse der Razzia wenig Beweise für diese These gebracht hatten, berief er sich sturköpfig auf seine Intuition, auf eine innere Sicherheit oder Stimme, und fuhrwerkte stundenlang verbissen mit all den Karteikarten und Grundrissen herum, um den Ablauf des Attentats aus den Zeugenaussagen zu rekonstruieren. Am liebsten wäre er noch mal hinuntergestürmt in die Katakomben, um aus den verbliebenen Inhaftierten – dem Kroppzeug, das ohnehin wegen irgendwelcher Vorstrafen polizeilich gesucht wurde oder bei der Festnahme buchstäblich mit der Hand in fremden Hosentaschen angetroffen worden war – den unwiderlegbaren Beweis herauszuprügeln, dass nur Jenitzky für den Gasangriff auf die Femina verantwortlich sein konnte.

Tatsächlich hatte Belfort selbst heute in aller Herrgottsfrühe dort unten schon, wie er es nannte, »nachrecherchiert« und bei dieser Gelegenheit festgestellt, dass einer der über Nacht Festgehaltenen, ein alter, zahnloser Schluckspecht, aus dem auch der dicke Plötz mit seiner gewieften Fragetechnik nichts hatte herausholen können, irgendwann vor Tagesanbruch das Zeitliche gesegnet hatte. Diese Hungerleider klappten bei jeder etwas ernster gemeinten Frage gleich zusammen; man handelte sich nur Ärger ein mit solchem Pöbel, so hatte Belfort diesen Vorfall kommentiert, aber dennoch im Lauf des Vormittags einen Großteil der Untersuchungshäftlinge auf freien Fuß setzen lassen und sich über Mittag nur umso fanatischer auf all die Notizen und Einzelaussagen gestürzt, als bärge dieses Puzzle die Lösung auf die entscheidende Frage, wenn man die Teilchen nur richtig herum zusammenzulegen verstand.

Sándor wurde die verbissene, von mehreren Schachteln York beräucherte Schreibtischarbeit irgendwann zu viel, und er schlenderte mit den Händen in den Hosentaschen gedankenversunken hinaus in den Nachmittag. Als er auf die Dircksenstraße trat, hielt auf der gegenüberliegenden Straßenseite eine schwere, zweifarbige Limousine in Bordeauxrot und Schwarz, ein Elite S 18, und er brauchte weder Gedankenübertragung noch Intuition zu bemühen, um zu wissen, wessen Chauffeur da gelassen die Fahrertür öffnete, ruhig den vorbeifahrenden Verkehr durchließ und dann die Straße zielstrebig und direkt auf ihn zu überquerte. Jenitzky, der vermutliche Theodor, angebliche August, ließ ihm die Ehre einer Mittagseinladung zuteilwerden.

Sándor gab dem Impuls nicht nach, sich umzusehen, ob ihm von den lang gestreckten Fenstern des Polizeipräsidiums Blicke folgten. Es war ihm scheißegal; er machte hier Polizeiarbeit – seine eigene Art von Polizeiarbeit. Also fuhren sie.

Der S 18er hatte hinten im Fond neckische, auf Draht gespannte Seidenvorhänge, die die Sonne und lästige Blicke neugieriger Passanten draußen hielten. Sándor sah gestickte nackte Engelchen, weiß auf creme. Inmitten der himmlischen Heerscharen ruhte Jenitzky auf einer Decke aus Kaninchenfellen. Er schlief. Sándor setzte sich auf die Ledersitzbank gegenüber, und die Limousine schwebte westwärts. Er räusperte sich, aber Jenitzky schien ebenfalls eine anstrengende Nacht hinter sich zu haben; er war nicht zu wach zu kriegen. Also machte Sándor es sich bequem und döste vor sich hin, während draußen die Stadt vorbeizog, Charlottenburg, die westlichen Vororte, der Grunewald, Spandau. Das sah nach einer Landpartie aus; eigentlich eine schöne Abwechslung nach den öden Bürostunden, in denen es nicht vorwärtsging mit ihrem Fall. Jetzt ging es vorwärts, zumindest geografisch. Pappeln säumten die Alleen, weit wogende Kornfelder rahmten Wälder ein, Seen, Kanäle. Berlin blieb zurück, Dallgow und Nauen zogen vorbei. Sándor studierte eine Weile Jenitzkys runden Kopf, das akkurat rasierte Doppelkinn, die wenigen und etwas zu langen weißen Haare. Der Oberganove der Friedrichstadt wirkte gutmütig wie ein schlafender Bernhardiner; ein Mann, der in sich ruhte, dessen Welt in Ordnung war. Sándor hätte ihm am liebsten die Nase zugehalten, um zu sehen, ob das leise Schnarchen davon aufhörte, aber er wollte den Mann nicht wecken und gegen sich aufbringen, noch nicht.

Also sah er weiter aus dem Fenster, schätzte den Wert von Jenitzkys edlen Golferschuhen, der Taschenuhr, die aus der gespannten Chiffonweste herausgerutscht war, und dem etwas geckenhaften Bowler Hat, der neben dem Mann auf der Rückbank lag; ohne Zweifel eine kostspielige Anschaffung aus der Londoner Savile Row – »bespoke«, wie man dort auf Einzelbestellung maßangefertigte Stücke nannte.

Das dicke schwarze Dach hielt die Hitze der Sonne draußen; erst als er pinkeln musste und dem Chauffeur durch ein Klopfsignal an der Glasscheibe signalisierte, dass er anhalten solle, wurde Sándor bewusst, wie warm es war. Er stand da in der Sonne und pinkelte in einen Streifen Brennnesseln; Bienen waren unterwegs, Hummeln, irgendwo in der Ferne rief ein Kuckuck.

»Verdammt schön hier, oder? Man möchte die Schuhe ausziehen und barfuß über die Wiesen laufen!«, tönte Jenitzkys Stimme unvermittelt neben ihm. Der Mann war, lautlos und geschmeidig wie ein Tanzbär, aus der Elite-Limousine geglitten und stand nun, ebenfalls pinkelnd, breitbeinig neben ihm am Randstreifen der kopfsteingepflasterten Fernverkehrsstraße Nummer 5. Sándor musste unwillkürlich lauthals lachen. Die Vorstellung, barfuß mit

Jenitzky hier irgendwo im Havelland über die Felder zu rennen wie zwei Balletttänzerinnen oder Wandervogel-Jungfrauen – das war zu komisch. Auch Jenitzky lachte; er schlug Sándor auf die Schulter.

»Hunger? Los, wir haben einen Picknickkorb in unserem Schlachtross.«

Und so war es. Im Kofferraum des S 18 gab es einen Picknickkorb, der in diesen hungrigen Jahren wie eine Gotteslästerung anmutete. Zwei, drei Flaschen Krug Grande Cuvée, in feuchte Leinentücher geschlagen; Bündnerfleisch in Scheiben, dünner als Filmcellophan; krosses Brot, kalter Fasan, den Sándor als Überbleibsel des gestrigen Festmahls im Horcher im Verdacht hatte, an dem Belfort und er leider nicht hatten teilhaben können. Immerhin, im Unterschied zu seinem übereifrigen Büronachbarn fielen für ihn selbst noch ein paar Krümel von der Tischkante.

Etwas abseits der Straße, in Möthlow, fanden sie eine kleine Anhöhe oberhalb des Dorffriedhofs; dort breitete der Fahrer ein weißes Tischtuch auf dem Boden aus, mit dem man ein totes Pferd hätte einwickeln können. Es gab Porzellanteller und Kristallgläser, und Jenitzky kippte das erste Glas Champagner in einem einzigen Zug hinunter, blickte mit feuchten Augen über das Land und seufzte:

»Hach ja … zurück zur Natur!«

Sándor biss gerade von einer Fasanenkeule ab und hatte mehr Augen für den Picknickkorb als für die Landschaft ringsum. Aber auch Jenitzky schien die Natur eher als dekorative Kulisse für ein Festmahl zu betrachten, jedenfalls ließ er sich die mitgebrachten Delikatessen schmecken, als wäre er den Weg hier heraus zu Fuß gelaufen und nicht in seinem gut gepolsterten Schlafwagen kutschiert worden.

Nach dem Essen, die zweite Flasche Krug war bereits halb leer, kicherte Jenitzky plötzlich prustend in sich hinein. Er blickte auf und zwinkerte Sándor zu.

»Ein Bulle mit Klarinette … ich kann nicht sagen, dass mir das schon mal untergekommen ist. Und ich habe bei euch Bullen wirklich schon alles Mögliche gesehen, Sadomasochisten, Morphinisten, Taschendiebe … aber einen Jazzmusiker? Das ist neu. Das ist wirklich neu!«

Sándor zuckte mit den Achseln.

»Jazzmusiker ist keine Lebensgrundlage, heute noch weniger als vor ein paar Jahren, das muss ich Ihnen sicher nicht erklären. Die Gagen bei Ihnen sind auch nicht besser als überall sonst. Von irgendwas muss ich also leben.«

Jenitzky lachte fröhlich wie ein Kind.

»Von irgendwas, ja, wahrhaftig. Aber als Bulle? Menschenskind, wenn das so weitergeht mit unserem schönen Deutschland hier«, er machte eine ausholende Armbewegung, die nicht dem Westhavelland galt, das grün und prall dort unter ihnen lag, sondern der politischen Landschaft, die der Idylle hier nicht sehr ähnlich war, »wenn das so weitergeht, werden Sie sich irgendwann noch selbst verhaften müssen, weil dieser ›Führer‹ es so will!«

Sándor grinste. Immerhin hatten sie ähnliche Ansichten über die Nationalsozialisten und ihren aggressiven Marsch zur Macht. Er machte mit Daumen und Zeigefinger die Pinke-Pinke-Geste.

»Und wie läuft es in der Gastronomie? Die goldenen Zeiten sind doch auch vorbei?«

Jenitzkys Gesicht wechselte nahtlos von Erheiterung zu Bestürzung; er sah aus wie ein Zirkusclown, dem gerade die Buttercremetorte weggenommen wurde. Doch unter der theatralischen Grimasse erahnte Sándor echte Beunruhigung und wild lodernde Wut.

»Mit Unterhaltungseinlagen wie gestern Abend – der schönen Razzia mit vorhergehender Saalschlacht, die mir da ohne vorherige Bestellung frei Haus geliefert wurden – gewinne ich jedenfalls nicht gerade Stammkunden. Die Touristen aus der Pampa, die sich mal übers Wochenende in die Hauptstadt trauen, wollen betrunken gemacht und um ihre Ersparnisse gebracht werden, aber sie wollen keinen in die Fresse kriegen, fürchte ich. Ganz schlechte Reklame, mein Lieber, ganz schlechte Reklame!«

Er schüttelte unwillig den Kopf und fuhr fort:

»Aber auch wenn ihr Bullen mir gerade nicht die Bude auf den Kopf stellt: Die Sache lohnt sich nicht mehr. Ich mache mich im eigenen Laden buchstäblich zum Affen, Sie sollten mich mal im Affenkostüm sehen – der lebende Tonfilm, täuschend ähnlich! Aber ich kann nicht mit jedem Gast auf Kosten des Hauses einen saufen, nur damit der Bierhahn läuft.«

Er schwenkte einen imaginären Bierseidel und schüttete sich aufs eigene Stichwort hin mit der anderen Hand ein weiteres Glas Champagner ein.

»Nein, die Zeiten ändern sich, und wenn den Leuten das Wasser bis zum Hals steht, ist Klamauk das Letzte, was sie sehen wollen. Das Lachen bleibt den meisten doch im Halse stecken – so viel kann man gar nicht saufen, dass man über diese Welt noch lachen möchte.«

Jenitzky setzte das Glas an das breite Karpfenmaul und kippte den Inhalt erneut in einem Schluck hinunter. Von Möthlow, dem Dorf hinter ihnen, drang ein dürres Glockengeläut herüber, es schlug fünf Uhr. Die Mücken surrten, aber Jenitzky wehrte die lästigen Biester nicht ab, und auch Sándor Lehmann war zu gespannt auf die Worte des anderen, um sich von der Schönheit oder den Unbilden der Natur ablenken zu lassen.

»Ihr Jazzer«, Jenitzky sprach das Wort nicht wie Hertha Fuhs eingedeutscht aus, sondern richtig, englisch, mit einer Geläufigkeit, die Respekt signalisierte, Akzeptanz, »Ihr Jazzer bietet den Leuten mit zwei, drei Minuten Musik mehr, als meine Komikertruppen und Bauchredner und Burlesque-Tänzerinnen es an einem ganzen Abend schaffen. Ihr bietet Träume, Selbstvergessenheit, in der die Leute aufgehen können. Auf der Tanzfläche schütteln sich die kleinen Verkäuferinnen und Fabrikarbeiter ihre ganze Verzweiflung aus den Knochen, da können sie erobern, eine Rolle spielen, da ist die Welt noch in Ordnung. Glaub mir, mein Junge.« Jenitzky beugte sich vor und fixierte Sándor mit weit aufgerissenen Augen; er schien gar nicht zu merken, dass er sein Gegenüber duzte. »Den Jazztanzlokalen gehört die Zukunft, weil ihr Jazzkapellen den Menschen eine bessere Welt zeigt. Und genau deswegen haben die Nazis euch auf dem Kieker. Die wollen nämlich auch eine bessere Welt, aber sie wollen sie mit dem Sturmgewehr in der Hand erkämpfen.«

Sándor Lehmann hatte mit einem derartigen philosophisch-politischen Vortrag nicht gerechnet; aber Jenitzky – dem man den Krug-Champagner nun doch zunehmend anmerkte – hielt sich nicht lange mit theoretischen Ausführungen auf. Er hatte einen Plan.

»Ich bin kein Blödmann. Wenn mein Geschäftskonzept nicht mehr aufgeht, suche ich mir was anderes. Und wenn es Jazzlokale sind, dann mache ich Jazzlokale auf, verdammt noch mal. Nicht irgendeins, das größte. Das wichtigste. Das mit den besten Leuten auf der Bühne und hinterm Tresen. Kompromisslos. Und ich brauche Ihre Hilfe dabei, Ihre Unterstützung, damit mir bei diesem Ding niemand in die Quere kommt. Niemand! Sind Sie dabei? Sind Sie für mich«, Jenitzky ballte eine Faust und hielt sie vor die eigene Nase, eine Pose wie die eines archaischen Ringers, »oder sind Sie gegen mich?«

Sándor verzog die Augen zu schmalen Schlitzen. Er lächelte verschwörerisch.

»Was war ich denn gestern Abend? Gegen Sie?«

Jenitzky grunzte zufrieden und patschte ihm mit der flachen Hand auf die Wange. Dann zerrte er seine Taschenuhr aus der Weste und drückte sie mit der Faust, als wollte er die goldenen Zeiger aus der Uhr quetschen.

»In ein paar Wochen lande ich meinen großen Coup. Da geht die Bombe hoch.«

Sándor horchte auf, als der das Wort »Bombe« hörte.

Jenitzky breitete die Arme aus und deutete ein riesiges Reklameplakat an, mit schreienden Farben und Riesenlettern.

»Berlins erster Jazz-Wettbewerb. Wer ist die beste Tanzkapelle? Dreißig heiße Bands an einem Abend – Abstimmung durch das Publikum!«

Sándor gab keinen Kommentar zu dieser Vision ab, und Jenitzky rüttelte ihn fast wütend an der Schulter.

»Verstehen Sie das nicht? Andere haben eine, zwei Bands am Abend. Ich will sie alle! Zehntausend Reichsmark für den Sieger des Abends, nennen Sie mir eine Band, die sich diese Aussicht entgehen lassen wird!«

Sándor begann langsam zu nicken. Ja, das war nicht blöd, das konnte klappen. Doch Jenitzky hatte noch mehr auf Lager.

»Und dann – um Mitternacht, eine Minute vor der Prämierung der Siegerkapelle – geht die ganz große Bombe hoch. Der Knalleffekt. Ein Ereignis, von dem die ganze Stadt sprechen wird.«

Sándor stockte der Atem. Er starrte Jenitzky an, als wäre der selbst der Zeitzünder, der, tick, tick, tick, auf die Zündung zutickte. Und Jenitzky starrte zurück mit seinen rot geränderten Augen, dem maskenhaften Grinsen und einer hohen Stirn, von der der Schweiß als kleines Rinnsaal in die Augenwinkel und über die Schläfen troff.

Sándor gab sich einen Ruck, gab das Stichwort.

»Wie in der … Femina?«

Jenitzky starrte weiter, mit einem Blick, der betrunkene Blödheit genauso ausdrücken konnte wie die abgebrühteste Offenheit. Er starrte, und quälend langsam öffnete sich sein breites Karpfenmaul zu einem riesigen, halbmondförmigen Lächeln. Der massige, schwitzende Kopf begann sich langsam nach vorn und zurück zu neigen, ein gottverdammtes lächelndes Nicken, das Sándor, der mit Verbrechern klarkam, aber vor Geistesgestörten eine unwillkürliche Scheu hatte, einen kalten Schauer zwischen die Schulter-

blätter jagte. Jenitzky nickte, als freimütiges Bejahen der eben ge-
stellten Frage – oder als durchgeknallte Zustimmung zu allem,
was der junge Bulle hier oben über Möthlow auf dem Hügel auch
immer vermuten mochte.

»Jaaaaa«, nickte Jenitzky, »das wäre ein Mordsvergnügen für alle,
die dabei wären, oder? Die Nazis sind einen Amüsierschuppen
los, die Bullen haben noch ein weiteres prestigeträchtiges Unter-
suchungsobjekt, und um die paar Rentner aus Buxtehude und
das Fußvolk aus den Arbeitervierteln wäre es auch nicht schade.
Wissen Sie was«, er schlug Sándor auf die Schulter, während ihm
Speichel aus dem immer noch begeistert aufgerissenen Maul
tropfte, »wissen Sie, was für Versicherungen ich im Panzerschrank
habe? Nicht in meinem eigenen Panzerschrank, sondern bei meinen Rechtsanwälten? Was da für Summen anrollten, wenn mein
eigener Laden, puff!, in einer stinkenden Gaswolke hochgehen
würde? Und weil alle Welt die bösen Buben aus der Femina sucht,
würde es keiner ahnen, wenn ich selbst dahintersteckte, in der
Femina«, er hickste, ein Schluckauf, der in kollerndem Gelächter
unterging, »und in meinem eigenen, heißgeliebten Laden! Mein
lieber Scholli, was für ein Irrsinn!«

Der Fahrer stand unversehens neben den Resten ihres Picknicks,
und sein Erscheinen schien Jenitzky als Aufbruchsignal zu sehen.
Er warf sein Sektglas achtlos in die Büsche – eine gewaltige,
fast verblühte Fliederhecke – und kam ächzend auf die Beine.
Schwankend stand der riesige Kneipier am Rand des Hügels und
schickte schon wieder einen dampfenden Urinstrahl in das un-
beeindruckt daliegende Havelland, und als sie wieder im Fond
der schwarz-roten Limousine saßen, brauchte es nicht viel mehr
als ein paar Schunkler von der kopfsteingepflasterten Möthlower
Dorfstraße, und Jenitzky war in einen schnarchenden Tiefschlaf
gefallen, aus dem er auch nicht erwachte, als der Fahrer Sándor
eine gute Stunde später am Moabiter Spreeufer absetzte.

| 151 |

Der Abend war unerwartet kühl geworden, vom Fluss stieg zusätzlich klamme Feuchtigkeit herauf, und Sándor stand noch eine Weile benommen im abnehmenden Tageslicht und sah dem Wagen nach, der am Ende der Straße nach rechts Richtung Alt-Moabit abbog.

Dann machte er ein paar Schritte unter die nächste Gaslaterne, griff in die Hosentasche und zog ein mehrfach zusammengefaltetes Blatt Papier hervor, das in Jenitzkys Elite-Limousine in der Fuge des Rücksitzes gesteckt hatte. Er faltete das Blatt bedächtig auseinander, stutzte, erkannte die Schrift, überflog es weiter. Es war ein hektografiertes Tango-Arrangement für ihren gestrigen Auftritt in der Handschrift seines Freundes Julian Fuhs.

WAHLKAMPF

Es war der Sommer der Wahlplakate, der Aufmärsche, Versammlungen. In den Straßen Berlins tobte ein Propagandakrieg, wie ihn Sándor und die ganze Stadt noch nie erlebt hatten, wie ihn vielleicht keine Stadt jemals erlebt hatte. Dr. Goebbels zog für die Nationalsozialisten die Fäden im Hintergrund; er hatte kein Lehrbuch zur Hand, denn was er machte, war neu und radikal modern. Das Ziel war nicht sachliche Argumentation, sondern die schiere Raserei. »Vervierfacht«, ein textlastiger Anschlag auf grellem rosafarbenem Papier, hatte im Frühling die Straßen mit den Farben der Frühlingsblüte überschwemmt. Vervierfacht habe sich, so hieß es da, in nur einem Jahr die Zahl der NSDAP-Parteimitglieder, und weil die Partei keine Mitläufer suche, sondern zielbewusste, radikale Mitstreiter, werde ab sofort ein vierteljähriger Aufnahmestopp verhängt, um den gigantischen Zustrom in den Griff zu bekommen. Sensationell! Welche Partei leistete sich diese Unverfrorenheit, vor dem Ansturm zahlungswilliger Mitglieder einfach die Tür zu schließen? Die Nazis nahmen nicht jeden, hatten Wartelisten, waren begehrt! Und wer warten musste, konnte die Zeit sinnvoll nutzen und die nationalsozialistischen Vorträge besuchen, geharnischte Eintrittspreise berappen – fünfzig Pfennig kosteten der Parteigenosse Wilhelm Kube und sein nationalsozialistischer Kampf um Preußen; eine ganze Reichsmark wurde für Goebbels oder den »Führer« höchstpersönlich aufgerufen. Erwerbslose zahlten zehn Pfennig. Sándor wäre nicht hingegangen, und wenn sie ihm Geld dafür gegeben hätten. Vervierfachte Mitgliederzahlen! Solche Superlative konnten die Kommunisten nicht auf sich beruhen lassen. Ihre Zahlen waren keine Erfolgsmeldungen, sie beschrieben das Ausmaß der Verelendung. »20 Millionen zum Tode verurteilt«, schrie es in Orange von den Litfaßsäulen, weil neue Steuern die materielle Existenz der 23 Millionen Werktätigen gefährdeten, »20.000 Deutsche begehen jährlich Selbstmord«, »Im Herbst hungern 5 Millionen« wegen Abbau der Arbeitslosen-Unterstützung. Tausende der leuchtenden Plakate für die Liste 4 hingen in der Stadt und wetterten mit aller Kraft gegen die »braune Mordpest«.

Die Sozialdemokraten hielten sich nicht mit langen Tiraden auf; ihr Wahlkampf setzte auf suggestive Bilder. »DAS sind die Feinde der Demokratie« übertitelte ihr Plakat das düstere Bild eines mordlustigen Trios: eines schwarz uniformierten Nazis mit gezücktem Dolch und Hakenkreuz am Käppi, eines olivgrünen Schreihalses mit rotem Stern an der Russenmütze – und des Todes selbst, der mit Stahlhelm und Bajonett hinter den beiden hervorlugte. »Hinweg damit! Wählt Sozialdemokraten!«

Wenn Sándor in diesem Sommer 1930 durch Berlin ging, war er einem Sperrfeuer an Parolen und visuellen Attacken ausgesetzt. Und zu den wütenden Wahlplakaten, die allesamt eine heraufziehende Katastrophe ausmalten – nur die Deutsche Volkspartei beschwor mit einem Bildnis des im letzten Jahr von Hunderttausenden zu Grabe getragenen Gustav Stresemann den friedlichen Brückenschlag zum »Erzfeind« Frankreich –, gesellten sich Parteizeitungen, deren Zeitungsjungen sich gegenseitig in den Dreck prügelten, fahrende Propagandawagen, Fahnen an den Häusern der Parteien und ihrer flammendsten Anhänger, öffentliche Versammlungen und Veranstaltungen aller Art. Plakate hatte es früher auch schon gegeben, doch diese Feldzüge, die von den großen Verlagshäusern mit Zeitungsartikeln und Schlagzeilen flankiert wurden, waren neu, und selbst unpolitische Bürger fieberten mit bei diesen temporeichen Auseinandersetzungen wie sonst nur beim Pferderennen im Hoppegarten.

Dass Jenitzky das Vorspiel seiner »ganz großen Bombe«, den Kapellenwettbewerb im Café Jenitzky, in diesem plakativen Umfeld überhaupt sichtbar machen konnte, grenzte an ein Wunder. Doch entweder durchbrach sein beschwingtes, grellbuntes Jazz-Plakat auch auflagenbedingt die Wahrnehmungsmauer – er hatte sich nicht lumpen und glatte fünftausend Stück plakatieren lassen, für ein einzelnes Konzert in einem sicher nicht mehr als zwölf-hundert Leute fassenden Saal eine unerhörte Auflage –, oder die Leute lechzten nach Unterhaltung, nach Heiterkeit im aggres-siven, in düsteren Farben getuschten politischen Bild auf den Straßen. »ERST tanzen – DANN wählen!« – fast spöttisch schien der beschwingte Entwurf die bierernsten Politparolen auf die Schippe zu nehmen, und die kapriziösen Damen und schneidigen Kerle, die da ein begnadeter Grafiker aufs Papier geworfen hatte, versprachen einen sorgenfreien Abend. Die Bandnamen, die in großen Lettern angekündigt waren, annoncierten die Spitzenkräfte des Berliner Musikgeschehens, für einen furiosen Abend vereint auf einer einzigen Bühne. Das war eine Sensation! Ob Jenitzky wirklich schon mit jedem einzelnen Bandleader die Teilnahme an seinem wahrhaftig mit 10.000 Reichsmark ausgelobten Wett-bewerb ausgehandelt hatte – der zeitgleich vom Rundfunk in alle Haushalte gesendet werden sollte –, bezweifelte Sándor stark. Doch sämtliche Orchesterleiter, von Fud Candrix bis Kurt Widmann, von Otto Dobrindt bis Julian Fuhs, hatten offenbar kur-zerhand entschieden: »Wenn die Kollegen dabei sind und zur besten Kapelle der Stadt gekrönt werden sollen, können wir das nicht auf uns sitzen lassen – wir müssen mitmachen. Schließlich sind wir selbst die Besten und nicht diese Notenblattableser.« Die Stadt lief heiß, und nicht nur temperaturmäßig. Wer Schrift-steller war, bekannte politisch Farbe – und lief Gefahr, höchstper-sönlich Zielscheibe nationalsozialistischer Übergriffe zu werden. Der Ausdruckstanz trieb seine expressivsten Blüten auf der Bühne, und die Lichtspieltheater lockten die Massen an mit unerhörten neuen Toneffekten, die das Kino revolutionieren sollten – und mit immer knapperen Kostümen des weiblichen Personals; einer

Freizügigkeit, die das große Publikum so noch nicht gesehen hatte. Es gab Salons, in denen Opium geraucht wurde, Makrobiotik gepredigt oder asiatische Heilslehren; es gab Nudistenzirkel in Weddinger Mietswohnungen, spektakuläre technische Neuerungen im Motor- und Flugsport, gewaltige Fortschritte in der Kommunikation zwischen Kontinenten und der Übertragung von Bild und Ton über Kabel und Antenne. Die Welt stand Kopf, nicht nur in Berlin – aber besonders in Berlin. Sándor sog diesen Irrsinn auf und ließ sich treiben, stolperte durch all die Etablissements und ihre grellen Versprechungen, sprach mit all den Verrückten, den Besserwissern und Wichtigtuern und suchte fieberhaft seinen verdammten Gasmörder.

Wenn über der dampfenden, tosenden Stadt die Sonne unterging und der rote Feuerball trübe hinter dem Stahlgitter des Funkturms versoff, herrschte keine einzige Sekunde Ruhe. Die Nacht war nur die dunkle Hälfte eines 24-Stunden-Tages; auch in der Nacht ratterten die Druckmaschinen in der Friedrichstadt, erst in der Nacht drängten Schauspieler und Musiker zu Tausenden auf die Bühnen, während in den Hinterhöfen Hehlerei und Prostitution blühten und verzweifelte Arbeitslose zu Hunderten von Wettbüros ihr letztes Geld aufs falsche Pferd setzten.

In der Nacht waren – mit abgeblendeten Scheinwerfern – schwarze Wagen unterwegs, die in Seitenstraßen hielten und ihre Insassen abseits der Gaslaternen aus dem Fond ließen.

Stadtweit war es immer wieder das Gleiche; ein still heranrollendes Auto, ein schneller Angriff durch uniformierte Schlägertrupps der SA. Blutende Nasen und zertrümmerte Brillen auf dem Gehweg, wenn es ein jüdisches Theaterpublikum erwischt hatte, eine Stichflamme und lodernder Brand aus einem Zeitschriftenkiosk, wo es auch kommunistische Zeitungen zu kaufen gegeben hatte; Randale mit umgestürzten Tischen und geplünderter Kasse in einer Bierschwemme, wo nach einer Bezirksversammlung abends manchmal Sozialdemokraten saßen. Nicht nur im Wedding, in Kreuzberg, Neukölln: Auch mitten in der Innenstadt in Ost und West. Sechs Mann von der Augsburger Straße her, sechs Mann über einen Hinterhof aus Richtung Lietzenburger Straße, gemeinsamer Treffpunkt: die Nürnberger Straße, wieder einmal.

Musikalisches Talent hatte Hertha Fuhs selber keins, doch wie jede gute Kneipenwirtin hatte sie ein Ohr für die Stimmung eines Abends, die Zwischentöne und Melodiewechsel drinnen und draußen vor der Bar. Dass sich auf der Straße Unheil zusammenbraute und das Plaudern der Passanten sich zu einem anfeuernden Johlen hochschaukelte, merkte sie trotzdem erst sehr spät – das Gelächter und Gebrummel der »Follies« im Hinterzimmer hatte sie eingelullt und ihr das trügerische Gefühl von Sicherheit gegeben. Binnen Sekunden kippte diese Stimmung, als unter dem Begeisterungsgeschrei des Pöbels die unlängst neu eingesetzte und verkittete Scheibe eingedroschen wurde und die uniformierten Prügelgarden durch die Tür hereingestürmt kamen. Hertha hatte Courage, doch diese Übermacht war zu groß, und sie schrie um Hilfe, so laut sie konnte. Offenbar hatten die Angreifer nicht bemerkt, dass da eine ganze Jazzkapelle im Hinterzimmer gesessen hatte, und in den schrillen Schrei seiner Mutter hinein war Julian schon nach vorne gestürmt, gefolgt von Arno Lewitsch und den anderen, und sie hatten sich die Barhocker geschnappt und gekämpft. Allerdings war für das sperrige Mobiliar in dem schmalen Ausschank kaum Platz, und die Angreifer waren trainiert und zielstrebig; sie hatten Holzknüppel und Messer dabei, mit denen einer von ihnen Julians Smokingärmel der Länge nach aufschlitzte. Immerhin streckte Arno den vorderen Mann mit seinem Hocker nieder, doch darauf nestelte einer der SA-Männer eine schmale, langläufige Pistole aus seiner Koppel. Mutter Fuhs hörte den Warnruf, der ganz offensichtlich von Bella stammte.

»Eine Pistole, Julian – pass auf!«

Sie sah, wie der Mann den Arm hob, doch in diesem Augenblick tauchte Sándor Lehmann, der sich zum Treffen der Band verspätet hatte, mit seinem lächerlichen Schnurrbart hinter den SA-Männern auf, arbeitete sich mit verbissenen Faustschlägen und rabiaten Handkantenschlägen auf Kehlen und Schläfen vorwärts.

»Fallen lassen, Polizei!«, schrie er in das lärmende Durcheinander, und der Pistolenmann wandte sich zur Tür, um zu sehen, wer ihnen da in den Rücken fiel. Hertha Fuhs griff, was sie zu fassen bekam – einen kiloschweren versilberten Sodasyphon –, und schlug zu. Die Pistole fiel auf den Boden; der SA-Mann machte eine verrenkte Drehung und schlug der Länge nach hin. Die restlichen Uniformierten zertrümmerten zum Abschied noch das verspiegelte Glasregal und die Eingangstür und türmten.

Hertha bekam nun doch weiche Knie; sie lugte über den Tresen und fragte ängstlich: »Ist der Mistkerl tot?«

Sándor lachte bitter und schüttelte den Kopf. Er zerrte die beiden Niedergeschlagenen auf den Gehweg und bewachte sie bis zum Eintreffen der Schutzpolizei. Als die grüne Minna um die Ecke bog, übergab er die Aufsicht über die zwei Gefangenen dem immer noch wutschnaubenden Arno, der dem wacheren der beiden einen krachenden Tritt in die Rippen verpasste. Hertha Fuhs legte dem Geiger besänftigend die Hand auf den Unterarm und schüttelte den Kopf. Ärger hatten sie auch so schon genug.

Sie sah hinüber zu ihrem klarinettespielenden Schutzengel, der der blassen Bella, rauchend an die Hausfassade gelehnt, den Arm um die Schulter gelegt hatte. Ihre Stimme war rau.

»Los, Kinder, haut ab hier. Es gibt angenehmere Orte für eine Sommernacht als das Polizeirevier.«

TIERGARTEN

Eine Stadt kennen hieß: Schlupfwinkel kennen, Wege gehen, ohne Straßen zu benutzen, über Stiegen und Gartentore, durch Höfe, über Dächer. So neu konnte eine Stadt gar nicht sein – und Berlin war in den letzten vierzig, fünfzig Jahren erst auf diese monströse Größe, diese verdichtete Innenstadt gewachsen –, dass ihre Bewohner nicht Abkürzungen entdeckten, Trampelpfade anlegten, Schleichwege benutzten. Das Gesindel kannte diese Wege, die Strolche, die durch fremde Wohnungen zogen, um Beute zu machen. Und ein guter Polizist kannte diese Wege auch, oder zumindest viele davon. Sándor hatte sich im Wedding immer abseits der Straßen bewegt als Kind; das war sicherer, man bekam weniger Keile, und die Erwachsenen beobachteten einen nicht bei seinen Unternehmungen. Doch auch danach hatte er ein Auge für die Abnutzung einer Tür, eine Senke in einem Drahtzaun behalten, und eher in seinen Füßen als in seinem Gehirn war ein zweiter, geheimer Stadtplan Berlins aufgezeichnet, ein Stadtplan der verschwiegenen Wege, den er benutzte, ohne nachzudenken, wann immer Unsichtbarkeit geboten war.

Deshalb konnte er sich nach dem Angriff der SA mit Bella unbehelligt vom Ort des Geschehens entfernen, und Bella selbst schien die Sprache verloren zu haben, ein ungewohnter Zustand bei ihr, und ging gefasst, aber stumm neben ihm her.

So passierten sie in dieser gewalttätigen Juninacht mehrere Höfe zwischen Nürnberger Straße und Tauentzien, überquerten die Verkehrsachse an der schmalsten, lichtlosesten Stelle und strebten über einen langen Hausflur, eine Automobilgarage in einem der Wohnblocks und schließlich über einen schmalen Gang zwischen zwei Baracken des Zoologischen Gartens auf den Tiergarten zu. Es roch nach Kamelen und Raubtieren, und sie drückten sich an der Villa des Zoodirektors Heck vorbei und stießen dahinter auf den dunklen Landwehrkanal, dem sie westwärts bis hinter die Tiergartenschleuse folgten.

Genau an dieser Stelle war im Januar 1919 die Leiche von Rosa Luxemburg ins Wasser geworfen worden, die Freikorpssoldaten vorher zwei Ecken weiter beim Abtransport aus dem Hotel Eden erschossen hatten. Sándor war damals noch kein Polizist gewesen; eine Polizei im heutigen Sinne hatte es damals gar nicht gegeben. Die kaiserliche Polizei war in Auflösung begriffen und zunehmend von militärischen Einheiten ersetzt worden, mit denen Reichskanzler Friedrich Ebert die Gefahr eines kommunistischen Umsturzes bekämpfen wollte. Erst im Frühjahr 1919 hatte Gustav Noske, Eberts Militärexperte, kasernierte Heeresabteilungen und Freikorpsverbände zur Sicherheitspolizei zusammengefasst; einer wüsten Truppe aus Frontsoldaten, Freikorpslern und anderen unsicheren Kantonisten mit sehr unterschiedlicher Bewaffnung, die aktiv in der Politik mitmischte und von der heutigen Polizei weit entfernt war.

Andererseits: Wie neutral war die Polizei von 1930? Sicher, Bernhard Weiß, den Goebbels »Isidor« nannte, hatte die Vision einer Polizei im Bürgerauftrag, einer neutralen Instanz, unvereinnahmbar von den Geschehnissen in der Politik, auf der Straße. Sándor spuckte aus. Wirklich vorgegangen wurde seitens der Polizei nicht gegen die braunen Truppen; die Verbote wurden nur halbherzig durchgesetzt, und spätestens seit Belforts Auftreten in seiner Dienststelle war ihm klar, dass auch intern, in der höheren Bürokratie, ein Wandel eingesetzt hatte, und keiner zum Guten. Schon deshalb war es besser, nach der Lokalschlägerei in der Nürnberger Straße gar nicht erst auf die Schupos zu treffen, die seine Personalien aufgenommen und weitergeleitet hätten. Weitergeleitet auch in das sensorische, nervös zitternde Netzwerk von Belfort, der seine eigene Theorie von den Vorkommnissen in der

Musikerszene rund um die Femina hatte und fieberhaft nach Beweisen suchte. Aus diesen Ermittlungen musste er sich selbst heraushalten – und Bella erst recht. Ihr Gesicht hatte, vielleicht durch das energische, lautlose Gehen, seine Farbe wiedergefunden, und ihr Mund hatte sich zu einer grimmigen Grimasse verzogen.

Bella hatte den ersten Schreck überwunden und wäre am liebsten umgekehrt, um sich erneut in die Auseinandersetzung zu stürzen und den Radaubrüdern zu zeigen, auf welcher Seite des Tresens von Mutter Fuhs sie stand. Aber daran war natürlich nicht zu denken.

Stattdessen hatten sie jetzt ein paar schmale Frachtkähne erreicht, die vis-à-vis vom Gartenufer unterhalb der Schleuse unter Trauerweiden lagen und verlassen aussahen. Doch das waren sie nicht. Zumindest konnte Bella, die hinter den breiten Schultern dieses sonderbaren Klarinettenspielers mit den blonden Locken einen schmalen Treidelpfad entlangging, an einem der Kähne eine nur schwach flackernde Blendlaterne ausmachen. Genau auf dieses dürftige Licht strebte Sándor Lehmann zu, und Bella, die keine Ahnung hatte, worauf sie sich da eingelassen hatte, war sich sicher, dass er diesen Weg nicht zum ersten Mal ging.

Überhaupt hatte der Bursche eine Zielstrebigkeit, die Bella erstaunte und gleichzeitig ärgerte. Die Herren Mitmusiker hatte sie als oberflächliche Witzbolde kennengelernt, die nur auf der Bühne für Minuten wie schlafwandelnd sie selbst wurden; die Bandleader waren kaum besser, unermüdliche Spezialisten ohne jedes über die Musik hinausgehende Interesse. Dieser hier, Lehmann, war viel unberechenbarer; er bevormundete, bewunderte, ärgerte sie. Er kratzte an dem Bild, das sie abgeben wollte und an dem sie hart gearbeitet hatte.

Frau zu sein in diesem Geschäft, das war etwas, für das es kein Vorbild gab. Sicher, da draußen in der riesigen Stadt gab es Dut-

zende, vielleicht Hunderte von Frauen, die in der Grellheit ihres
Auftritts noch vor zehn, zwanzig Jahren unvorstellbar gewesen
waren; starke Frauen, unabhängig und auf einem eigenen Weg.
Wie viele Abende hatte Bella in Trude Hesterbergs »Wilder Büh-
ne« zugebracht, dem Kabarettkeller in der Kantstraße 12, und
hingerissen an den Lippen der urkomischen, rabiat politischen
Trude gehangen? Aber so sehr sie die Chansons von Kästner,
Tucholsky oder Friedrich Hollaender liebte: Das war nicht ihre
Musik, und eine Ulknudel im Kabarett wollte sie auch nicht wer-
den.

Andere Frauen suchten andere Wege: Die Lesben in den Piano-
bars und Dichterzirkeln kleideten sich wie die Männer; das sah
aufregend aus, war für sie selbst, für Bella, aber nur ein kurzer
Reiz. Frauen wie die Baker oder Doddy Delissen zeigten den gaffenden Kerlen blanke Haut und führten ganze Konzertsäle wie
am Nasenring durchs Programm: ein Machtgefühl, das sie auch
schon kennengelernt hatte, das berauschend war und gleichzeitig
so desillusionierend und künstlerisch unbefriedigend wie ein
Auftritt vor einer Horde Urzeitmenschen.

Gab es keinen anderen Weg zwischen Männerspielen, Kabarett
und kokettem Flirt? Konnte sie nicht als Jazzsängerin arbeiten,
ohne die schmachtende Geliebte oder das männermordende blonde Gift zu markieren? Bessie Smith, die Kaiserin des Blues, und
eine Handvoll anderer Bluessängerinnen vor ihr wie Ma Rainey
oder Ida Cox, deren Schallplattenaufnahmen über den großen
Teich geschippert kamen, nahmen sich, was ihnen zustand. Sie
hatten ihren Weg hinaus aus den Revuen und Minstrel Shows auf
die Jazzbühnen von Chicago und New York geschafft, und sie
standen dort oben – Schwarze! Frauen! – mit strahlendem Selbstbewusstsein, das ihnen schon fast als normal zugebilligt wurde.
Normalität durchzusetzen in diesen unnormalen, turbulenten
Jahren: Das war ein Anspruch, der kaum zu halten war, der immer wieder auch unter ihren eigenen Gefühlen und Reaktionen in

die Brüche ging. Eben war sie noch die selbstbewusste Sängerin, die dem Bandleader mit einem hingerotzten »Diesen anspruchslosen Mist singe ich nicht!« die Partitur auf den Klimperkasten knallte – und eine halbe Stunde später stakste sie ergeben über wackelige Holzplanken hinter einem starken Mann her, auf seine Führung angewiesen; darauf, dass er immerhin den Weg zu wissen schien durch diese gewalttätige, gefährliche Stadt.

Tatsächlich öffnete sich am Kahn nach einem kurzen, energischen Klopfzeichen eine knarrende Luke, und Sándor und Bella stiegen, atemlos von der ihnen entgegenschlagenden Wärme nach der kühler gewordenen Frühsommernacht, hinein. Während der Musiker wortlos eine ältere Frau mit Handschlag begrüßte, blieb Bella in der Mitte des gewölbten Raumes stehen und sah sich fassungslos um. Mit einer solchen Wohnlichkeit, diesem Traum in Plüsch und Nippes, hatte sie an diesem menschenleeren Teil der Stadt am allerwenigsten gerechnet – doch der Kahn war kein Hausboot, es war keine Schifferkajüte, sondern ganz unverkennbar ein Bordell. Tatsächlich lungerten in einer Ecke auf einer fellbelegten Bank zwei leidlich junge Damen, die sich bei ihrem Eintreten erwartungsvoll aufgerichtet hatten, nun aber wieder desinteressiert auf der Bank vor sich hin dösten. Ganz offenbar hatten sie Lehmann erkannt – ein alter Kunde, da war sich Bella sicher –, Lehmann, der in dem niedrigen Schiffsrumpf den Kopf leicht neigen musste und in gedämpftem Ton mit der Puffmutter sprach. Die klatschte schließlich leise in die Hände und befahl: »Geht ins Bett, Kinder, wir machen für heute Feierabend, es kommt ja doch keiner mehr.« Tatsächlich ging sie selbst noch einmal an Deck, um die Laterne zu löschen und damit das unzweideutige Signal für Eingeweihte, dass das schwimmende Bordell in Betrieb war.
Sie selbst folgte den beiden Mädchen allerdings noch nicht in die mit einer soliden Eichentür und einem »Privat«-Schild vom Gast-

| 163 |

raum abgetrennten Zimmer, sondern räumte zunächst ihr Handarbeitszeug vom Tisch in der Raummitte, der als Kneipentisch, Tresen und alles mögliche andere benutzt wurde. In einem Einbauschrank kramte sie nach Gläsern, holte einen Kanten Brot und Schweineschmalz heraus und eine mächtige, halb leere Flasche Schnaps. Am bauchigen Glas machte sie mit einer unter ihrem Rock hervorgezauberten Fettkreide einen dicken blauen Strich, der die Füllhöhe markierte, dann deutete sie mit dem Daumen hinter sich zum seitlich in der Schiffsschräge abgetrennten Separee und gab Sándor ein paar Anweisungen. Erneut hatte Bella den Eindruck, als hätte ihr zielstrebiger Entführer – oder Retter? – hier nicht zum ersten Mal ein Versteck im Herzen der Großstadt aufgesucht, und als die alte Bordellbesitzerin schließlich ebenfalls in die Privatgemächer verschwunden war und sie Sándor am Kapitänstisch gegenübersaß, hatte sie die beiden Schnapsgläser halb voll gemacht und ihm seins rübergeschoben auf seine Seite des verbogenen alten Holztisches. Er hatte Bella mit einer diebischen Freude, mit einer wahren Verschwörermiene angesehen wie ein Bruder, der eben beim Versteckspielen ein außerordentlich gutes, ein sicheres Versteck entdeckt hatte – und das war es ja ohne Zweifel auch. Also hatte sie milde gelächelt, den Schnaps mit einem einzigen, entschlossenen Schluck heruntergekippt und gesagt:

»Und wer sind Sie?«

Sándor war das Lügen gewohnt, obwohl er selbst es nicht »Lügen« genannt hätte, sondern … er hatte noch nie darüber nachgedacht, wie er es genannt hätte. »Sich eine Geschichte machen« vielleicht, »ein bisschen was erzählen« (und vieles andere nicht). Ihm selbst kam auch der sachte schaukelnde Kahn mit seiner roten Buglaterne und dem plüschigen Innenleben nicht romantisch vor, nicht mal anrüchig: So verdienten Menschen ihr Geld; manche Fabrikarbeiterin musste sich weit mehr verbiegen und schin-

den für ihr Brot, wenn sie überhaupt noch Arbeit hatte. Die Puffmutter und ihre beiden »jungen Anvertrauten«, wie sie sie nannte,
hatten hier am Gartenufer im ausrangierten Kahn eines Kohlen-
händlers ein kleines Geschäft aufgemacht; ein Geschäft, das auf
Verschwiegenheit basierte und auf sorgfältiger Auswahl der Männer, die hier als Kundschaft hereingelassen wurden. Krach musste
vermieden werden, besoffenes Herumgrölen konnte das ganze
Geschäft gefährden, aber solange alles in Freundlichkeit und in
Ruhe vor sich ging, hatten alle etwas davon. Die Polizei durfte
nichts erfahren, und als die Polizei, nämlich Sándor, doch davon
erfahren hatte – die Geschichte mit der Wasserleiche und dem
chinesischen Morphiumring, 1926 oder 27 –, hatte sie ihn ins Ver-
trauen gezogen und ihn gebeten, die Sache weiter laufen zu lassen. Und weil schon in seiner Kindheit im Wedding nichts so
wichtig gewesen war wie ein paar Freunde an unerwarteten Ecken,
hatte er alles für sich behalten und das Bordellboot stattdessen für
eine Woche flussabwärts ankern lassen, während die Schutzpolizei mit Hunden das Ufer absuchte nach einer Wasserleiche, die
alle gesehen hatten und die dann verschwunden war.
Aber das war eine ganz andere Geschichte gewesen; heute musste
er seine eigene vor Bella auf den Holztisch legen. Also erzählte
er ihr ein bisschen was. Von der Jugend im Wedding, von dem
Wunsch, verdammt noch mal herauszukommen aus dem Hunger
und dem Elend. Der Hoffnung, vielleicht seiner Mutter im Alter
mal ein Stück Sahnetorte im Kempinski am Ku'damm spendieren
zu können. Und wie er mit der Musik in Berührung gekommen
war – in einem Arbeiter-Schalmeienorchester, eigentlich der ba-
nalsten Form der Blasmusik, die vorstellbar war; mit einer ge-
blasenen Hupe, die mit der Schalmei des Mittelalters nicht viel
gemeinsam hatte. Wahrscheinlich hatte er mit großer kindlicher
Inbrunst in diese blecherne Tröte geblasen; vielleicht hatte der
Orchesterleiter auch den Eindruck gewonnen, dass der kleine
Sándor zu selbstvergessen und undiszipliniert eher seine eigene

Musik machte, als sich den Exerzitien und Ritualen der Schalmeien-, Trommler- und Pfeiferkorps unterzuordnen; jedenfalls durfte er irgendwann immer mittwochs und sonntags einem Klarinettenlehrer zusehen, der am besseren Rand des Weddings, eigentlich schon in Pankow, Musikunterricht gab. Zusehen, nicht selber spielen, für ein eigenes Instrument fehlte natürlich das Geld, und die kleine Isolde hätte ihn nie ihre eigene Klarinette auch nur berühren lassen. Da war Sándor zwölf und schon unsicher, ob er lieber die schlanke, kühle Klarinette angefasst hätte oder die weniger schlanke, aber ebenfalls kühle Isolde – beides blieb lange ein Traum, aber beim zwei Jahre währenden Zusehen lernte er viel über das Klarinettenspiel und ein bisschen was über Isolde. Irgendwann durfte er es dann selbst ausprobieren. Beides.

So hatte das mit der Klarinette angefangen; Sándor streifte den Weltkrieg nur sehr kurz, schnitt auch die Kriegsgeschehnisse vor allem auf seine musikalischen Erlebnisse hin zurecht und erzählte in schillernden Ausschmückungen, weil Bella alle Beteiligten kannte, von seiner bisherigen Laufbahn mit den »Follies«, ohne zu erwähnen, wie er Julian kennengelernt hatte damals als Bewacher des Schmuggelgutes im Westhafen.

Bella hatte still zugehört, und sie hatten ein paar Schnäpse getrunken, während er sprach. Im Raum war es wärmer geworden, oder glaubte er das nur? Auch Bella hatte ein gerötetes Gesicht, und er hatte sich beim Sprechen zurückgelehnt, um sie in Ruhe ansehen zu können, den modischen Kurzhaarschnitt, den wachen, herausfordernden Blick, der jetzt etwas schimmernder und weicher geworden war, und den kleinen Mund, der sich so ironisch und abschätzig verziehen konnte, wenn seine Besitzerin Wert darauf legte. Doch augenblicklich war Ironie bei Bella nicht auf dem Spielplan, stattdessen stand sie gravitätisch und ein bisschen unsicher auf und umrundete den Tisch mit der Schnapsflasche.

»Vom Arbeiterbengel zum Jazz-Solisten … Wirklich, ich bin beeindruckt. Höchste Zeit, dass wir unter Kollegen das ›Du‹ besiegeln, meinst du nicht auch?«

Ohne eine Antwort abzuwarten, ging sie neben ihm in die Hocke, schüttete sein Schnapsglas randvoll, stieß mit der Flasche daran an und gab ihm einen weichen, warmen, nach Schnaps und Nähe und Frau schmeckenden Kuss.

Sándor konnte sich durch eine Horde angreifender SA-Männer boxen, und bei der kleinen Isolde und vielen nach ihr – auch bei der unmaskierten Kellnerin im Moka Efti – war er meist derjenige, der zugriff, doch von dieser Attacke war er überrascht und überwältigt, und in das Gefühl, endlich mit dieser Frau, mit Bella, genau das Richtige zu tun, mischte sich das plötzliche Kitzeln seines falschen Schnurrbarts, der von ihren weichen Lippen seitlich an seiner Nase vorbeigedrückt wurde, von der Wange rutschte und auf den Boden des Bordellkahnes fiel. Sándor fluchte reflexartig; Bella sprang auf, und er wühlte mit roten Ohren unterm Tisch nach dem verdammten Ding.

Als er wieder hochkam und – mit dem Schnurrbart unter der Nase und in der albernen Hoffnung, nicht entdeckt worden zu sein – quer über den Tisch Ausschau nach Bella hielt, saß sie ihm gegenüber wie ein Mann, mit ausgebreiteten Beinen, in die Seite gestemmten Armen, kerzengeradem Rücken und herausforderndem Blick. Unter ihrer kleinen Stupsnase prangte wie eine groteske Karikatur seiner selbst ein zweiter roter Schnurrbart, den er sofort als seinen eigenen erkannte, den er gestern Abend im Gerangel mit Jenitzky verloren hatte.

»Wirklich, ich finde dich ja ganz imposant mit diesem Ding unter der Nase«, schnarrte Bella mit einer blödsinnig männlich klingenden Stimme, die die Rs rollte, »aber wie viele von diesen Stubenbürsten hast du noch zu Hause? Oder bist du etwa der Alleinerbe einer Schnurrbartfabrik … und musst diese schmucken Borsten jetzt ganz alleine auftragen?« Sie prustete laut los, zeigte lachend auf Sándor, der mit rotem Gesicht seinen Schnurrbart von der schwitzenden Oberlippe gerissen hatte, und verkündete dann außer Atem: »Ich fürchte, deine Geschichte musst du noch mal neu erzählen … aber vollständig, wenn ich bitten darf!« – und umrundete den Tisch, um ihn ein zweites Mal zu küssen, länger als zuvor, viel länger.

Ein diesiger Morgen über dem Tiergarten; am Ufer des Landwehrkanals standen Fischreiher, wie Hinweisschilder ins Ufer gesteckt, und zwei Radfahrer mit Strohhüten auf den Köpfen fuhren auf einem Tandem vorbei. Sándor sah ihnen nach, als sie über den Kiesweg davonstrampelten, wie Zwillinge sahen sie aus in ihrem ulkigen, gestreiften Sportdress, und er hatte keinen Zweifel daran, dass die Schnurrbärte dieser Männer im Unterschied zu seinem eigenen echt waren. Im Nu hatte sie wieder der Morgendunst verschluckt; Kröten quakten, und von der Tiergartenschleuse drang das Rasseln der Kette herüber, die der Schleusenwärter für einen ersten, frühen Kahn hochkurbelte.

Sándor hatte sich an die verplankte schwarze Bordwand des Bordellschiffes gelehnt, die sonst in der Mittagssonne heiß zurückstrahlte, aber heute früh so klamm und abweisend wirkte wie der ganze Morgen.

Was hatte er da verzapft letzte Nacht? Unwillig kaute er auf einer nicht angezündeten Zigarette herum, den Jackenkragen hochgeschlagen, die Füße gegen die grasbewachsene Uferböschung gestemmt. Dass sich was anbahnte mit Bella, hatte er schon eine Weile gespürt. Eigentlich vom ersten Moment an. Aber hätte er mit der Sache nicht noch warten können, bis der Fall abgeschlossen war? Die SA, Jenitzky, der erstochene Hallstein und der Angriff auf die Femina: Es ging um Leben und Tod. Und jetzt, wo die braunen Prügelgarden sich Hertha Fuhs' Kneipe zur Zielscheibe gewählt hatten und Jenitzky womöglich seinen eigenen, proppenvollen Laden unter Gas setzen wollte, gefährdete er seine Unabhängigkeit und manövrierte sich in eine Beschützerrolle für die kleine Bella hinein. Die erstens gut auf sich selbst aufpassen zu können schien und die zweitens, wenn sie in seiner Nähe blieb, eher in unnötige Gefahr geraten würde. Obendrein hatte er notgedrungen seine Deckung aufgegeben und Bella in sein gut gehütetes Geheimnis eingeweiht – ebenfalls ein Wissen, das ihr mehr schaden als nutzen könnte. Hatte er ein bisschen angeben müssen mit der Kriminalbeamten-Nummer, oder hatte es nach dem entlarvenden Schnurrbart-Intermezzo wirklich keinen anderen Weg mehr gegeben, als Bella alles zu erzählen? War er erleichtert gewesen, endlich eine Verbündete zu haben, wenigstens für ein paar Stunden, und hatte die Erleichterung ihm die Zunge gelockert … oder der Alkohol? Verdammter Schnaps!

Sándor schüttelte missbilligend den Kopf, ließ die Zigarette zwischen Boot und Ufer ins Wasser fallen, als ob der nicht brennende Glimmstängel eine Feuersbrunst entfachen könnte, und trollte sich in Richtung Bahnhof Zoo.

GAS (II)

Am Nachmittag trafen sich die »Follies« sicherheitshalber nicht in Mutter Fuhs' Bar, die sie verriegelt und verrammelt hatte, um nicht zur Zielscheibe weiterer Angriffe zu werden, sondern auf Julians Anweisung hin um die Ecke im Romanischen Café. In einem großen Laden wie diesem konnte zwar an jedem Nachbartisch ein Spitzel sitzen, doch dafür bot die große Menschenmenge Schutz vor Angriffen gegen Einzelne oder gar Festnahmen durch Polizeibeamte. Wobei Julian gar nicht klar war, was genau gegen sie vorlag. Waren sie nur zufällig ins Visier der SA geraten, die in der momentanen Wahlkampfzeit den Druck auf der Straße erhöhte und mit Prügelexzessen wie dem gestrigen Stimmung gegen die Juden machte? Denn absurderweise warf man den nächtlichen Krawall nicht den SA-Männern vor, sondern Julian Fuhs und seiner Mutter, deren »Niggerjazz-Keller« oder »Jidden-Versteck« schließlich eine Provokation war, mit der sie sich die Übergriffe der Braunhemden selbst zuzuschreiben hatten. Diese Erkenntnis – die er aus Bemerkungen von Passanten, dem Briefträger und ein, zwei Ladeninhabern in der Nachbarschaft gewonnen hatte, nichtjüdischen Ladeninhabern natürlich – hatte Julian Fuhs fast noch mehr schockiert als der Vorfall selbst. Der war für alle Beteiligten einigermaßen glimpflich ausgegangen. Arno Lewitsch und er waren von der Schutzpolizei in der grünen Minna ins Präsidium gebracht worden. Die beiden vermöbelten SA-Männer hatte man praktischerweise gleich in denselben Transportwagen gesteckt, und Julian war scheißfroh gewesen, dass die zwei so viel eingesteckt hatten, dass sie die Fahrt in liegender Haltung vorzogen.

Auf dem Revier waren sie fast zwei Stunden vernommen worden mit einer Akribie, die auch bei Julian den Eindruck erweckte,

dass er hier als Tatverdächtiger befragt wurde, nicht als Geschä-
digter. Doch schließlich waren sie freigelassen worden und eilig
in die Nürnberger Straße zurückgekehrt, wo die anderen aus
Kellerluken und Tischplatten notdürftig eine Verkleidung für die
zertrümmerten Scheiben zusammenflickten, die über Nacht als
Schutz vor weiteren Eindringlingen taugen musste.

Im Romanischen Café war alles wie immer, fand Julian. Vielleicht
machte das einen abgewrackten, fragwürdigen Laden wie diesen
zur Institution: dass er sich hartnäckig jedem Trend widersetzte
und über Jahrzehnte so blieb, wie er war. Das Publikum war fast
das gleiche, die Politik der Reichshauptstadt schwappte kaum herein, und nicht mal die Speisekarte hatten sie geändert – die war
immer noch so, hebräisch für erbarmungswürdig: »rachmonisch«
wie das ganze Kaffeehaus. Das gleiche Schnitzel hatte es vor zehn
Jahren schon gegeben, und böse Zungen behaupteten, es sei sogar
dasselbe Schnitzel wie vor zehn Jahren. Und hatte jemals jemand
anderes die angestoßene Drehtür bewacht als Herr Nietz, der
nachmittags um vier – vor einer halben Stunde also – seinen Posten
einnahm und wie Gottvater persönlich die Guten, Prominenten
ins »Schwimmerbassin« dirigierte, den quadratischen Gastraum
hier links, in dem auch die »Follies« saßen, und die Schlechten,
Gaffer, Mittellosen ins »Nichtschwimmerbecken«, das große
Rechteck rechts, wo man noch viel länger auf den Kellner wartete
und womöglich auch noch froh darüber war, weil man ohnehin
kein Geld zum Ausgeben dabeihatte, sondern aufs Betteln angewiesen war?
Man musste schon ein sehr abgebrühter Selbstdarsteller sein, um
sich im Romanischen Café wohlzufühlen. Der Laden hatte etwas
niederschmetternd Hoffnungsloses, man wurde melancholisch
hier, und wer schon mit einer Melancholie hereinkam, der versuchte umgehend, sich umzubringen – zum Beispiel, indem er
Eier im Glas bestellte, zwei trübe glasig gekochte, schalenlose

Eier, die wie tote Goldfische in einem gläsernen Eisbecher schwammen und auch mit horrenden Beigaben von Worcestershiresauce, Pfeffer und Salz nicht wieder lebendig gemacht werden konnten. Arno Lewitsch hatte gegen Julians Rat den Fehler gemacht, Eier im Glas zu bestellen – den Fehler machte er jedes Mal –, und nun starrte er traurig in das verquirlte, schlierige Gelee und wusste nicht, ob er es essen sollte oder einem der zwischen den Tischen herumirrenden Schnorrer schenken, die allerdings ausnahmslos auf Geld aus waren und diese kulinarischen Almosen empört von sich gewiesen hätten.

Überhaupt war die Stimmung bei den »Follies« fürchterlich, und auch Bella, die erst wenige Male bei den Proben und diesen männerbündlerischen Treffen gewesen war, wirkte übermüdet und wortkarg. Julian Fuhs drückte sich zusammengesunken und verkrümmt in seinen Fauteuil, umgeben von zwei zornigen Blechbläsern, die angriffslustig in alle Richtungen spähten und jeden niedergeschlagen hätten, der ihrem Chef zu nahe gekommen wäre. Er wirkte wie die Prinzessin auf der Erbse; behütet, aber unbequem sitzend; auf Händen getragen und gezwickt zur selben Zeit.

»Ich meine«, murmelte Julian und fühlte sich, als müsste er sich selbst die Welt neu erklären, »ich meine, wir stehen im Rampenlicht, wir stehen auf der Bühne und sind Juden, und dass wir nicht nur Freunde haben können, versteht sich von selbst. Aber meine Mutter«, eine wilde Traurigkeit erfasste ihn, und er hatte für einen Augenblick Tränen in den Augen, die Lily Löwenthal, neben ihm auf der Sesselkante hockend, bestürzt die Augen aufreißen ließen, »meine Mutter sollen sie da raushalten, verdammt noch mal!« Er knallte die Rechte, die in einen leichten Verband gewickelt war, auf die gläserne Rauchtischplatte, und die anderen beruhigten ihn, um keinen »Ausweis« zu riskieren – eins der kleinen Pappkärtchen, die die Kellner an allzu hartnäckige Schnorrer, potenzielle Zechpreller und exaltierte Randalierer verteilten.

»Sie werden gebeten, unser Etablissement nach Bezahlung Ihrer Zeche zu verlassen und nicht wieder zu betreten«, stand auf diesen Karten, und Herr Nietz am Eingang hatte ein dermaßen unbestechliches Personengedächtnis, dass kein jemals derart Ausgewiesener vor dem Ablauf der verhängten Zwangsabwesenheit zurückgekommen war.

Julian beruhigte sich. Er schüttelte den Kopf.

»Ihr habt Recht. Mama ist ja nichts passiert. Der Laden ist zwar in Trümmern, aber letztlich nichts, das man nicht wieder reparieren oder neu kaufen könnte, nur eine Menge Scherben.«

»Immerhin haben wir denen gezeigt, was Hot Jazz ist, Julian«, warf Charlie ein, und Arno machte ein paar imaginäre Faustschläge in der Luft, fauchte »Ja! – Ja!« und warf die Eier um. Fuhs nickte gutmütig und schwieg. Dann räusperte er sich.

»Ich habe überlegt, dass wir uns vielleicht ein bisschen aus der Schusslinie nehmen sollten. Dieser Kapellenwettbewerb im Café Jenitzky, ich bin mir nicht sicher, ob …«

Doch da war es wieder Bella, die müde, fast bitter, aber mit einer klaren Bestimmtheit in der Stimme widersprach.

»… nicht sicher, ob wir klein beigeben sollten? Julian, hast du nicht begriffen, worauf es diese Totschläger angelegt haben? Die wollen nicht die Schnapsflaschen deiner Mutter zerschlagen, die wollen dich, uns alle, runterprügeln von der Bühne!«

»Und weil wir keine Prügel wollen, gehen wir gar nicht erst rauf auf die Bühne«, schlussfolgerte Julian mit unglücklichem Gesicht, aber Bella lachte nur.

»Unsinn. Weil sie uns in Wahrheit eben doch nur angreifen können, wenn wir nicht auf der Bühne stehen, ist kein Ort sicherer. Im Licht der Öffentlichkeit sind wir unangreifbar; jede verkaufte Schallplatte ist eine kleine runde Lebensversicherung; wenn das Volk unsere Musik liebt, dann wird auch uns nichts geschehen. Wir machen Musik, da können die Nazis sich auf den Kopf stellen!«

Julian seufzte unschlüssig, aber Arno Lewitsch deutete mit dem ausgestreckten Zeigefinger auf Bella und freute sich.

»Schreib das auf, Mädel, auf dem Kopf stehen, nicht schlecht für die Bühne … Geige spielen und kopfstehen, ich werde das mal versuchen.«

Jetzt war es Sándor Lehmann, der anderer Meinung war als Bella; er hatte die ganze Zeit über zwei Tassen starkem Kaffee gebrütet, die er sich beide gleichzeitig bestellt hatte, um nicht zwischen der ersten und der zweiten Tasse unnötig auf den Kellner warten zu müssen; sowieso hatte er den schlafmützigen Kerl schon beim Eintreffen mit seinen Kommandos auf Trab gehalten.

Er sah sich um im Romanischen Café, das er normalerweise mied, weil in diesem Intellektuellenladen das Berlin, wie er es kannte, außen vor blieb – kein kriminelles Milieu, keine Akteure des stadtweiten Netzes, in dem sie alle zappelten und ihre Kreise zogen. Das hallenartige Geschoss war erst halb voll, der Tag war noch jung; es gab nur einen Schwarm Berlinbesucherinnen auf Bildungsreise, die sich kichernd oben an den Dametischen herumdrückten und zum Schein eine Partie Dame spielten, dabei aber inbrünstig hofften, einen der prominenten Besucher des »Rachmonischen« in persona erleben zu dürften; Max Slevogt vielleicht, Emil Orlik, Max Liebermann. Behelligt wurden sie vom notorischen John Höxter, einem Faktotum, das distinguiert wirkte wie ein englischer Lord – distinguiert, aber nicht gerade frisch gebadet –, Höxter, der alle kannte, über die Tagesabläufe dieser Herren Generalkünstler genauestens Bescheid wusste und für eine Spende von, sagen wir mal, fünfzig Pfennig auch bereitwillig Auskunft gab.

Dabei waren die großen Zeiten des Romanischen Cafés längst vorbei, und genau besehen: Hatte es sie überhaupt gegeben, die großen Zeiten? Ja, sicher, früher waren mehr Künstler hier gewesen und weniger Kritiker, mehr Schriftsteller und weniger Buchdrucker und Verleger. Mehr arme Schlucker und weniger Mitverdiener am großen Boom der Unterhaltungskultur.

Die großen Zeiten waren vorbei, und Sándor hatte den dringenden Verdacht, dass das nicht nur fürs Romanische Café galt, sondern für ganz Deutschland. Sich da als Musiker hinzustellen und zu glauben, auf der Bühne sei man unangreifbar, ein Gott mit Geige, das war dumm und überheblich und, schlimmer als das: Es war lebensgefährlich.

»Jenitzky will seinen eigenen Laden unter Gas setzen«, nein, das konnte er natürlich nicht sagen. Sie würden ihm nicht glauben, Jenitzky würde davon erfahren, die Aktion abblasen, Jenitzkys Männer würden ihn umlegen und Jenitzky etwas anderes versuchen. Manchmal kotzten diese Zwangsläufigkeit, die Gradlinigkeit des Kriminellen ihn an. Wer plaudert, stirbt, wer nicht plaudert, macht sich mitschuldig: Er hatte sich das Leben anders vorgestellt, aber so lief es nun mal. Also beschränkte Sándor sich auf eine düstere Miene und dunkle Andeutungen, doch damit forderte er nur Bellas Spott heraus, und er spürte, wie auch bei den Männern der Kampfgeist wieder erwachte und sie gerade wegen seines Widerspruchs fest entschlossen waren, bei Jenitzkys Kapellenwettbewerb dabei zu sein und den »Goldkübel«, wie Lewitsch den auf dem Plakat abgebildeten Siegerpokal liebevoll nannte, nach Hause zu bringen – nicht obwohl, sondern eben weil sie Juden und Jazzer und weiße Niggermusiker waren, die sich von den Nazis nicht verjagen ließen, sondern das Publikum, die Kritik und überhaupt die Gunst der Stunde auf ihrer Seite wähnten.

Ein letztes Mal wagte sich Sándor ein paar Meter vor, er erinnerte an den Gasangriff auf die Femina, sprach von Risiko, von Vorsicht.

»Zur Vorsicht könntet ihr Gasmasken aufsetzen, Jungs«, ulkte Bella, und trotz allem, was er letzte Nacht mit der lebensdurstigen Sängerin erlebt hatte – für einen Moment schoss ihm die Erinnerung an ihren weichen, elastischen Leib durch den Kopf, das langsame Atmen, ihr Zittern –, trotz allem hasste er sie fast. Ein bisschen. Gar nicht.

Also ließ er sie gewähren und beschloss, da zu sein und die Band keine Sekunde aus den Augen zu lassen; die Band nicht, Jenitzky nicht. Und Bella auch nicht.

»Gasmasken! Da müsstet ihr die Trompeten gleich vorne an die Filter schrauben, Freunde ... ihr würdet wie die Elefanten aussehen, bisher klingt ihr nur so!«, stichelte Arno bei den Blechbläsern, und alle lachten erleichtert. Der Auftritt war abgemacht. Der Angriff auf die Femina lag weit zurück, und Gas – das war ohnehin nichts, woran man sich gern erinnerte.

Auch Sándor selbst hatte mit Gas nicht erst in der Femina Bekanntschaft gemacht, und auch er erinnerte sich nicht gern daran. Als er nach dem Treffen im Romanischen Café noch einen Bummel den Kurfürstendamm hinauf machte, hatte er – vielleicht durch Bellas scharfzüngigen Scherz mit den Gasmasken – die Bilder des Gaskriegs wieder vor Augen, und binnen Sekunden fühlte seine Zunge sich geschwollen und belegt an, und die Augen brannten. Der Gaskrieg! An der Westfront gegen Ende des Kriegs war er mitten hineingeraten; damals hatte es ein irrwitziges Experimentieren mit immer neuen Kampfstoffen gegeben, und wie all die geheimen Rezepturen der deutschen Chemieindustrie wirkten, wie hoch sie konzentriert waren und wie sie zu handhaben waren, das hatten sie selbst als einfache Soldaten längst nicht mehr gewusst. Um nicht jedem Schützen ein Chemiediplom abverlangen zu müssen, waren die Gifte in den kleinen und großen Granaten schlicht mit Farben markiert worden; es gab Grünkreuz, Gelbkreuz, Blaukreuz – und, wenn man Glück hatte, noch ein Kreuz auf dem Soldatenfriedhof, wenn ihre geschundenen Kadaver dort jemals hinkommen sollten. »Buntschießen« war die Parole, das klang nach Schützenfest, nach Feiertagsballerei, aber das Konzept hinter dem abwechselnden Einsatz der verschiedenen Granatenfarben war mörderisch. Blaukreuzgranaten – Clark 1 und 2, Diphenylarsinchlorid und -cyanid – machten den Anfang; das Zeug war schwer und zäh und nicht so windanfällig. Es drang durch jede noch so kleine Ritze, und wer es auch in niedrigster Konzentration einatmete – und das geschah trotz Gasmaskenfilter immer –, wurde von fürchterlichem Brechreiz geschüttelt und riss sich binnen Sekunden kotzend die Gasmaske vom Kopf. Genau das war der Sinn des Einsatzes; als »Maskenbrecher« bereiteten die deutschen Blaukreuzgranaten die jungen Briten drüben auf der anderen Seite der Schützengräben auf die anderen Gifte vor, die schon in der Luft waren; die einschlugen, während sie noch würgend nach Luft schnappten. Grünkreuz wurde tonnenweise in die Ebene gepumpt; Diphosgen, das bei der Detonation in die doppelte Phosgen-Dichte zerfiel, eine tödliche Konzentration, die in jeden Aushub, jede Erdhöhle sickerte, die stundenlang Tod und schlimmste Lungenschäden verursachte. Dazwischen Gelbkreuzgranaten, die mit Senfgas oder »Lost« ein neuartiges Kontaktgift verschossen, das durch die Kleider drang, über die Haut aufgenommen wurde, gegen das es keinen Schutz gab und das selbst Monate nach den Kämpfen im Winter 1917 noch im gefrorenen Boden steckte und im Frühjahr erneut Tod und Verderben brachte, als das Eis schmolz.

Am Anfang hatte ihr Angriff drüben auf der britischen Seite schlimme Verheerungen angerichtet, die Briten kotzten sich die Seele aus dem Leib, sprangen aus den Schützengräben und wurden erschossen oder erstickten an den langen Gasfahnen aus Lost und Phosgen, die über die Ebene wehten. Dann hatte der Wind gedreht – das kam an der Westfront häufig vor, und wie oft hatten sie schon die Wahnsinnigen verflucht, die überhaupt bei einem Kampf Richtung Westen Gaseinsätze anordneten, wo an neun von zehn Tagen Westwind herrschte? Unversehens wehten zu ihnen selbst Gaswolken herüber, und es waren nicht die Briten, die zurückschossen, sondern ihr eigenes Gas. Sándor hatte gegen jede Regel (»Vertraue deiner Maske; sie schützt dich zuverlässig auch in stundenlangem Kampf«) die verdammte Gasmaske vom Kopf gerissen, die alleine schon ein Gefühl von Ersticken vermittelte, und war gerannt, so schnell er konnte, aber Ausläufer der verfluchten Wolke hatten ihn eingeholt, ein bunter Mix aus allem, was drüben noch nicht von britischen Mäulern eingeatmet worden war. Laufen und Kotzen gleichzeitig, panisches Vorwärtsstolpern und hektisches Nach-hinten-Blicken, verzweifelte Sprünge über zusammengebrochene Kameraden und wutschnaubende Vorgesetzte, die mit der Pistole in der Hand ihre Truppe zusammenhalten und die Fliehenden zwingen wollten, ihre Masken aufzusetzen und zu bleiben und zu kämpfen. Vor einem kleinen Fluss in einer Senke war die Luft so voller Gas, dass Sándor den Eindruck hatte, wie ein Ertrinkender unter Wasser in einem sauerstofflosen Fluidum nicht mehr atmen zu können, sich in einer erdfernen, unwirklichen Welt zu befinden, in einer Welt ohne Luft, milchig gelb durchwolkt, einer Welt, in die man nur kam, um zu sterben. Er taumelte mit ein paar letzten Schritten durch den knietiefen Fluss, schwankte eine Anhöhe am anderen Ufer hinauf, brach zusammen und – atmete.

Wahrscheinlich hatte die aufsteigende Feuchtigkeit des Flusses die Gasmoleküle gebunden oder hinaufgerissen, eine feuchte, dünne Barriere geschaffen zwischen ihm selbst und dem Tod.

Der Kurfürstendamm mit seiner lärmenden Präsenz riss Sándor Lehmann aus seinen alten Angstträumen. Er lehnte keuchend an einer gusseisernen Laterne, wischte sich den Schweiß von der Stirn und angelte in seinem Trenchcoat nach einem Taschentuch, ohne eines zu finden. Doppelstöckige Pferdedroschken klapperten vorbei, die Straßenbahnen in der Mitte des Boulevards bimmelten, und am Café des Westens jagten ein paar Kellner einen Zechpreller vor die Tür. Die Trottoirs waren voller Menschen, die

Pakete trugen oder Hunde an der Leine führten; in Trauben standen sie vor den Litfaßsäulen; Ausrufer priesen die Tageszeitungen an, und zwei Leierkastenmänner, einer mit einem winzigen lebendigen Affen auf dem Mahagonikasten, wetteiferten lautstark um die Aufmerksamkeit der Passanten. Die Automobile kamen zwischen Radfahrern, Pferdefuhrwerken und Fußgängern kaum voran, doch da raste schon – Sándor erkannte die Kollegen aus der Keithstraße – ein Polizeiauto heran mit gellendem Martinshorn, vor dem die Leute erschreckt auseinandersprizten, und Sándor, der wieder auf den Beinen war, rempelte sich durch eine Gruppe von Schaulustigen, trat auf die Fahrbahn und stoppte das Fahrzeug. Der Verschlag ging auf, Sándor enterte das Wageninnere und fuhr mit.

»Kollegen, was liegt an?« Die Männer sahen finster aus dem Fenster, und während Pohlmann, der Fahrer, die Sirene auf dem Fahrzeugdach noch mit wildem Fluchen und Hupen unterstützte, brummte der lange Baum neben ihm nur: »Gas, ein Gasangriff, vorn im Uhlandeck beim Juden Goldstaub.«

Sich umblickend, bemerkte Sándor, dass sich hinter ihnen noch weitere Einsatzfahrzeuge den Ku'damm hinaufkämpften, zwei Polizeiwagen, die Feuerwehr. Hatte er den Gaskrieg nur Revue passieren lassen, um jetzt in einem ganz ähnlichen Albtraum wieder aufzuwachen? Führte Jenitzky, dieser irrsinnig gewordene Höllenhund, seinen eigenen Gaskrieg gegen die missliebigen Konkurrenten der ganzen Stadt? Das Uhlandeck war ein mondäner, expressionistischer Kaffee-und-Kuchen-Tempel, Salonmusik wurde dort geboten, kein Jazz. Was hatte der Inhaber Goldstaub Jenitzky getan? Sollte eine Gasattacke auf diesen offensichtlichen Nicht-Konkurrenten noch einmal gründlich vom Nachtclub-Fürsten aus der Friedrichstadt ablenken, bevor der Mann seinen eigenen Laden ins Visier nahm?

Doch dann hielt das Polizeiauto an der Ecke Uhlandstraße bei einer aufgeregten Menschenmenge, die sich gar nicht vor, sondern nur neben dem Café Uhlandeck auf dem Bürgersteig drängte und entsetzt nach oben starrte. Die Kollegen sprangen aus dem Wagen, einer mit einer grammofontrichterförmigen Flüstertüte, während die übrigen zwei sich zum umlagerten Hauseingang durchboxten und die Feuerwehr mit einem Leiterwagen kurzerhand hupend auf den Bürgersteig rollte und sich daranmachte, eine große Leiter aufzurichten. Mehr Polizei traf ein und versuchte, eine Kette zwischen dem Haus und der Masse der Schaulustigen zu bilden; das war unmöglich. Polizeiknüppel wurden gezückt, Kommandos gebrüllt.

Sándor sah auch nach oben; er lehnte sich an den Polizeiwagen und wusste nicht, ob er erleichtert oder schockiert sein sollte von dem, was er sah. Im zweiten Stock stand ein Mann mit einer lodernden Fackel – womöglich einem Tischbein, um das er allerhand Fetzen gewickelt und in Brand gesteckt hatte. In der anderen Hand hielt er eine blutig geschlagene, schreiende und weinende Frau an den Haaren fest, und der Mann selber schrie auch, kaum artikuliert, in die Menschenmenge hinunter:

»… das Gas aufgedreht, euer Scheiß fliegt in die Luft … alles nur, weil diese Schlampe hier mir …«, er wurde selber von Weinkrämpfen geschüttelt.

Der Kollege mit dem Megafon brüllte sich heiser, doch die Appelle drangen nicht durch, und als der Mann die Frau beiseiteschubste und sich daranmachte, mit der lodernden Fackel die Balkontür zur guten Stube zu öffnen, war Sándor mit einem Satz auf dem Dach des Polizeiautos, legte mit dem Dienstrevolver des Lautsprecher-Polizisten an und schoss.

Allerdings hatte sich in diesem Moment auch die zu Boden gestoßene Frau aufgerappelt und sich kreischend auf den Mann geworfen, und unter ihrem Gewicht stürzte er mit der Fackel in der Hand durch die schon halb geöffnete Wohnungstür. Sándor warf sich auf das Autodach, ein Reflex, der richtig war, aber nicht reichte, denn die Gasexplosion traf ihn mit genug Wucht, um ihn über das Dach hinaus auf die Straße zu blasen. Der Balkon stürzte in die aufschreiende Menschenmenge und die halbe Polizisten-kette, und an der Stelle, wo eben noch die Stuckverzierungen und diskreten Fensterläden eines hochherrschaftlichen Gründerzeit-hauses geprangt hatten, wallte eine orangerote, fauchende Feuer-walze, die die Straßenbäume entflammte wie Wunderkerzen.

BLUE NOTES

Am Morgen saß Belfort wie versteinert an seinem Schreibtisch und blickte nicht auf, als Lehmann mit dekorativ verpflasterten Hautabschürfungen und wohl noch immer sirrendem Ohrgeräusch am Alexanderplatz auftauchte, sich geräuschvoll die Kaffeekanne herüberzog und eine Tasse einschenkte, während Fräulein Wunder, die von der Tragödie am Kurfürstendamm gelesen hatte, ihn ansah wie einen Auferstandenen.

»Chef, um Himmels willen, in was sind Sie denn da gestern hineingeraten? Wieso konnten Sie wissen, dass da einer sein Haus … Du liebe Güte, was hätte Ihnen nicht alles passieren können?«

Belfort interessierte sich heute nicht besonders für die Gefahren und Zwischenfälle des Polizeialltags, und er hatte gute Gründe dafür. Schon früh am Morgen hatte ihn ein Mann an den Fernsprecher holen lassen, den er nicht vergessen hatte, dem er vieles verdankte – und der ihn telefonisch strammstehen ließ wie einen kleinen Schuljungen. Wilhelm Frick persönlich, der Staatsminister für Inneres in Thüringen, erster Minister der NSDAP, hatte ihn angerufen. Ein Anruf von derart hoher Stelle wäre für einen Polizisten wie Belfort normalerweise eine unglaubliche Ehre gewesen, doch Frick hatte ihn abgekanzelt und zur Sau gemacht wie damals als Achtzehnjährigen.

Damals, 1923, war Frick nach einem grandiosen Aufstieg in der politischen Polizei Leiter des Sicherheitsdienstes der Kriminalpolizei in München geworden; nur seine Beteiligung am Hitlerputsch hatte verhindert, dass er Polizeipräsident geworden war. Bei der Kripo in München hatte Belfort alles gelernt, was er heute konnte und wusste, und Frick selbst hatte seinen Zögling abgerichtet wie einen Bullterrier, scharfgemacht für einen Einsatz, der sich nicht nur gegen das Verbrechen richten sollte, sondern gegen ganz andere Feinde, für die Frick, der seit 1928 auch Vorsitzender der NSDAP-Fraktion im Reichstag war, ständig neue Begriffe fand – »Reichszersetzer, bolschewistische Frauenschänder, jüdische Parasiten« und unendlich viele mehr. Unter Fricks hassgeifernden Tiraden war die freie Rede im Reichstag zu einem unqualifizierten, gebrüllten Schlagabtausch geworden; ohne Beleidigungen und verbale Tätlichkeiten ging keiner seiner zahllosen Auftritte im höchsten parlamentarischen Gremium Deutschlands über die Bühne. Und jetzt, als Thüringischer Staatsminister, vervielfachte Frick noch seine Anstrengungen; jetzt verfügte er endlich über die Machtinstrumente, seine Vorstellungen von deutscher Kultur- und Bildungspolitik auch in die Tat umzusetzen. Seine polizeilichen Schützlinge aus früheren Tagen wurden in der Landespolizei etabliert oder – wie Belfort – an andere Dienststellen anderer Bundesländer befohlen; gleichzeitig wurden sozialdemokratische oder kommunistische Lehrer oder Bürgermeister diffamiert, bekämpft und abgesetzt. Verbote von Zeitungen und Theaterstücken oder von Schullektüre wie *Im Westen nichts Neues* folgten: Frick kämpfte an allen Fronten, und er ließ es sich zum Leidwesen seiner damaligen Zöglinge auch nicht nehmen, in unregelmäßigen Abständen zuverlässig persönlich vorstellig zu werden und seinen polizeilichen Hoffnungsträgern Druck zu machen, sich noch mehr und noch rigoroser für die gute, die nationalsozialistische Sache einzusetzen.

Der Boom der »Negermusik«, des »Kopulationsgesanges der Urwaldaffen« war ihm – ganz besonders in der Reichshauptstadt, die er als Fraktionsvorsitzender gut kannte – ein ständiger Anlass für wutschäumende Angriffe. Und dass Belfort, einer seiner fähigsten Männer, es trotz des gut bezahlten Postens bei der Kripo noch immer nicht zu nennenswerten Erfolgen in der Bekämpfung dieses kulturellen Grundübels gebracht hatte, brachte sein Blut in Aufruhr. Belfort verteidigte sich, so gut er konnte, ließ – ein polizeilicher Schnitzer – sogar den Namen des Hauptverdächtigen,

Jenitzky, fallen, der Frick sogar ein Begriff war – und kassierte eine solche Standpauke, dass die Knöchel seiner rechten Faust, mit der er den Telefonhörer umkrampft gehalten hatte, noch jetzt, eine gute Stunde danach, kalkweiß waren und schmerzten, als hätte er damit gegen eine Wand geschlagen.

Sándor Lehmann hatte es sich in aufreizender Gelassenheit auf seinem Platz bequem gemacht und – mütterlich umsorgt von Fräulein Wunder – eine erste und gleich darauf die zweite Tasse Kaffee getrunken. Wenn er, Belfort, Nerven zeigte, ging es Lehmann selbst offenbar gut; Belforts wütende Miene schien ihm einen kurzweiligen Tag voller Frohsinn und Kapriolen zu versprechen. Doch da stand Belfort auch schon vor Sándors Schreibtisch, kampfbereit und gewillt, die empfangenen Prügel beim kleinsten frechen Wort des Kollegen an dessen Buckel weiterzugeben.

Sándor Lehmann sah auf; Belforts Lausbubengesicht wirkte wie aus Holzäpfeln zusammengeklebt; eine starre Parodie eines Kindergesichtes, die nichts Gutes verhieß.

Genau besehen – Sándor musste das einräumen –, waren sie trotz sehr unterschiedlicher Lösungsansätze dem eigentlichen Ziel, der Überführung des Gasmörders in Person der Friedrichstädter Gastronomiegröße Jenitzky, noch keinen Schritt nähergekommen, und wenn an dessen betrunkener Selbstbezichtigung und der Ankündigung, eine Bombe zu zünden, etwas dran war, dann wurde allmählich die Zeit knapp, denn der stadtweite Kapellenwettbewerb im Café Jenitzky rückte schnell näher.

Sándor überlegte. Er ließ sich nicht gern in die Karten schauen, gerade wenn es um Ermittlungsmethoden ging, aber schließlich erklärte er seinem Kollegen Belfort doch, dass man einen dicken – einen wahrhaft dicken! – Fisch wie Jenitzky nun mal nicht kurzerhand mit der Angel an Land zog. Dem mussten sie einen Köder hinwerfen, der fett genug war. Belfort hatte Lehmanns kargen

Andeutungen mit einer arrogant verzogenen Miene zugehört, und jetzt fragte er, blass und schmallippig, aber offenbar ansatzweise interessiert:

»Und von welchem Köder sprechen Sie?«

Das lag eigentlich auf der Hand; Sándor seufzte. Der Mann war heute, wie sie im Wedding in falschem Französisch gern sagten, »schwer von Kapee«. Der Köder war natürlich Hallsteins Notizbuch, der wackelige Eintrag des Namens Jenitzky, der belegte, dass der ermordete Türsteher als letzte Notiz seiner letzten Schicht unmittelbar vor dem Gasangriff ganz offensichtlich eine Beobachtung festgehalten hatte, die mit dem Kneipenboss in Zusammenhang stand. Jenitzky ahnte sicherlich nichts von diesem Beweisstück, doch wenn er davon erfuhr, würde ihm sofort aufgehen, wie wertvoll die Kenntnis dieses Notizbuchs für einen Erpresser sein könnte – und wie belastend in den Händen jedes Richters. Er würde das Buch haben wollen, um jeden Preis, und wenn es einen Mitwisser gab, einen kleinen Polizisten, der von dem Eintrag wusste, dann war es besser, seinem Vergessen etwas nachzuhelfen. Dauerhaft nachzuhelfen, nicht etwa mit einem freundlichen und womöglich regelmäßig gezahlten Geldbetrag, sondern mit seinem vernickelten Single Action Colt von 1888, einem monströs wirkungsvollen Stück Handfeuerwaffe, das Jenitzky der Legende nach immer irgendwo in Reichweite hatte. Genau in diesem Augenblick würden sie den Kerl an der Gurgel haben, genau diese Falle würde den alten Sack ans Messer liefern.

Sándor wartete. Belfort schwieg eine Weile, dann sagte er mit einem trotzigen Unterton, der gut zu seinem verbiesterten Pausbackengesicht passte, nur:

»Das könnte klappen.«

Eine halbe Stunde später hatte man ihnen Hallsteins blutbeflecktes Notizbuch aus der Asservatenkammer heraufgebracht, und Sándor wählte mit einer Mischung aus Entschlossenheit und

| 185 |

Grimm die Fernsprechernummer eines vermutlichen Theodor, angeblichen August Jenitzky, eines mutmaßlichen Gasmörders, der nur noch überführt werden musste.

Im Nachhinein rief Sándor sich dieses Telefonat, dieses kurze Gespräch, immer wieder ins Gedächtnis, jedes Wort davon. Eine unspektakuläre, knappe Abmachung unter Männern; die Erwähnung eines Notizbuchs, eines Namens, eines Besitzers. Die Vereinbarung eines Ortes, einer Zeit. Keine Abschiedsworte. Wenn das Fräulein vom Amt mitgehört hätte, ihre wäre nichts Ungewöhnliches aufgefallen an diesem Gespräch, aber Sándor – der Mann ohne Intuition – konnte auf die Mikrosekunde genau den Zeitpunkt nennen, an dem die oberflächliche Freundlichkeit, die Gelassenheit ihrer Konversation einen ganz kleinen, irrationalen Sprung bekommen hatte wie ein winziger Riss am Rand einer Schellackplatte, der die Materialspannung für immer veränderte, und den Unterschied zwischen einem Tonträger mit Klang und einer bedeutungslosen Scherbe ausmachte. Jenitzky hatte das Gespräch mit einem Kronprinzen, einem Hoffnungsträger begonnen – und mit einem verlorenen Sohn beendet. Und weil er so ein Meisterblender war, so ein verdammt smarter Hund, hatte er den Übergang vom einen zum anderen, die kleine Millionstel-Schrecksekunde, so gekonnt überspielt, dass niemand mit weniger feinem Gehör etwas gemerkt hätte. Erpressung, das Wort fiel nicht, aber genau das hatte stattgefunden, und als Jenitzky begriff, worauf die Sache hinauslief, war alles anders, für immer. Noch bei ihrem Ausflug schien er für seinen Schutzengel, der ihn vor der Razzia gewarnt hatte, beinahe die Fürsorge eines Vaters empfunden zu haben – von jetzt an wünschte er Sándor nur eins: den Tod.

Nach Tod, nach tausendfachem Tod roch es in der Eldenaer Straße auch, oder eigentlich nach dem vergehenden Leben, der Auflösung von Muskelfasern, Knochen und Eingeweiden in der Kuttelwäscherei und der Talgschmelze. Der Zentralviehhof war ein gigantischer Umschlagplatz für Schlachtprodukte aller Art; ein Stadtteil im Stadtteil, zwischen Friedrichshain und Prenzlauer Berg gelegen. Und was für Tausende Rinder, Schweine und Hammel den unbarmherzigen, routiniert ausgeführten Tod bedeutete, gab Hunderten Menschen dafür sichere Arbeit selbst in den jetzigen Krisenjahren. Wer die Arbeiter in einer Pause an der Ecke zusammenstehen sah oder in der Kantine beim Mittagstisch beobachtete, meinte unwillkürlich, einen Trupp schwedischer Reiter, archaischer Landsknechte vor sich zu haben. Ellbogenlange Kettenhandschuhe trugen die Schlachter zu ihren blutbespritzten und schwarz getrockneten Kitteln und Schürzen; seltsam klobige Polsterung und dicke Filzkappen umhüllten die Männer, die drüben an den Bahngleisen in dem erst letztes Jahr gebauten, 5.000 Quadratmeter großen Kühlhaus arbeiteten.

Das Zuführen der Tiere über die Straße oder die Bahnschienen, die Stallanlagen, in denen das Vieh auf die Tötung wartete, die Schlachthallen mit ihren Hydrantenreihen, aus denen Unmengen Wasser entnommen wurde, um die Anlagen vor den gefürchteten Krankheitserregern zu schützen, selbst eine eigene blutverwertende Albuminfabrik – das alles war eine reibungslos aufeinander abgestimmte Ansammlung von Einzelgebäuden, die man hier am dünn besiedelten nordöstlichen Stadtrand je nach Bedarf erweitert hatte. Eine gelbe Backsteinmauer umgab alles, und die großen Eingangstore wurden bewacht wie die Reichsbank, denn Fleisch war in diesen Hungerzeiten ein kostbares und begehrtes Gut.

Sándor marschierte mit seiner Polizeimarke einfach durch den Haupteingang; Jenitzky war in den Markthallen bekannt wie ein bunter Hund und sollte ebenfalls ohne großes Aufgehaltenwerden auf das Viehhofgelände gekommen sein. Belfort und seine Handvoll Männer hatten größere Schwierigkeiten; sie wollten in dem von vielen Menschen bevölkerten Areal nicht auffallen und mussten getrennt durch kleine Tore, über Lieferstiegen und Seiteneingänge einsickern, ohne einen Aufruhr auszulösen – und die Schlachthofarbeiter hielten zusammen, wenn es um die »Schmiere« ging. Jenitzky hatte den Treffpunkt gut gewählt, obwohl er am Telefon so getan hatte, als wäre er ganz zufällig sowieso hier oben im Norden der Stadt, um für seine Restaurantküche ein paar schlachtreife Schweine auszusuchen, ein paar Kilometer Würste zu ordern.

Belfort jedenfalls musste seine verstreuten Fußtruppen erst wieder innerhalb des Geländes bündeln und koordinieren, und das dauerte eine Weile. So hatte Sándor ein paar Minuten Vorsprung, als er Jenitzkys unverwechselbare Silhouette durch die Glaswände der zentralen Markthalle ausmachte. Er trat durch das Eingangstor in das warm dampfende Gebäude, wo Männer mit Handkarren aneinander vorbeidrängelten, große Preistafeln wie in der Börse die aktuellen Fleischpreise anzeigten und in abgesperrten Gattern und Koben Hunderte von Tieren zum Verkauf und zur anschließenden Schlachtung bereitgehalten wurden. Jenitzky stand an einem Verschlag mit Rindern, krausköpfigen, dumm glotzenden Tieren, die mit ihren Kräuselhaaren und den massigen Schädeln wie eine lebendige Karikatur von Sándor selbst wirkten, der schon damals im Wedding immer »Kuhkopf« gerufen worden war und sich bei Jenitzkys Anblick verärgert an diesen alten Spottnamen erinnerte.

Jenitzky hingegen schien keine negativen Gefühle zu hegen; vollkommen versunken kraulte er den Kopf eines Rindviehs, und erst als Sándor unmittelbar neben ihm stand, sah er verträumt auf und lächelte.

»Da ist er«, sagte er zu dem Rind, »unser temperamentvoller Freund.«

Er wandte sich Sándor zu, und sein Blick war – gespielt, gewollt oder wirklich? – der eines Aufwachenden.

»Sie haben mir was zu lesen mitgebracht, Lehmann, stimmt's? Ich bin ganz begierig auf die Lektüre. Steht außen ein Preis auf dem Umschlag, wie bei einem Groschenroman? Ach, warten Sie, ich zahle Ihnen auf jeden Fall ...« Er schlug seinen ausgeleierten, sicher einmal sündhaft teuren Wollmantel auf und griff in die weit ausgestellte Hosentasche.

In diesem Moment ging alles ganz schnell.

Sándor, der mit dem legendären 1888er rechnete, machte einen Satz über das Gatter und fand sich unversehens neben dem irritiert aufblökenden Jungbullen wieder. Im selben Augenblick kamen von zwei Seiten gleichzeitig Belfort und seine Männer über ein Laufgitter hoch über den Marktständen gerannt, und Sándor, der das Gescheppere auf den Gitterrosten hörte, sah hinauf und schrie:

»Belfort, nein!«

Doch sein Kollege, der die Waffe schon beim Laufen in der ausgestreckten Hand hatte, hörte nicht auf ihn; er feuerte sein ganzes Magazin auf den Mann im anthrazitfarbenen Wollmantel ab, ohne auch nur einen Warnruf abgegeben zu haben.

Jenitzky hatte sich in der Sekunde, in der Sándor gerufen hatte, ohne zu zögern, vor dem Rundholzgatter auf den Boden geworfen und außer Schussweite gerollt, und so war es das Rind, das für die im Laufen viel zu ungezielt abgegebene Polizeimunition den Kugelfang abgeben musste. Das Tier blieb noch ein paar Sekunden zitternd und glotzend stehen und brach dann mit den Vorderläufen zuerst tot zusammen.

Die Schüsse und ihr Echo verstummten; Belfort kam die Stahlleiter heruntergepoltert, und Sándor sah auf den am Boden liegenden Jenitzky hinab, dem beim Sturz der monströse Nickelrevolver aus der Manteltasche geflogen war, während er in der Hosentasche allerdings wahrhaftig nach einem Bündel mit Geldscheinen gekramt hatte, die er jetzt noch immer in der verkrampften Hand hielt.

»Jenitzky, ich nehme Sie fest wegen des Verdachts des mehrfachen Gasmordes.« Sándors Stimme war wutschnaubend und hart, aber wütend war er nicht auf den Mann, dessen Name in Hallsteins Notizbuch stand, sondern auf seinen Kollegen Belfort, der diese überfällige Festnahme um Haaresbreite mit ein paar tödlichen Kugeln abgekürzt hätte und der jetzt kalt starrend mit seinem ausdruckslosen Puppengesicht neben dem verendeten Bullen stand.

PHANTOME TANGO

Gennat, der Dicke von der Mordkommission, Sándors Chef, hatte weit ausgeholt, und zwar mit der Kuchengabel. Seine Geste umfasste die ganze Welt, mindestens Berlin oder den Alexanderplatz, der draußen unterhalb ihres Fensters lag und in der Mittagssonne flirrte und glitzerte, nachdem gerade ein kurzer Sommerregen niedergegangen war und die Straßen mit Duft erfüllt hatte und die Pfützen mit spiegelnden Bildern eines blauen Himmels und hektisch zerrissenen weißen Wolkenfetzen.

»Wahre Verbrecher, wirkliche Scheißkerle, sind selten«, dozierte Gennat, »ich meine, Verbrecher in einem neuen, modernen Sinne, intelligente Verbrecher, informiert wie Unternehmer, wendig, schlau, vor allem: mobil und immer auf Achse.«

Er deutete mit dem Daumen der Rechten hinter sich in ein Bücherregal, in dem Dutzende winziger gerahmter Porträtfotos standen, die man auf den ersten Blick für Familienfotos hätte halten können – einer Familie allerdings, der das Fotografiertwerden durchgängig keinen Spaß gemacht hatte. Es handelte sich um die übelsten Burschen – eine Frau war auch darunter –, die Gennat in seiner fast dreißigjährigen Laufbahn zur Strecke gebracht hatte.

»Sehen Sie sich den Schönheitswettbewerb hinter mir an, Lehmann. Der Metzger da rechts hat dreizehn Leute auf dem Gewissen – und keiner von ihnen wohnte mehr als dreihundert Meter von seiner Metzgerei entfernt. Oder der Typ mit dem Menjoubärtchen da links: Was er getan hat, und er hat wirklich schlimme Dinge getan, das hat er mit einem komischen kleinen Stilett gemacht, eigentlich einem Brieföffner in Türkensäbelform. Hat sehr charakteristische Wunden gerissen, das verfluchte Ding, und er hatte es immer dabei. Im Schwimmbad am Lochowdamm ist es ihm in der Umkleidekabine aus der Hosentasche gefallen, das hat der Mann in der Nachbarkabine gesehen, und das war's. Das sind keine Verbrecher, Lehmann, das sind Stümper, Kleinbürger mit einer Marotte, keine große Aufgabe für unsereins.«

Er bot Sándor ein Stück Stachelbeertorte an, und als der ablehnte, aß er es selber. Ernst Gennat musste mit der Kuchengabel in der Hand auf die Welt gekommen sein.

»Wie lange mache ich diese Arbeit, fünfundzwanzig Jahre, sechsundzwanzig. Es waren immer die gleichen Leute, auf die ich gestoßen bin, durchschaubare, kleinliche Kreaturen. Genau das macht ja eine effektiv arbeitende Kriminalpolizei so erfolgreich: dass das ganze Verbrechen nach einem immer gleichen Schema abläuft und sie sich darauf einstellen kann. Einer überfällt einen Schmuckladen: zu neunzig Prozent in seiner eigenen Nachbarschaft. Frag hundert Zeugen, und zwei kennen den Mann. Schick zehn Männer durch die Kneipen, und einer berichtet über irgendeinen armen Schlucker, der plötzlich die Spendierhosen anhatte, einen Abend nur, aber immerhin. Umstell das Haus, aber lass vorher unbedingt das Gas abdrehen: Denn zwei von zwanzig dieser Typen stecken den Kopf in den Gasofen, wenn du unten an der Tür klingelst.«

Sándor hatte fasziniert zugehört, trotzdem wagte er eine Zwischenfrage:

»Ist der Femina-Gasmörder also einer aus der Nachbarschaft? Oder ein enttäuschter Kellner, der gefeuert wurde?«

Gennat schüttelte den Kopf.

»Nein. Der wäre da geblieben, wo Kellner hingehören, hinter dem Tresen. Er hätte die Küche angezündet oder den Mann mit dem Kassengeld überfallen, aber an den Gästen hätte er sich nicht vergriffen, niemals. Kellner – noch die schlechtesten unter ihnen – haben einen Ehrenkodex; sie verachten die Gäste, aber gleichzeitig sind sie ihnen heilig. Nein, der Femina-Mörder gehört zu einer ganz neuen Kategorie des Verbrechens … oder eigentlich sollte ich sagen: zu einer ganz neuen Art Mensch, die mir nicht nur in der Kriminalistik große Sorgen macht. Die Entwurzelten. Die Heimatlosen. In der Politik gibt es sie auch. Chamäleons, die du auf eine Rednertribüne stellen kannst und die sofort die Massen faszinieren, weil sie instinktiv fühlen, was die Masse in der nächsten Sekunde hören will. Und weil sie keine eigenen Ansichten oder Prinzipien haben, sagen sie, was die Masse von ihnen hören will. Stell sie in einen Demonstrationszug, und sie werden ihn anführen, ohne dass der Zug merkt, wer ihn führt. Gib ihnen Gesetzesmacht, und sie werden sofort mit der Arbeit anfangen und alles ganz anders machen. DIESE Art Mensch gibt es unter den Kriminellen auch, und sie ist neu, neu und beunruhigend.«

Gennat beugte sich vor, und seine ohnehin nicht ganz frische Krawatte schlappte über den Kuchenteller.

»Die neuen Kriminellen haben keinen Heimathafen«, raunte er Sándor zu, der die Ohren spitzte, »sie haben keinen Plan, keine Lieblingsmethode. Sie können improvisieren, und wenn sich ein Vorteil ergibt, sind sie da. Sie verlassen ihr Revier oder haben keins, und wenn ihnen Hamburg zu heiß geworden ist, machen sie in Köln weiter oder in Berlin.«

Sándor nickte.

»Der Verbrecher als Unternehmer ... Also könnte es Jenitzky gewesen sein? Haben Sie mich deshalb rufen lassen?«

»Sie ... rufen?« Gennat staunte, schüttelte den Kopf. »Ich dachte, Sie wären von sich aus hier, um sich Rat zu holen, wie ich in der Sache weiter vorgehen würde. Wer hat Ihnen denn meine angebliche Bitte überbracht?«

Sándor begriff schlagartig und sprang auf. Belfort hatte ihn mit seiner Meldung, der Alte wolle ihn sehen, von einem ganz anderen Ort fernhalten wollen: dem Verhörkeller, wo sie sich in ebendieser Minute den inhaftierten Jenitzky vornehmen würden – eine Prozedur, bei der sie ihn ganz offenbar nicht dabeihaben wollten ...

Gennat war ein dicker Mann im klassischen Sinne, ein ruhender Buddha, der an Bewegung – an persönlicher Bewegung seines Körpers – kein gesteigertes Interesse hatte und sich stattdessen auf die Bewegungen seines überaus athletischen Geistes konzentrierte. Jenitzky war ganz anders. Auch er wäre auf der Straße als dick aufgefallen, und es waren Zeiten, in denen ein dicker Mensch gelegentlich den Zorn der Passanten auf sich zog, weil dick zu sein eine Anmaßung war in Jahren des Hungers. Aber Jenitzkys Korpulenz war nur die gute Polsterung um einen Körper aus Stahl oder aus Hartgummi, und sein Wille stand dem Umfang seines Leibes kaum nach. Belfort musste schnell feststellen, dass sein Gefangener sich von seinem lautstarken Anpöbeln, seinen Drohungen oder Beleidigungen nicht einschüchtern ließ. Selbst in diesen Disziplinen war er viel zu gut. Jenitzky ging auf keine Provokation ein, erwiderte nichts zu seiner Verteidigung und machte sich nicht die Mühe, auch nur die frechsten Beschuldigungen zu widerlegen. Und als Belfort – oder zunächst der dicke Schmitz, aber dann zunehmend er selbst – den verbalen Angriffen körperliche Tätlichkeiten folgen ließ, schienen ihn die ebenfalls nicht sonderlich zu interessieren. Natürlich war auch seine Haut aus Haut gemacht und sein Fleisch aus Fleisch; unter Belforts mit sadistischem Schwung ausgeführten Schlägen platzten Augenbrauen auf, dünnere Hautpartien über den Wangenknochen wurden rot und blau, und Jenitzkys Lippe hatte einen Riss und blutete.

Jenitzky schien weit weg zu sein während dieser Behandlung; er hatte sich in eine innere Festung zurückgezogen tief drin in diesem großen Schutzschild von Körper, und das brachte Belfort erst recht zur Weißglut und ließ ihn seine Anstrengungen verdoppeln. Er wollte ums Verrecken ein Geständnis von diesem Mann. Er wollte, dass der Sauhund zugab, es gewesen zu sein – ganz egal, ob er es nun tatsächlich gewesen war oder nicht. Er wollte Jenitzkys unbeugsamen Willen brechen, um jeden Preis. Verbissen und fluchend arbeitete er an diesem Ziel, und die Zeit verging so langsam, wie Zeit nur unter extremen Schmerzen vergeht, unter brutaler Gewalt.

Gegen 16 Uhr sah Jenitzky – sein Gesicht eine einzige malträtierte Verwüstung, und ganz sicher konnte er die vier Kirchturmschläge von der Marienkirche nicht hören, die nur schwach hier herunterdrangen in die schlecht gelüfteten, immer kühlen Verhörräume – kurz auf. Er mochte alle Türen der Wahrnehmung hinter sich zugeschlossen haben, um den Schmerz und die Quälerei nicht durchzulassen bis in das innerste Selbst – aber etwas an Belforts Verhalten musste ihm gesagt haben, dass eine Wendung eingetreten war. Dass er nicht mehr nur ein Geständnis erzwingen wollte, sondern dass er ihn notfalls töten würde. Töten, um Jenitzky wenigstens die Möglichkeit zu nehmen, nach diesem Verhör weiter zu behaupten, er habe nichts zu tun mit der ganzen Angelegenheit, er habe ganz eigene, ganz andere Ziele verfolgt.
Töten, Totschlagen, war auch für einen geschulten, trainierten Polizisten wie Belfort keine Selbstverständlichkeit, die er mit wachem Bewusstsein kaltblütig hätte durchführen können. Er selbst war – weiterprügelnd, reißend, rempelnd – in einen Zustand gefallen, der dem von Jenitzky gar nicht unähnlich war, eine Abkapselung, eine geistige Verschlossenheit, die so hermetisch war, dass man ihm selbst einen derben Schlag verpassen musste, ehe er bemerkte, dass eine ganze Gruppe von Menschen sich in den Verhörraum gedrängt hatte; sein Kollege Lehmann – kreidebleich vor Wut oder Scham – allen voran; gefolgt von den Rechtsanwälten, die schon neulich nachts seine Razzia so empfindlich gestört hatten, und einer jungen Frau, die er erst nicht einordnen konnte und schließlich doch als die neue Sängerin aus der Kapelle von Julian Fuhs, Bella, erkannte. Was wollte dieses Niggerjazzflittchen hier unten im Verhörraum? Bella schrie gellend und beruhigte sich erst, als drei Schutzpolizisten den übel zugerichteten

Jenitzky hinauf in das Büro des Vizepolizeipräsidenten Bernhard Weiß gebracht und provisorisch verarztet hatten.

Belfort spürte den Griff seines Kollegen Lehmann am Oberarm, als der ihn schweigend aus dem Keller nach oben führte, und es war kein kollegialer Griff, sondern einer, der sich bei einer Festnahme sicher auch nicht anders anfühlte.

RHAPSODY IN BLUE

Bernhard Weiß war wie Gennat ein Kripomann durch und durch, ein Mann, der sich aus der polizeilichen Praxis an die Spitze der gesamten Berliner Polizei gearbeitet hatte und für seine Vision einer modernen, der Wissenschaft verpflichteten Kriminalpolizei in seinem Haus keine unrechtmäßigen Methoden duldete oder zumindest keine Maßnahmen wie die, deren Spuren er nun ausgiebig auf Jenitzkys Gesicht studieren konnte. Gleich nach dem Krieg war Weiß zur Kriminalpolizei gestoßen, und in einem Dutzend Dienstjahren hatte er die Polizeiarbeit gründlich ausgelotet – ihre Chancen, aber auch ihr Versagen. Trotz seiner Herkunft aus dem jüdischen Großbürgertum war Weiß nicht zimperlich, und Sándor hatte ihn als harten Realisten kennen- und schätzen gelernt. Über die polizeiliche Arbeit machte Weiß sich keine Illusionen – sie hatten es mitunter mit harten Kerlen zu tun, und wenn man die nicht seinerseits hart anfasste, dann tanzten sie einem auf der Nase herum. Von erzwungenen Geständnissen, von Toten in der Untersuchungshaft allerdings hielt Bernhard Weiß nichts; aus menschlichen Gründen nicht – und aus kriminaltaktischen Gründen erst recht nicht.

Deshalb war seine Wut über die Vorfälle im Verhörkeller keine gespielte als Reaktion auf die Anwesenheit der beiden prominenten Anwälte in seinem Büro; er weinte keine Krokodilstränen, sondern er war wirklich scheißwütend – auf Belfort, einen Neuling, den er noch nicht kannte und der mit seinem Verhalten die ganzen Ermittlungen diskreditierte und wertlos machte.

Also hatte er die ganze Bagage in sein Büro geordert, um sich anzuhören, was da genau vorgefallen war – und um, auch angesichts der Wirkungskraft der Anwälte, die Sache gar nicht erst hinter verschlossenen Türen abzuhandeln, sondern am besten gleich mit offenen Karten zu spielen, um Schaden vom ohnehin nicht guten Ruf der Kriminalpolizei abzuwenden.

Schaden genommen hatte allerdings in erster Linie Jenitzky, der trotz der Verarztung noch heftige Schmerzen haben musste. Doch der Mann, der eben Belforts Folterkeller entronnen war, war die Selbstbeherrschung in Person, ein grimmiger Granit, der mit dem Alleinunterhalter und lebensfrohen Clown, den Sándor auf der Bühne gesehen hatte, nicht das Geringste gemein hatte. Überhaupt schien, Bella ausgenommen, Selbstbeherrschung das Gebot der Stunde zu sein. Belfort gab sich jedenfalls alle Mühe, die Fassung zu bewahren, und verteidigte sich nach Leibeskräften gegen die Kritik des Vizepolizeipräsidenten. Sándor wusste schon im Voraus, was er herunterleiern würde – das Verhör eines dringend Tatverdächtigen, eines mutmaßlichen Massenmörders und professionellen Schwerkriminellen sei nun mal kein Kaffeekränzchen; Jenitzky habe randaliert, ihn mehrfach tätlich angegriffen und sei nur mit Gewaltandrohung und schließlich unter Anwendung körperlichen Zwangs zur Ruhe zu bringen gewesen.

Die Anwälte baten um das Wort und verlangten detaillierte Auskunft darüber, was ihren Mandanten in den Augen der Kriminalpolizei zu einem dringend Tatverdächtigen mache.

Belfort brauste auf.

»Was wollen Sie sehen? Beweise? Indizien? Stehen wir hier schon vor Gericht, erwarten Sie ein scharfzüngiges Plädoyer der Anklage? Meine Herren, das hier ist Polizeiarbeit; Sie müssen nichts davon verstehen, aber Sie sollten zumindest erlauben, dass ich sie so mache, wie ich sie zu machen gelernt habe. Wir sind mitten in den Ermittlungen, und ich werde einen Teufel tun, Ihnen zu diesem Zeitpunkt ...«

»Belfort«, unterbrach ihn Bernhard Weiß mit einer Stimme, die an Sachlichkeit nichts zu wünschen übrig ließ und doch unnachgiebig war und vollkommen entschlossen, »ich würde vorschlagen, dass Sie uns an Ihrem geheimen Ermittlungswissen wenigstens in groben Zügen teilhaben lassen, und zwar möglichst sofort.«

Sándor räusperte sich beschwichtigend, und Belfort starrte den Vizepräsidenten an, als hätte er ihn eben zum Selbstmord mit seinem Dienstrevolver aufgefordert; ungläubig, fassungslos über die fehlende Rückendeckung, zutiefst verstört.

»Herr Vizepräsident, ich soll diesen jüdischen Handlangern eines ...«

»Belfort!« Weiß' Ton war hart und trocken wie ein Schuss.

Der Angesprochene drehte sich mit mahlenden Kieferknochen zu Sándor um und forderte:

»Gib ihnen das Notizbuch.«

Sándor war sich nicht bewusst, dem Kollegen das Du angeboten zu haben, und fand den Befehlston eine Frechheit. Aber der Mann saß in der Bredouille und nutzte offenbar alles, was ihn als Herrn der Lage erscheinen ließ. Also zog er Hallsteins Notizbuch aus der Manteltasche, das in ein dünnes Fliestuch eingeschlagen war, und legte das blutbespritzte Beweisstück auf den Tisch des Polizeichefs.

Weiß war noch immer Praktiker genug, um sich von dem martialischen Anblick der Kladde nicht beeindrucken zu lassen, und schlug die verklebten Seiten, wo es ging, auf.

»Namenslisten ... Prominente, Schauspieler ... ein Schriftsteller – oh, und ein paar polizeibekannte schwere Jungs. Interessante Mischung. Was ist das? Lassen Sie mich raten – Hehlerei?«

Belfort nickte energisch, als würde schon allein dieses Wort alles erklären.

»Ja, Hehlerei. Das Notizbuch eines Vergesslichen. Der Besitzer des Buchs, Hallstein, war Türsteher in der Femina – und betrieb nebenbei einen florierenden Hehlereibetrieb. Was in der Femina abhandenkam, und das war jeden Tag eine ganze Menge, tauchte bei ihm wieder auf, wurde an Sammler weiterverkauft oder – wenn es ein Erbstück war oder ein Mensch des öffentlichen Lebens, der keine schlechten Schlagzeilen über sich wünschte – mitunter sogar an den Bestohlenen selbst. Gegen einen üppigen Finderlohn, versteht sich. Das Notizbuch listet sie alle auf; Lieferanten, Käufer, Bestohlene. Die letzten anderthalb Seiten stammen vom Abend des Gasangriffs auf die Femina. Ein ganz normaler Abend, möchte man meinen; das Geschäft lief nicht schlecht an. Aber sehen Sie mal, wen der Türsteher als letzten Eintrag notiert hat, bevor die Bombe hochging!«

Weiß blätterte bis zum Ende der Eintragungen vor und las: »Jenitzki.«

Belfort triumphierte.

»Jenitzky! Warum notiert der Mann ein paar Minuten vor dem Verbrechen des Jahres diesen Namen?«

Weiß ließ sich nicht gern auf die Folter spannen, und auch Jenitzky selbst gab ein unwilliges Brummen von sich; sein erstes Lebenszeichen seit ihrem Zusammentreffen.

»Ja, warum? Haben Sie den Mann, Hallstein, befragt?«

Sándor räusperte sich; Belfort zog eine Augenbraue hoch.

»Das hätten wir gern, aber bevor wir diesen Burschen festnehmen konnten, ist er getürmt – und vor unseren Augen ins Messer eines Mörders gelaufen. Ja, mit einem wie Jenitzky legt man sich nicht an, der hat einen langen Arm!«

Die beiden Rechtsanwälte protestierten; Jenitzky machte eine schwache Bewegung, so als wollte er aufstehen, doch Weiß bat um Ruhe und ließ Belfort fortfahren. Der Pausbackige redete eifrig weiter.

»Warum hat Hallstein Jenitzkys Namen notiert? Der Mann selbst war nicht in der Femina; ich war zur Tatzeit mit Ermittlungen dort beschäftigt und hätte ihn sicher bemerkt.«

Weiß blickte auf und wollte offenbar eine Zwischenbemerkung fallen lassen, hielt sich dann aber zurück. Sándor kniff die Augen zu Schlitzen zusammen und warf einen Blick auf den Kollegen. Belfort fuhr fort.

»Nein, Jenitzky hat sich nicht selbst die Finger schmutzig gemacht und die Gasgranate in den Tanzpalast geschmuggelt, dafür hat er seine Leute. Und weil Hallstein – Kollege Lehmann hier hat das ermittelt – früher im Umfeld von Jenitzky gearbeitet hat, kannte er die Handlanger und Befehlsempfänger von Jenitzky ganz genau. Er hat in seinem Merkbuch notiert, dass einer von Jenitzkys Leuten in der Femina aufgetaucht ist, weil das etwas Besonderes war, etwas sehr Verdächtiges … Und wie wir sehen, hat der Mann einen guten Riecher gehabt.«

Belfort hatte das Notizbuch wieder an sich genommen und klappte es zu.

»Nur für seine eigene Sicherheit hätte er etwas intensiver sorgen müssen.«

Belfort sah sich triumphierend um. Jenitzky hockte wieder reglos und starr in dem Lehnstuhl, in den die Sanitäter ihn gesetzt hatten; er wirkte würdevoll und maskenhaft wie einer der vergoldeten Sarkophage, die Howard Carter in den Zwanzigern im Tal der Könige ausgegraben hatte. Die Rechtsanwälte dagegen schienen die vorgetragenen Vermutungen nicht einfach hinnehmen zu wollen; einstweilen allerdings waren sie mit eifrigen Notizen in ihren kleinen schwarzen Notizbüchern beschäftigt, über die sie sich verkrampft und missbilligend beugten. Und Weiß, Bernhard Weiß, der Vizepolizeipräsident, hatte immerhin den Ausdruck von Zorn aus seinem Gesicht verloren und schien intensiv nachzudenken; Sándor sah, dass Belfort sich darüber freute, tief einatmete und es genoss, die Aufmerksamkeit von seinen eigenen Tätlichkeiten gegen Jenitzky abgelenkt und den alten, abgebrühten Nachtclubkönig wieder in den Fokus gebracht zu haben – bis sein Blick auf Bella fiel.

Denn Bella, die vorhin noch außer sich gewesen war, als sie unten im Keller Zeugin der Misshandlungen an Jenitzky geworden war, hatte die letzte Viertelstunde zusammengekauert und wortlos an ihrem Platz gesessen, doch jetzt – auch Sándor traute seinen Augen nicht – jetzt krümmte sich die junge Frau wie von fürchterlichen Schmerzen geschüttelt, schnappte japsend nach Luft und prustete hohnlachend los.

»Armer Onkel Hallstein …« Bella schüttelte mit einem letzten, galligen Auflachen ihren Kopf und starrte mit wilden Augen in die Runde. »Schlimm genug, zu Tode gejagt und abgestochen worden zu sein, aber nun auch noch den Belastungszeugen abgeben zu müssen für meinen armen Paps – das hat er nicht verdient!«

Onkel? Paps? Sándor starrte Bella an, als wäre sie jetzt gänzlich übergeschnappt; doch die Jazzsängerin wartete gar nicht erst auf dumme Fragen und bezeichnete die versammelte Männerriege als Schwachköpfe.

Weder Belforts Folterkeller noch die scharfsinnige Kriminalwissenschaft von Sándor, Weiß und Konsorten hatte sie allesamt der Wahrheit nähergebracht – musste sie diesen Holzköpfen wirklich alles haarklein selbst erklären? Ganz von Anfang an? Dass sie, Bella, die Jazzsängerin aus der Kapelle von Julian Fuhs, Jenitzkys leibliche und einzige Tochter war – das kleine Mädchen, das er nach dem Tod ihrer Mutter notgedrungen zu sich genommen und großgezogen hatte mitten in dieser verrückten, verzweifelt feiernden, verbrecherischen Kneipenwelt Berlins? Bella nestelte zur Bestätigung ihrer Aussage eine Abschrift ihrer Geburtsurkunde aus einem kleinen, bestickten Umhängetäschchen, in der sie nicht Bella, sondern vollständig Amalie Annabelle Jenitzky hieß.

Sándor machte ein wütendes Gesicht bei dieser Eröffnung; aber hatte er selbst es für nötig befunden, sie bei ihrem Tête-à-tête im Hausboot auch nur nach ihrem Nachnamen zu fragen? Und hatte er nicht selbst auch reichlich Verstecken gespielt und war erst spät mit seiner polizeilichen Identität hinter dem riesigen roten Schnurrbart herausgerückt?

Ja, sie war Jenitzkys Tochter, und nicht nur der Hehler Hallstein, sondern eine ganze Armada schwerer Jungs hatten regelrecht onkelhafte Gefühle ihr gegenüber, auch wenn die junge Frau ihre Kindheit schon einige Jahre hinter sich hatte. Im Grunde fand sie »Papas wilde Freunde« eher kurios als gefährlich, und dass die Kerle jeden ihrer Schritte sofort dem alten Herren meldeten, war absolut inakzeptabel. Was nicht hieß, dass der »arme Onkel Hallstein« sein trauriges Schicksal verdient hätte, aber Jenitzky jedenfalls hatte absolut nichts damit zu tun. Der vergessliche Hallstein hatte den Namen notiert, um dem Exboss am nächsten Tag brühwarm (und gegen ein angemessenes Handgeld) zu hinterbringen, dass seine Tochter Bella die Nächte nicht brav zu Hause mit romantischen Romanen und Handarbeiten zubrachte, sondern auf einer der großen Bühnen der Stadt dem Publikum schöne Augen machte. Sehr schöne Augen sogar, wie Sándor fand.

»Kannte Julian Fuhs deinen Namen?«, wollte Sándor Lehmann wissen, und Bernhard Weiß entging keineswegs, dass Sándor die junge Frau duzte.
Bella schüttelte den Kopf. Das war doch genau ihr Plan, dass Julian und die »Follies« – derzeit vielleicht die erfolgreichste Jazzkapelle der Stadt – nicht ahnten, wer sie war, sondern sie wegen ihres Gesanges in die Band holten. Hätte der Bandleader sie überhaupt angeheuert, wenn er geahnt hätte, dass sie Jenitzkys Tochter war? Das war fraglich; Fuhs wollte unabhängig bleiben, sich nicht binden, schon gar nicht an die Tochter des umstrittensten Kneipenkönigs dieser Stadt. Die Angst, vom ernsthaften Jazzkapellmeister zum ausgenutzten Pausenclown zu werden – ein Weg, den schon viele Bandleader gegangen waren –, hätte ihn zweifellos von einem Engagement Bellas absehen lassen.
Und wenn Paps zu früh von der Sache erfahren hätte – Ihr zärtliches Wort »Paps« schien das in Mullbinden gewickelte Urgestein im Lehnstuhl zu rühren, und ein dumpfes, gebrochenes »Bella«

kam zurück aus den Tiefen der Gesichtsbandage –, wenn Paps mitbekommen hätte, was sie vorhatte, wäre ihm das nicht recht gewesen.

Er war, wie alle Väter waren, denen bei der Kindeserziehung keine Frau beistand, und Witwer war er schon sehr kurz nach Bellas Geburt geworden: Er war überbesorgt, despotisch, eifersüchtig und hätte seine heranwachsende Tochter am liebsten unter Aufsicht in ihrer gemeinsamen Wohnung eingeschlossen, um sie von den Gefahren dieser mörderischen Großstadt fernzuhalten, statt zuzulassen, dass sie sich ein paar Jazzkapellen angelte und ihr Kleingeld (von dem es im väterlichen Haushalt auch in schlechteren Zeiten immer noch mehr als genug gab) als Jazzsängerin verdiente.

»Was heißt ›ein paar Jazzkapellen‹?«, wollte Sándor wissen, also rückte sie mit der ganzen Wahrheit heraus: dass sie sich nicht eine Jazzkapelle geangelt hatte. Sondern DREI Jazzkapellen, genauer gesagt: die drei derzeit populärsten Combos der Stadt. Bellas Stimme bekam einen trotzigen Unterton, das merkte sie selbst, als hätte dieser halbe Bulle und halbe Klarinettist sie eben beim dritten Stück Buttercremetorte erwischt, aber verdammt noch mal, so war es doch: Wer sie hörte, der wollte sie haben; war es nicht ihre Sache, für wen sie sang?

Sándor war offensichtlich perplex. Der Bulle mit der Klarinette mimte die Mimose, Bella zuckte gleichgültig die Achseln. Unter männlichen Musikern war es ganz üblich, sich gegenseitig mal ein paar Blechbläser auszuleihen oder einen Schlagzeuger, und namentlich die großen Solisten tourten nonstop durch die ganze Stadt und hatten minutenweise abgerechnete Engagements in etlichen der großen Kapellen, oft am selben Abend, ja, im selben Lokal. Wenn sie als Sängerin das Gleiche tat, war sie … untreu? In was für Zeiten lebten sie eigentlich?

»Für wen singst du noch?«, wollte Sándor wissen.

»Fud Candrix … und Widmann.«

Sándor starrte sie an und schüttelte den Kopf; Bella hielt dem Blick stand. Widmann war der Erzkonkurrent von Julian, jeder wusste das. Sie würde Ärger kriegen. Hätte denn nicht eine Jazzband gereicht? Was sollte das Herumtingeln? Sie konnte die Vorwürfe schon hören.

Bella zog gespielt schuldbewusst die Schultern hoch, warf dann schnippisch die Haare in den Nacken und deutete auf den bandagierten Patienten neben sich.

»Es ist … für Paps. Für seinen Kapellenwettbewerb. Der muss ein Erfolg werden, um seinen Laden zu retten, und das wird er nur, wenn die ganz großen Namen auf der Bühne stehen. Also habe ich mich in diese drei Bands hineingesungen und überall ein bisschen Überzeugungsarbeit geleistet. Ihr macht euch keine Vorstellung, was für eine Arbeit das war … diese Herren Jazzmusiker sind allesamt große Diven und müssen praktisch zu ihrem Glück verführt werden.«

Sándor hatte die Hände vors Gesicht gelegt; Bella lächelte kühl. Ihre Eröffnungen schienen ihrem nächtlichen Begleiter absolut nicht zu gefallen. Sie konnte sich vorstellen, wie die Fragen durch seinen hohlen Kopf kollerten – hatte Bella ihn in der Nacht im Hausboot nur von der Teilnahme an Jenitzkys Wettbewerb überzeugen wollen? Und bei wem hatte sie das noch auf die gleiche Weise versucht? Bella atmete aus. Die Männer um sie herum schüttelten schwerfällig die Köpfe, nur ihr Vater grunzte zufrieden unter den Bandagen.

Jenitzky selbst war nicht überrascht; natürlich hatte er das alles längst gewusst. Einen wie ihn, ein Fossil des Berliner Nachtlebens, konnte man so leicht nicht hinters Licht führen; und in Wirklichkeit hatte ihn Bellas Erfolg in Berlins Musikwelt gerührt und begeistert. Hallstein war nicht der einzige Aufpasser in Jenitzkys Diensten gewesen, der für jede Sichtung der flüggen jungen Dame einen Zehner erhielt. Natürlich war er als Vater, wie hatte Bella es genannt: despotisch, überbesorgt und eifersüchtig. Daran würde sich nichts ändern, solange er lebte. Aber immerhin bewegte seine Tochter sich in seiner Welt, in einem Bereich, den er kontrollierte und überblickte. Im Übrigen hatte Jenitzky nur sehr kurz über Bellas Ambitionen nachdenken müssen, um zu dem Ergebnis zu kommen, dass er ein bisschen Schützenhilfe für seinen Wettbewerb gut brauchen konnte. Insgeheim hatte er noch einen ganz anderen Plan entwickelt, von dem er Bella nichts erzählt hatte. Wenn der große Kapellenwettbewerb steigen und das Publikum die beste Jazzband der Reichshauptstadt gewählt haben würde – und er hatte lang genug mit Taschenspielern jeder Couleur zusammengearbeitet, um sehr genau zu wissen, wie man eine Abstimmungsurne so auszählte, dass das Ergebnis herauskam, das man selbst dabei erzielen wollte; obendrein hatte sie sich ja auch zielsicher die drei Favoriten ausgesucht –, dann würde er, Jenitzky, von der Bühne herunter und ins Blitzlichtgewitter der Pressereporter hinein enthüllen, dass die bezaubernde Sängerin, die mit ihrem großen musikalischen Talent dieser Kapelle den Sieg geschenkt hatte, niemand anders als Bella Jenitzky, seine eigene Tochter, war. Damit wäre die Sensation perfekt, ein Bomben-Knalleffekt zu später Stunde, der tags darauf die Schlagzeilen beherrschen würde und ihm auch für die kommenden Jahre ein allzeit volles Haus bescheren würde, solange der Star des Hauses, Bella, nur ab und zu bei ihm – und nur bei ihm! – auf der Bühne stand.

Das, und nur das, war die Bombe, die Jenitzky in der Nacht des Wettkampfes der Kapellen hochgehen lassen wollte, und schon hier im Polizeipräsidium schlugen die Enthüllungen ein – bei Weiß, bei Sándor und auch bei Bella, die ihren Vater mit in die Seiten gestemmten Fäusten kopfschüttelnd anstarrte.

Die Anwälte, die diesen ausgeklügelten Plan mit nüchternen Worten allen Anwesenden vorgetragen hatten, verlangten erneut und mit Nachdruck Jenitzkys umfassende Rehabilitation, und Sándor musste sich von Bella auch noch das Zugeständnis entringen lassen, dass sein Beweisstück »T« – das Tango-Notenblatt, das er in Jenitzkys Automobil gefunden hatte – wohl ganz offensichtlich von ihr stammte. Und dass Jenitzky Hallsteins Aufzeichnungen nicht in fremden Händen wissen wollte und dafür notfalls auch etwas bezahlte, verstand sich ebenfalls von selbst – bis zum Kapellenwettbewerb sollte die Identität der jungen Sängerin nun mal absolut geheim bleiben.

Sándor hatte keinen Zweifel mehr; Bellas Geschichte stimmte. Er hatte sich auf ihre Zuneigung etwas eingebildet, stattdessen hatte sie ihn an der Nase herumgeführt, um seine kritische Stimme in Julians Band zu entschärfen, ihn zu entwaffnen mit den Waffen einer Frau. Er hasste diesen Ausdruck.

Sándor warf einen Blick auf den mit einer hochgezogenen Augenbraue dasitzenden Vizepolizeipräsidenten; Bernhard Weiß war offenbar fassungslos über so viel fehlende Professionalität. Draußen lief ein gemeingefährlicher Gasmörder herum, und seine übereifrigen Polizeibeamten droschen aus judenfeindlichen Ressentiments den erstbesten Verdächtigen halbtot, statt die simpelsten Spuren auf ihre Stichhaltigkeit zu überprüfen und ihm, ach was, dem Deutschen Reich insgesamt diese peinliche Situation zu ersparen. Während er hier vor Jenitzkys Anwälten zu Kreuze kriechen durfte, verloren sie noch mehr wertvolle Ermittlungszeit; ohnehin hatten sie ganze Wochen seit dem Überfall mit einer falschen Spur verplempert. Weiß sah wütend auf und suchte den Raum ab, doch sein Blick traf nur auf Sándors, der schwieg und mit seinen Schuldgefühlen kämpfte. Belfort, der sich mit seinem glühenden, fanatischen Übereifer diesen unverzeihlichen Fehlgriff geleistet hatte, war, auch von Sándor unbemerkt, hinausgeglitten. Sicher war er geräuschlos durch den linoleumbelegten Flur gegangen, die knarrenden Holztreppen mit ihren dunkel gebeizten Geländern hinunter zu seinem Büro, um an der großen

Wand mit den Notizzetteln und dem Stadtplan mit den Steck-
nadeln den Namen Jenitzky auszustreichen und sich, ohne Zeit
zu verlieren, auf die Suche nach einem neuen Verdächtigen zu
machen.

Schließlich waren die Anwälte abgezogen, hatten Bella und den in
Mull verpackten Jenitzky mitgenommen, und Sandór Lehmann,
der immer noch wie gelähmt dasaß, hörte, wie Bernhard Weiß –
inzwischen zu allem Überfluss auch noch mit Ernst Gennat als
Verstärkung, der sich die neue Lage kopfschüttelnd hatte berichten lassen – das Wort an ihn richtete:

»Verstehen Sie meine Position, Lehmann? Sie haben vielleicht
kein Interesse an der Politik – im Grunde habe ich das auch
nicht –, aber Sie als erfahrener Bulle sehen doch tagtäglich in den
Straßen, dass da etwas auf uns zukommt, für das es kein Vorbild
gibt. Ein Bürgerkrieg, eine Diktatur, was weiß denn ich. Eine
Herrschaft des Verbrechens und damit etwas, das genau in unsere
Zuständigkeit fällt – denn wir sind die, die das Verbrechen zu bekämpfen haben, auch wenn es Kreide gefressen hat und für den
Reichstag kandidiert. Doch diesen Kampf können wir nur führen, wenn das deutsche Volk an uns glaubt; an uns und an unsere
Neutralität. Und da schleppen wir einen jüdischen Bürger in unseren Keller und hauen ihm die Fresse ein …« Sándor wagte eine
vorsichtige Anmerkung, keinen Einwand: »… einen nicht ganz
unbeleckten Bürger, Herr Polizeipräsident«, doch Weiß ließ
das nicht gelten: »… einen Bürger, der jedenfalls bisher nicht
durch Bombenattentate auf Vergnügungslokale aufgefallen ist,
und signalisieren nach außen, dass auch wir inzwischen auf der
Seite der Nazis stehen und bei allem, was passiert, immer erst
einen schuldigen Juden suchen.«

»Aber, entschuldigen Sie, Sie sind doch selber Jude«, warf Sándor
ein, und Bernard Weiß hielt einen Moment inne und knurrte:

»Ja, das bin ich, wahrhaftig. Wer weiß, wie lange noch … Und
dann schlagen wir unseren Hauptverdächtigen halbtot, bis die

einflussreichsten Anwälte der Stadt auftauchen, und, schwupp, ist von Verdacht und Untersuchungshaft keine Rede mehr, und der Mann spaziert hier sang- und klanglos hinaus. Wir sind keine neutrale, aus eigenem Antrieb handelnde Kriminalpolizei, wir hören auf jedes Hü und Hott, egal, wer's uns zuruft – die Braunen, die Anwälte, sogar Jenitzkys Tochter.«

»Aber war die Geschichte der jungen Frau nicht glaubwürdig?«

»Vorhin haben Sie die junge Frau noch geduzt, wenn ich mich richtig erinnere«, Weiß' Gesicht zeigte keine Spur von Ironie oder Vorwurf, »und gerade wenn Sie selbst so nah an der Dame dran waren, wie ich vermute, frage ich mich doch, wieso nicht wenigstens Ihnen aufgegangen ist, was da im Busch ist, wenn Ihr vorurteilsgeblendeter Kollege sich schon blindlings auf das falsche Ziel gestürzt hat.«

Sándor hatte sich bei den letzten Worten des Vizechefs zurückgelehnt und wieder und wieder zustimmend genickt. Er sah Weiß in die Augen, die in einem verschmitzten, nicht unfreundlich wirkenden Gesicht wie zwei Revolvermündungen auf ihn gerichtet waren.

»Ja, verdammt, ich war genauso blind und blöd wie Belfort; und glauben Sie mir, keinen fuchst das mehr als mich selbst. Jetzt wieder bei null anzufangen, das ist die totale Katastrophe. Wir stehen so schlau da wie ganz am Anfang, aber wir haben unendlich viel Zeit verloren, und alle Spuren sind verwischt. Ich könnte … ich könnte kotzen vor Wut auf uns selbst.«

Ernst Gennat hatte während der letzten Sätze mit geschlossenen Augen neben ihnen gesessen und womöglich sogar geschlafen. Jetzt öffnete er seine tränensackumwickelten, wasserhellen Augen und sah Sándor mit einem heiterem Buddha-Lächeln ins Gesicht.

»Das ist Unsinn, mein Junge. Wie viele Einwohner hat diese Stadt? Zwo Komma drei Millionen? Immerhin, EINEN davon habt ihr als Tatverdächtigen schon mal ausgeschlossen. Jetzt nicht lockerlassen, immer schön dranbleiben – wenn es in diesem Tempo weitergeht, habt ihr den Fall in achthundert Jahren gelöst!«

Dann war Sándor draußen auf der Straße, nahm den Asphalt unter die Schuhe oder das kleine Kopfsteinpflaster auf den Gehwegen, um die Standpauke bei frischer Luft und schnellen Schritten verrauchen zu lassen. So hatten die Herren Vorgesetzten ihn schon lange nicht mehr durch die Mangel gedreht. Normalerweise wusste er sich bei einem Angriff zu verteidigen, mit der Faust, mit einer hingerotzten Frechheit – aber diese Wendung der Dinge war zu schnell gekommen. Und – Sándor hasste es, das zugeben zu müssen – die schallende Ohrfeige für ihre lumpige Ermittlungsarbeit hatten sie vollkommen zu Recht bekommen. Während er mit dem ungeliebten Kollegen Armdrücken gespielt hatte, waren sie beide gleichermaßen in die falsche Richtung galoppiert wie zwei Kälber, die beim Spielen auf den Bahnübergang geraten.

Er stolperte gedankenverloren durch die Nebenstraßen hinter dem Präsidium und stand in der Kleinen Alexanderstraße plötzlich vor dem Karl-Liebknecht-Haus, dem Sitz der Kommunisten; ein fast unscheinbarer Eckbau an einer gut überschaubaren, flach gerundeten Straßenbiegung. Das Gebäude schien in der Nachmittagsstille zu schlafen; Sándor hatte keinen Zweifel daran, dass er längst ins Visier scharfer Augen, vielleicht scharfer Schusswaffen geraten war. Die Partei war auf alles gefasst und würde sich im Zweifelsfall zu verteidigen wissen; ganz sicher warteten hinter der doppelflügeligen Eingangstür im gekachelten Treppenhaus ein paar Männer des eigenen Sicherheitsdienstes, um Alarm zu schlagen und zu handeln, wenn es nötig wäre.

Doch von Sándor ging keine Gefahr aus, er schlenderte weiter und dachte über Bernhard Weiß' Vortrag über die polizeiliche Neutralität nach. War er selbst das, neutral? Wahrscheinlich. Wenn einer der Unterweltbosse in den Ku'damm-Seitenstraßen eine

Party schmiss, war er dabei, und wenn einer dieser Kerle seine Zigarre mit einem Hundert-Reichsmark-Schein anzündete, wedelte er, Sándor, unter dem Gelächter der Anwesenden die Flamme aus und steckte den Schein – »Beweissicherung!« – in die eigene Tasche. Nur kaufen konnten sie ihn nicht dafür; solche kleinen Aufmerksamkeiten erwarben nicht seine Ergebenheit, sondern seine Lässigkeit. Sie waren nur ein Vorschlag, den er ebenso gut verwerfen konnte, der ihn zu keiner Sichtweise verpflichtete. Belfort dagegen schien von einer festen Überzeugung getrieben zu sein; der wusste schon im Vorfeld, wer die Guten waren und wer die – zweifellos jüdischen – Bösen. Bei ihm selbst dagegen war nach dem Beginn einer Party jeder Ausgang vorstellbar. In jeder Sekunde seines Lebens konnte er ohne Pardon und ganz neutral den großzügigsten Spender in den Kahn bringen; einen Krösus wie Jenitzky – oder die kleine Bella.

Da war sie wieder in seinem Kopf, Bella. Das Mädchen spielte eine erstaunliche Rolle in diesem Spiel, schmiedete Pläne, zog Fäden. Sie schauspielerte. Sándor ächzte, sah wieder ihren weißen Körper auf dem plüschigen Bett im Bauch des Schiffes am Landwehrkanal. Hörte ihre Stimme ganz nah, die beschwörend, wie im Fieber, etwas in sein Ohr flüsterte, monotone Silben, langsam schneller werdend, schwerer atmend, mit kollerndem Lachen unterlegt, leisen Schreigeräuschen.

Konnten Frauen so schauspielern? Er konnte es nicht. Sándor blickte in eine Schaufensterscheibe, sah sein blasses, zerfurchtes Gesicht und zog eine Grimasse, riss das Maul auf, rollte mit den Augen. Es war nicht zum Fürchten, es war lächerlich.

»Meene Jüte, Lehmann, übste für'n Filmufftritt? Was soll'n det werden, Noswerado, det Phantom von Opa?«

Sándor sah zur Eingangstür und bemerkte, dass er das Fenster einer Eckkneipe unweit der Bötzow-Brauerei für seine mimischen Entgleisungen benutzt hatte, eine kleine Bierschwemme namens Bötzows Tante, die er gut kannte. Wahrscheinlich hatten seine Füße ihn automatisch hierher geleitet wie einen Brauerei-gaul auf dem Heimweg. Bötzows Tante selbst, eine hünenhafte Gestalt, die eigentlich Alfons hieß und nur für ihre Tresenarbeit einen Pailettenrock und eine sehr kühne Perücke trug, winkte ihn herein.

»Hier drinne is Tonfilm, Lehmann, da kannste det Grimassieren gleich noch mit'n paar Brülljeräuschen untamalen.«

Aber Brüllen wollte Sándor heute gar nicht mehr, nur noch saufen, und er ließ die Tante den grünen Escorial mit doppelten Wodkas verlängern, weil er vom Zucker sonst solche Kopfschmerzen be-kam.

DIE BOMBE MIT DEM SCHNURRBART

Es war eine Eigenart aller Nachtschwärmer, dass sie – so viel sie auch voneinander wussten, so tief sie auch den Geheimnissen der anderen auf die Schliche kamen – Stillschweigen bewahrten. Wer diese Stadt bis in ihre dunkelsten Winkel kennengelernt hatte, wer Menschen in diesen Winkeln aufgestöbert hatte, die am Rande jeder Existenzgrundlage dahinvegetierten, zu schwach für Verbrechen und zu zäh zum Sterben, der konnte sich nicht mehr empören, weil sein Vorrat an Empörung längst erschöpft war. Wer nachts um vier in verzweifelten Kaschemmen das Treibgut und die Wracks um eine kleine Lache Alkohol sitzen gesehen hatte – Kinder, die von ihren Eltern missbraucht und verhökert wurden, geschlagene Frauen und gedemütigte, jedes Stolzes beraubte Männer –, der plauderte niemandes Intimitäten aus, weil auch ohne Tratsch und üble Nachrede und Verrat genug von alldem in der Welt war.

Sándor Lehmann konnte sich betrinken wegen ihres Misserfolges und seiner Zweifel an Bella und ihren Motiven, aber er hätte nie, nicht im betäubendsten Vollrausch, dem Nebenmann bei Bötzows Tante auch nur ein Sterbenswörtchen darüber erzählt, warum er sich hier um den letzten klaren Gedanken soff.

Sándor war sich sicher, dass Bella nicht anders war. Er stellte sich vor, wie sie – nachdem die Anwälte ihren Vater sicherheitshalber in ein Sanatorium und in die Obhut guter Ärzte expediert hatten und es für sie nichts weiter zu tun gab – auf etwas müden, wackeligen Beinen die große Treppe ins Foyer hinunterstakste und sich mit einem suchenden Seitenblick nach ihm umschaute. Oder ging die Fantasie mit ihm durch? Er sah sie vor sich, wie sie sich vom knurrigen Pförtner eine Droschke rufen ließ (»Ick bin hier nich' die Taxizentrale, junge Frau, aber weil Sie's sind, mach' ick mal

| 213 |

'ne Ausnahme«) und ohne Ziel eine ganze Weile in der Stadt herumfuhr, an Freunde dachte, entfernte Bekannte, an »Onkel«, denen sie ihr Herz hätte ausschütten können – und dann doch einfach nur schweigend nach Hause fuhr. Wie er selbst. Diese Gemeinsamkeit berührte Sándor fast mehr als die Erinnerung an die zusammen verbrachte Nacht, mehr als die Enttäuschung über Bellas Enthüllungen, das Zusammenbrechen aller Schlussfolgerungen und Verdachtsmomente.

Mutter Fuhs war alles andere als diskret, und so kam die ganze Geschichte doch zutage. Mutter Fuhs hatte ihre Ohren überall, »die Hände an der Kristallkugel«, spottete Julian gern – aber nein, es waren keine geheimnisvollen spiritistischen Fähigkeiten, die die kleine Frau mit dem Körper einer Matrone und den scharfen, spöttischen Augen eines Raubvogels den Kontakt halten ließ zu allem, was ringsum geschah. Es war Offenherzigkeit, und wer das Herz offen ließ, der erfuhr alles, was er erfahren wollte. Von jedem. Womöglich waren es Sándors Kollegen Hansen, Schmitzke oder sogar der dicke Plötz gewesen, die von den Vorkommnissen am Alexanderplatz etwas durchsickern ließen; dass sie selbst direkt mit Mutter Fuhs gesprochen hatten – und wo denn auch? –, war unwahrscheinlich; aber schillernde Geschichten wie diese machten schnell die Runde. Ein Kantinenkoch in der Dircksenstraße mochte sein Gemüse in der Arminiusmarkthalle einkaufen wie Mutter Fuhs auch. Oder der Protokollschreiber des Verhörs, der zwar während der Prügelorgie selbst hinausgeschickt worden war, aber lang genug dabei war, um sich einiges zusammenzureimen, hatte seiner Frau etwas erzählt, einer Mittelschullehrerin, die als Jüdin zunehmenden Anfeindungen ausgesetzt war und nervlich angeschlagen im ärztlichen Wartezimmer in der Rankestraße wartete, wo Hertha Fuhs die Glassplitterverletzungen an ihrem Unterarm neu verbinden ließ. Oder hatte Odetta, die knabenhafte Zimmerfee, die geräuschlos mit dem Staubwedel durch

| 214 |

die honorige Anwaltskanzlei im bayrischen Viertel schwebte, ein Gespräch zwischen Anwälten belauscht, das sie nicht hätte mit anhören dürfen – Odetta, die Ziehtochter von Hertha Fuhs' bester Freundin Else Goldfein? Je größer eine Stadt war, je weiter ihre äußeren Enden voneinander entfernt waren, umso mehr rankwurzelartige Verbindungen entstanden, die eine Geschichte von einem zum anderen Ende transportierten; oft schneller als jede Depesche. Wie es genau geschehen war, ließ sich hinterher nicht mit Gewissheit feststellen, nicht mal für Sándor, der den daraus folgenden Aufruhr gern vermieden hätte.

Jedenfalls hatte es schon die Runde gemacht, als Bella am Vormittag des Kapellenwettbewerbs in Fuhs' Keller zur Probe erschien. Es hatte die Runde gemacht, und Julian Fuhs war offensichtlich enttäuscht und verletzt. Was hatte der Bandleader in Bella gesehen, was hatte sie ihm versprochen, wie hatte sie ihn überzeugt, zu tun, was sie wollte, und der Teilnahme am Wettbewerb zuzustimmen? Sándor war jedenfalls über Julians heftige Reaktion erstaunt; während er selbst mit allen Anzeichen eines schweren Katers auf einem Barhocker klebte, machte der kleine Jazzkapellen-Chef seiner Sängerin eine regelrechte Szene, in der es um gebrochene Versprechen, Exklusivität und Manipulation ging. Normalerweise hätte sich Bella das wohl nicht gefallen lassen; sie hätte impulsiv und wortgewandt zurückgeschossen und für sich das Recht jedes Musikers reklamiert, sich seine Band selbst auszusuchen und zu spielen, mit wem sie wollte. Doch vielleicht hatte die gestrige Behandlung ihres Vaters ihr einen Schrecken eingejagt, vielleicht hatte sie gemerkt, dass es nicht um eine lustige Scharade ging, bei der sie mit pantomimischen Gesten und ein bisschen Gesang ganze Heerscharen von Männern nach Belieben durchs Leben dirigieren konnte, sondern um Leben und Tod, vor allem um Tod. Jedenfalls war sie schweigsamer als sonst, trotzig, und den Blicken der Männer, vor allem: Sándors Blick, das merkte er deutlich, wich sie aus. Als Julian geendet hatte, stieß sie nur ein kurzes »... und jetzt? Schmeiß mich raus!« hervor, dann starrte sie wieder vor sich hin. Doch so leicht wollte Julian es ihr offenbar nicht machen; er blies sich auf und kanzelte sie ab mit einer Wut, die Sándor dem sanftmütigen Freund und Bandleader nicht zugetraut hätte.

»Rausschmeißen? Allerdings, aber nicht heute, erst morgen. Heute singst du für uns, Goldvögelchen, und nicht auf dem Polizeirevier, sondern abends auf der Bühne in Papas Nepp-Schuppen. Du hast uns das eingebrockt, du hast Fud Candrix und Widmann hingelockt und wer weiß wen noch alles ... und wenn du für DIE singen kannst, dann wirst du auch für uns singen, und so gut, wie du noch nie gesungen hast!«

Sándor reckte sich; wenn Julian sich weiter aufregte und gegen Bella handgreiflich wurde, würde er ihm eins auf die Nase geben müssen, und dann war sowieso alles verloren, und sie würden den miefigen Übungskeller zu Kleinholz machen.

Doch Bella nickte nur stumm, und Julian schnaubte noch ein paarmal vor sich hin und schüttelte den Kopf wie ein wütender Elefant – der kleinste, schmächtigste Elefant der Welt –, dann drehte er ab, ging ans Klavier, ließ den Kopf auf die Brust fallen und überlegte eine halbe Minute. Schließlich berührten seine Hände die Tasten, ein Aufatmen ging durch die Band, und Julian spielte die ersten Takte von Billy Bartholomews »Huggable Kissable You« mit akzentuiert perlenden, fahrig getupften Anfangsakkorden; ein ironischer, trauriger Abgesang, der erst mit Sándors Klarinette und dem gezupften Kontrabass, der schließlich auch den Schlagzeuger Charlie und die Blechbläser aus ihrer Lethargie weckte und zu seinem Swing fand.

Bella hatte trotzig mitgewippt, dann mit einem wehmütigen Lächeln und traurig hochgezogenen Augenbrauen aufgeblickt. Und gesungen, ganz leise und bescheiden, eine zögernde, bittende Kleinmädchenstimme, die dem sanft swingenden Song eine

Intensität gab, wie sie Sándor und die übrigen Männer um Julian Fuhs in dieser Kapelle seit Julians ersten, rebellischen Anfangsjahren nach seiner Rückkehr aus Amerika nicht mehr gehört hatten.

Während die Band weiter probte, war Sándor Lehmann mit der Straßenbahn rüber zum Alexanderplatz gefahren; die 62 nach Weißensee schepperte am Tiergarten entlang, und er stand auf der Plattform und hielt den Kopf in den Fahrtwind, um wieder klar zu werden. Das nutzte wenig, es war ein heißer Tag, er hatte Hunger und träumte von Hering und Pellkartoffeln, aber die 62 war nicht der Expresszug von Paris nach Moskau, sie hatte keinen Speisewagen, und die Würstchenverkäufer und Stullenschlepper, die morgens an den Haltestellen die wenigen Arbeiter ohne eigenen Henkelmann oder eigenes Stullenpaket versorgten, hatten längst Schluss gemacht und klapperten die Straßenbahnwaggons nicht mehr ab.
Manchmal wirkte Fräulein Wunder wie eine selbstzufriedene Hausfrau, und heute war so ein Tag. Das Büro, das Sándor nun schon ein paar Monate mit Belfort teilte, wirkte ungewohnt lichtdurchflutet – vielleicht machte ihn auch nur der hartnäckige Kopfschmerz irgendwo hinter seinen Augen lichtempfindlicher als sonst –, und die Wunder schien den ganzen Vormittag in Bewegung gewesen zu sein und eben nur noch mit flinken Händen die letzten Ordner geradezurücken, einen Fleck auf der Glasscheibe der hölzernen Trennwand wegzuwischen, als er eintrat. Sándor blieb in der Tür stehen, stemmte die Fäuste in die Seite und sah sich das häusliche Bild an, das die emsige junge Frau da an diesem profanen Ort der Büroarbeit und des Verbrechens abgab. Wo war Belfort? Für einen Moment durchhuschte Sándor die Hoffnung, der verhasste Kollege wäre gestern im Anschluss an seinen Fehltritt noch geschasst worden oder hätte seine aufgewühlten Nerven durch einen mehrwöchigen Aufenthalt an

einem fernen Kurort, ach was, einem fernen Kontinent beruhigen müssen, aber im Grunde war ihm klar, dass einer wie Belfort durch einen derartigen Misserfolg eher angestachelt wurde, als gestoppt werden konnte. Tatsächlich verkündete die Wunder, die das Büro wie für einen bevorstehenden Staatsbesuch herausputzte, mit Erleichterung und stolz, dass Belfort schon ganz früh am Morgen – »zu nachtschlafender Zeit« – einen neuen Verdächtigen ins Präsidium geschleppt und soeben nach der erkennungsdienstlichen Behandlung mit der Vernehmung begonnen habe. Der Kollege hatte ganz offenbar die Nacht durchgearbeitet und schien die Schlappe partout auswetzen zu wollen. Wen hatte er nun schon wieder festgesetzt? Sándor Lehmann hätte eins zu hundert gewettet, dass es ein Jude war. Also ließ er sich erst mal eine große Kanne Kaffee bringen, trank zwei Tassen – gegen jede Gewohnheit mit acht Löffeln Zucker – und machte sich auf den Weg in die Katakomben.

»Der Denkfehler war«, Belfort sah übernächtigt aus, aber keineswegs niedergeschlagen oder besiegt, »der Denkfehler war zu glauben, dass der dicke Jenitzky der Täter sein müsse, bloß weil er selbst einen enormen Nutzen von der ganzen Chose hatte. Dabei beruht doch das gesamte jüdische Unternehmertum auf diesem Prinzip: Nutzen aus dem Schaden anderer zu ziehen – es ist nicht die Ausnahme, sondern die Regel. Wenn wir jeden festnehmen würden, der so handelt, hätten wir bald alle Juden der Stadt hier in unseren Zellen. Eine Schweinerei wie den Gasanschlag traue ich ihm immer noch zu; diesmal war er's nicht, das muss ich zugeben; aber egal: Man sieht sich noch ein zweites Mal in diesem Leben, und dann ist er dran, das schwöre ich Ihnen.«

Sándor war froh, dass der andere das Duzen wieder abgelegt hatte. Sie saßen in einem Nebenraum der Verhörzelle, und Belfort hatte offenbar eben mit der Vernehmung seines Gefangenen anfangen wollen, als er dazugekommen war.

»Ich hätte Jenitzky das Alibi fast nicht abgekauft, es war mir zu dick aufgetragen – diese Anwälte haben es faustdick hinter den Ohren, und diesem kleinen Jazzmusikflittchen kann man ganz sicher nicht trauen.«

Sándor beschloss, über diesen Teil der Feststellung gelegentlich separat nachzudenken, wenn Nachdenken wieder möglich war.

»Wen haben Sie denn nun schon wieder eingebuchtet?«, wollte er wissen. »Einen Rabbiner? Ein paar Thora-Schüler? Oder gleich was Größeres, einen fetten jüdischen Bankier vielleicht?«

Belfort nickte höhnisch.

»Ihnen hat der kleine Irrtum mit Jenitzky wahrscheinlich noch Freude bereitet, habe ich Recht? Weil Sie mir den Erfolg nicht gönnen wollen – und weil Sie nicht zugeben wollen, dass ich mit meiner Methode recht behalte und zum Ziel kommen werde, und das heute noch.«

»Heute?« Nun war Sándor doch neugierig geworden.

Belfort nickte siegessicher, von sich selbst überzeugt.

»Heute. Hier nebenan sitzt der Bombenbauer – ich habe die Waffenhehler der ganzen Stadt durch die Mangel drehen müssen, bis ich den Burschen am Schlafittchen hatte. Die Brüder wissen genau, dass es für sie um Leben und Tod gehen kann, wenn sie bei einem kommunistischen Aufstand die Waffen liefern und erwischt werden, deshalb sind sie momentan nicht gerade gesprächig unsereins gegenüber, wenn man nicht nachhilft – aber schließlich habe ich diesen Mann zu packen gekriegt. Schmitzke und Plötz haben den Burschen hierher aufs Revier geschafft. Und heute, gleich jetzt, wird er uns nicht nur detailliert erklären, wie er diese sorgfältig aufbewahrte Weltkriegsbombe scharfgemacht und mit einem speziellen, berührungssensiblen Zünder ausgestattet hat, mit dem der Täter den Sprengsatz nur behutsam und unauffällig irgendwo ablegen musste und weggehen konnte, bis irgendein armer Teufel mit der Schuhspitze an das Ding stieß … Er wird uns auch genau beschreiben, wie der Verdächtige aussah, der diese

Höllenmaschine bei ihm beauftragt, bezahlt und abgeholt hat. Diese Höllenmaschine – und eine zweite, die schon vor Wochen in den Besitz unseres Attentäters gelangt ist, eines Mannes, der im Begriff steht, heute Abend zum zweiten Mal einen Tanzpalast unter Gas zu setzen!«

Das war ein langer Vortrag; Belfort hatte sich in Rage geredet und schritt mit unternehmungslustigem Glanz in den Augen hinüber in den Verhörraum. Sándor folgte langsamer, nahm aber Belforts Vorschlag sofort an, das Verhör selbst zu führen. Er wollte herausfinden, wie weit der Bombenbauer Belforts Version wirklich bestätigen würde, wenn man ihm die Worte nicht in den Mund legte. Belfort machte, mit einem spöttischen Lächeln und einem verächtlichen Blick, eine übertriebene einladende Handbewegung und setzte sich auf einen Stuhl außerhalb des Scheins der Verhörlampe; Sándor nahm am kleinen Tisch gegenüber dem Festgenommenen Platz, und die Vernehmung begann.

Der Bombenbauer oder – Sándor war sehr genau in diesen Dingen – der Mann, dem Belfort den Bau der Bombe oder der Bomben zuschrieb, war ein schlaksiger, kurzsichtiger Kerl mit ungewöhnlich schmalem Gesicht und scharf geschnittener, schlanker Nase, auf der eine sehr kleine Nickelbrille blitzte, wenn er den Kopf bewegte. Am spitzen Kinn wuchs spärlicher blonder Flaum, und die Haare waren lang und hell. Der Mann hätte ein schlecht genährter Jesus-Darsteller sein können in einem der Passionsspiele, die Belfort sicher in seiner Zeit in Bayern gesehen hatte, und wie ein schlecht gespielter Jesus vor seiner Kreuzigung schien auch diesem Sünder hier weniger der Angstschweiß im Gesicht zu stehen als eine bizarre Milde, die wohl aus Unkenntnis der Schwere des Vorwurfs resultierte. Der Bombenbauer wollte helfen, aufklären, womöglich noch ein bisschen Verständnis oder gar Hochachtung abstauben für das technische Meisterwerk, das er da geschaffen hatte. Ein Spinner und esoterischer Bastler – das sah Sándor auf den ersten Blick –, aber vermutlich kein Blender, der sich wichtigtat mit Dingen, von denen er gar keine Ahnung hatte. Sondern einer, der eine Bombe bauen konnte, wenn er es wollte.

So begann das Verhör mit ausufernden Ausführungen über die Konstruktion von Gasbomben, ihre Eigenarten und Verwendbarkeiten als einzelne Sprengkörper ohne Abschuss durch einen Granatwerfer. Sándor hatte neulich Belfort gegenüber das Gespräch nicht auf die Schwarze Reichswehr bringen können, aber aus genau diesen Kreisen – die gewaltbereit, wohlausgerüstet, aber finanziell chronisch klamm waren, wenn nicht irgendeine noble Spende aus sympathisierenden Industriellenkreisen die Kriegskasse gerade wieder aufgebessert hatte –, genau aus diesen Kreisen stammten die Granaten, die dieser Mann, Robert Schreyer, verbaute. Mitten in einem Land an der Grenze zum politischen Zusammenbruch, zum Scheitern der Idee einer gewählten Regierung, florierten die Geschäfte mit Kriegswaffen, und Zigtausende der tödlichsten Geschosse waren mehr oder weniger auf dem freien Markt zu haben.

Robert Schreyers Erläuterungen waren selbstverliebt und ausufernd, es ging um Bimetalle, kleine Rädchen, Federn und Hebelchen, und irgendwann wurde es Sándor zu bunt. Er sprang auf, packte den Festgenommenen am Kragen und brüllte ihn an: »Wie deine Scheißzünder funktionieren, haben wir inzwischen begriffen, du Arschgeige! Uns interessiert jetzt nicht, mit welcher Technik deine Bombe in der Femina die Leute umgebracht hat – sondern wem du kurz vor dem Femina-Attentat diese zwei Mordwerkzeuge verkauft hast. Oder willst du ganz alleine unter dem Galgen stehen für diesen verdammten Mist; die Bombe, die schon hochgegangen ist, und die zweite, die noch irgendwo da draußen unterwegs ist?«

Das wirkte. Der Mann blinzelte kurzsichtig durch das dicke Glas und machte ein erschrockenes Gesicht.

»Aber – ich bin nicht schuld an dem, was einer mit diesem Zeug macht. Es waren schon vorher Gasgranaten, ich habe sie nur technisch verbessert; ich habe …«

»Verbessert? Einen Scheißdreck hast du!«, fuhr Sándor den Mann ein zweites Mal an. »Ohne deine Bombe wäre in der Femina niemand gestorben. Und wenn du nicht endlich anfängst, über deinen Auftraggeber zu plaudern, mein Freundchen, dann garantiere ich für nix! Für gar nix!«

Robert Schreyer schien die Welt nicht mehr zu verstehen, er blinzelte gegen das helle Licht und bewegte ruckartig den Kopf hin und her wie ein Hahn, der eben erst den Schlachtklotz entdeckt hatte.

Sándor legte nach:

»Los jetzt, raus mit der Sprache. Wer hat die Bomben bei dir bezahlt und abgeholt?«

Schreyer räusperte sich, setzte sich kerzengerade auf – wirklich ein langer Mensch und schmal wie ein Bügelbrett – und knöpfte sich das alberne, an den Ellbogen verschlissene Wolljäckchen zu, das seinen knöchernen Körper umhüllte. Wo anderen Delinquenten immer die Hitze im Gesicht stand, fror dieser hier.

»Ein … ein Musiker. Ein Jazzmusiker.«

Sándor lachte erfreut auf. Ein Jazzmusiker! Diese Wendung gefiel ihm. Mit Jazzmusikern kannte er sich aus.

»Aha, ein Jazzmusiker, sag bloß! Woran hast du den Kerl als Musiker erkannt, hat er dir ein bisschen was vorgespielt? Hatte er ein Klavier unterm Arm? Ein Neger mit Notenständer vielleicht?«

Er lachte noch einmal, aber Robert Schreyer lachte nicht mit. Er stotterte vor plötzlichem Eifer.

»Das ha-ha-hat er mir so ges-sagt. Jazzmusiker. Auch ein Künstler, wie ich, nur auf der Bühne und mit Musik. Er wollte sicher jemandem einen Schrecken einjagen, wirklich nur einen Schrecken. Und er hatte ein Etui mitgebracht.«

Sándor hatte einen verkaterten Geschmack im Mund, gab es hier unten eigentlich keinen Kaffee? Und was faselte dieser Mensch da gerade?

»Ein Instrumentenetui, da sollte sie hinein, die Gasgranate. Ein schmales, langes Etui für diese schwarzen Holzinstrumente … für eine Kla-Kla-Klarinette.«

Sándor schüttelte den Kopf und lachte noch einmal laut los, aber es klang sogar für ihn selbst eher erschreckt als belustigt. Ein Klarinettenspieler? In Gedanken ging er die Klarinettisten der anderen Jazzcombos durch, die er kannte, eine bunte Truppe, Alkoholiker, ein Kriegsinvalide, zwei oder drei notorische Pferdewetter … aber einen Gasmörder gab es nicht dabei. Definitiv nicht.

»Wie sah er denn aus, dein …«, er konnte nicht anders, er musste das Stottern des Bombenbauers nachahmen, »dein Kla-Kla-Klarinettenspieler?«

Robert Schreyer war sicher zeitlebens viel gehänselt worden mit seiner Stotterei, und auch hier unten so schlecht behandelt zu werden, verletzte ihn sichtlich. Als Stotterer verhöhnt, als Techniker und genialer Ingenieur nicht ernst genommen zu werden, war hart. Er schwieg verbockt.

Da drang aus dem Dunkel des Raums noch eine zweite Stimme zu ihm, die das Gleiche fragte; eine Stimme, die in ihrer Unvermitteltheit den dürren Mann so erschreckte, dass er auf dem Stuhl herumfuhr und fast umgestürzt wäre samt Tischchen und Lampe.

»Ja, wie sah der Mann aus, der eine Bombe im Klarinettenformat wollte?«, fragte Belfort und trat in den Lichtkreis. »Sag es uns. Jetzt.«

Der Bombenbastler Robert Schreyer klappte den Mund auf, aber er stotterte nicht mehr, sondern sah mit aufgerissenen Augen von einem zum anderen und flüsterte mit einer Stimme, deren panisch verängstigter Klang keinen Zweifel an der Wahrheit seiner Worte zuließ:

»Er hatte einen roten Schnurrbart, einen riesigen roten Schnurrbart.«

»Für einen Kriminalisten lag doch auf der Hand, dass der Täter aus der Niggerjazz-Szene kommen musste«, brüstete sich Belfort oben im Büro vor dem eilig herbeigerufenen Ernst Gennat, dem schweigsamen und noch immer unter dem Absturz der letzten Nacht leidenden Sándor und Fräulein Wunder, die Belfort schon vor dem Verhör mit dem Besorgen eines Kuchens beauftragt hatte und die diesen eben unter den wohlwollenden Blicken des dicken Bosses anschnitt. Immerhin, der Kaffee war diesmal nicht rationiert, und Sándor trank zwei große Tassen, ohne auf die schmerzende Hitze zu achten, die seine Zunge verbrannte und seine Kehle hinunterrann.

Belfort zählte an den Fingern der rechten Hand auf:

»Es gibt immer mehr Bands, die unsere Jugend mit diesem amerikanisch-jüdischen Urwaldgetrommel verführen. Die Gagen sinken. Alle paar Meter macht ein neuer Tanzladen auf; nach den Nachtclubmeilen an der Friedrichstraße oder der Königgrätzer zunehmend auch drüben im Westen am Tauentzien, der Motzstraße, Augsburger, am Kurfürstendamm. Unsere Stadt versinkt im musikalischen Morast, aber der Schuss geht nach hinten los, denn die Bands konkurrieren, es wollen zu viele mitverdienen auf gute jüdische Art.«

Sándor ächzte, und Gennat räusperte sich; der Boss hatte nach zwei Stücken Kuchen kurz zugehört und fand die theoretischen Ausführungen zu ausufernd. Was gab es an Fakten? Hatten sie den Täter oder nicht?

Belfort schnippte mit den Fingern, ein klatschendes Geräusch wie ein kleiner Peitschenhieb.

»Dass es ein Einzeltäter ist, haben wir lange bezweifelt. Jetzt gibt es Hinweise darauf, dass vielleicht eine ganze Jazzkapelle dahinterstecken könnte; die Negerjazz-Hottentotten von Julian Fuhs.«

Fräulein Wunder, die gerade ein Tablett mit noch mehr Kuchen vorbeibalancierte, blickte entgeistert auf.

»Die ›Follies Band‹? So eine erfolgreiche Tanzkapelle begeht doch keinen Mord!«

Belfort lachte sein ungezwungenes Jungenlachen, schallend, aber herzlos.

»Ich wollte, ich könnte Ihnen da beipflichten, mein liebes Fräulein Wunder! Aber Fuhs war in Amerika, und es gibt eine schriftliche Meldung unserer Kollegen vom FBI, dass er dort an einem Streik der Musikergewerkschaft teilgenommen hat. Ich glaube, wir können unseren jüdischen Herrn Fuhs getrost der Vorbereitung einer amerikanisch-kommunistischen Verschwörung bezichtigen!«

Sándor wollte kopfschüttelnd dazwischenfahren; jüdisch, kommunistisch, amerikanisch – das waren entschieden zu viele Adjektive, mit denen Kollege Belfort da jonglierte. Aber Gennat hatte das Wort »FBI« gehört und winkte ab; Kooperation mit den Amerikanern, das war genau die moderne Polizeiarbeit, die er immer propagierte; der Junge hier war womöglich auf der richtigen Spur, wenn er so vorging. Belfort fuhr fort:

»Julian Fuhs profitiert massiv von der Verunsicherung der Jazzszene. Wenn Lokale schließen, wenn Bands aus Angst vor Anschlägen nicht mehr auftreten, dann steigen die Gagen. Er selbst braucht keine Angst zu haben, denn er weiß ja, wann und wo eine Bombe hochgeht – weil er sie selber legt, meine Herren. Und heute Nachmittag haben wir – Kollege Lehmann hier neben mir war dabei und kann das bestätigen – eine direkte Zeugenaussage aus erster Hand bekommen, dass ein Mitglied dieser Negermusikkapelle sich an dem Anschlag beteiligt hat und einen weiteren plant: ein Klarinettist mangels kulturpolizeilicher Erfassung noch nicht bekannten Namens, der in Fuhs' Orchester mitspielt und mit seinem riesigen roten Schnurrbart leicht zu identifizieren ist. Hier, ein Kapellenfoto aus dem *Herold* – da sehen Sie den Mann!«

Gennat grunzte zufrieden und langte nach einem weiteren Kuchenstück; endlich kam wortwörtlich Musik in den Fall.

»Nach unserer gestrigen Schlappe mit Jenitzky – wir werden in der Lagebesprechung noch zu klären haben, ob die von Kollege Lehmann abgeklärte Indizienlage wirklich für eine Festnahme ausreichend gewesen ist ...« Sándor glaubte, nicht richtig zu hören; was unterstand der Kerl sich da, jetzt ihm den Schwarzen Peter an der gestrigen Prügelorgie zuzuschieben? »... nach der gestrigen Schlappe sind wir also wieder auf Zielfahrt. Und wenn Sie mich fragen, wo die zweite Bombe hochgehen wird, kann ich Ihnen jedenfalls ein sehr lohnendes Ziel nennen, nämlich den heutigen Kapellenwettbewerb im Café Jenitzky, wo man mit einer einzigen Gasgranate gleich die halbe Jazzwucherung der ganzen Stadt mit Stumpf und Stiel ausrotten könnte.«

Fräulein Wunder war begeistert; genau für solche Enthüllungen liebte sie ihren Beruf. Belfort, dieser schneidige Kerl, hatte die schlimme Wahrheit elegant auf den Punkt gebracht. Sándor merkte, dass die ganze Verehrung, die die Sekretärin in den letzten Jahren trotz seines wenig vorbildhaften Lebenswandels für ihn entwickelt hatte, eben mit wehenden Fahnen auf seinen verhassten Kollegen übergegangen war. Auch Gennat schien sich prächtig amüsiert zu haben; er klopfte Belfort und Sándor abwechselnd auf die Schultern und erklärte:

»Gute Arbeit, Männer, und jetzt raus mit euch – schnappt euch die Burschen!«

Belfort zog eine auffallend elegante Taschenuhr aus der silbernen Weste und ließ den Deckel aufspringen.

»Das werden wir, und zwar in Kürze. In einer guten Stunde geht der Wettbewerb in der Friedrichstraße los, und die ersten Bands werden schon ihre Instrumente aufbauen. Wir sollten mit etwas Geschick die Bande dabei erwischen, wie sie die Gasbombe hinter die Bühne bringt – in einem Klarinettenfutteral!«

Nein, Sándor wollte nicht mit Belfort im Mordwagen fahren, den Gennat gern und umgehend zur Verfügung gestellt hatte, nicht schon wieder. Vor allem wollte er unbedingt vor dem Kollegen vor Ort sein und womöglich unterwegs einen Plan schmieden, wie er mit der absurden Situation umgehen würde, dass er einen mehrfachen Mörder jagte – und dass dieser Mörder nach einer kaum zu bezweifelnden Zeugenaussage er selbst war. Also klingelte er, sobald er allein war, weil Belfort die umfängliche personelle und technische Ausstattung des rollenden Kriminalistiklabors erst eilig zusammenstellen lassen musste, unten in der Asservatenkammer an und verlangte nach dem Besten, was die Jungs in petto hatten. Und wahrhaftig, er hatte geradezu unverschämtes Glück; ein rabenschwarzer 49er Bugatti war gestern Nacht eingetroffen, ein seltenes, eben erst herausgekommenes Luxusgefährt, mit dem die Ehefrau eines italienischen Reeders einen Gutteil seines Vermögens über die Alpen kutschiert hatte. Ihr Ziel war die Spielbank von Bad Homburg gewesen; sie hatte bei Dostojewski darüber gelesen und beschlossen, ihrem ewig untreuen Mann eine schmerzhafte Schlappe bei- und sein Vermögen am Roulettetisch durchzubringen und alles auf Rouge, Noir und Blanc zu setzen – auf die Zwillingsbrüder Blanc, die in Bad Homburg eine mondäne Anlaufstelle für das dekadente Laster geschaffen hatten: eine charmante, aber etwas anachronistische Idee, denn etwa seit 1871 waren in Deutschland Spielbanken verboten, und auch das legendäre Haus im Bad Homburger Kurpark, »die Mutter von Monte Carlo«, hatte Silvester 1872 seine Pforten vielleicht für immer schließen müssen. Also hatte die Dame mit dem sündhaft teuren Bugatti ein paar Ehrenrunden durch den für Automobile eigentlich gesperrten Kurpark gedreht und war weitergefahren nach Berlin, wo sie verhaftet und das restliche Vermögen und der edle wassergekühlte Achtzylinder beschlagnahmt worden waren.

Das war ein Automobil! Sándor spürte unter dem Fahrersitz die stählerne Mechanik wie die Knochen eines gewaltigen, kaum zu bändigenden Tieres, und mit einem sonoren Brummen rollte der Wagen die Rampe herauf, musste aber zurücksetzen, weil die Ausfahrt von einem ebenfalls schwarzen Pferdewagen verstellt war, der in die Tiefebene hinunter wollte, um am Ausgang der Katakomben und Verhörzellen eine Zinkkiste in Empfang zu nehmen. Sándor fragte beim Pförtner nach und erfuhr, dass ein Untersuchungshäftling – »ein verfluchter Bombenbauer« – sich unmittelbar nach seinem Verhör in der Zelle erhängt hatte; ein dünnes, angstvolles Häufchen Elend namens Robert Schreyer, der seine beim Stottern aufgeregt hüpfende und zitternde Gurgel mit einem Streifen Hemdsärmel an einem Heizungsrohr für immer zugezerrt hatte.

Dann war die Ausfahrt frei; Sándor Lehmann erhaschte noch einen Blick auf den mit dem dünnen Mann wohl nur schlecht gefüllten Zinksarg, dann katapultierte ihn der Bugatti in die schräg über den Alexanderplatz fallende Abendsonne und trug ihn an den zockelnden Straßenbahnen und bockenden Pferden vorbei, riss ihn im Zickzackkurs zwischen den vielen anderen, viel langsameren Automobilen hindurch mit Vollgas durch eine Stadt, die heute Abend einem großen, einem spektakulären Ereignis entgegenfieberte, dem Kampf der Jazzkapellen, einem modernen Tanzvergnügen, das die ganze Nacht dauern würde und alles aufbot, was in Berlin für diese aufregende neue Musik lebte und – Sándor gab dem Gaspedal im stahlblechverkleideten Boden des schweren Coupés noch einmal einen energischen Tritt mit dem Fuß – für diese Musik auch sterben würde, wenn er dem Wahnsinnstäter mit dem roten Schnurrbart und dem Klarinettenetui, seinem eigenen verfluchten Doppelgänger, nicht zuvorkommen würde.

KICKIN' A HOLE IN THE SKY

In der Friedrichstraße auffallen – das war nicht mal mit einem pechschwarzen 49er Bugatti ganz einfach. Allerdings hatte Sándor, der sich während der kurzen, aber halsbrecherisch schnellen Schussfahrt eine lederne Fahrerkappe über den windzerzausten Lockenschädel gezogen hatte, die er auf dem Beifahrersitz gefunden hatte, es auch nicht darauf angelegt. Er hupte sich durch das Gewirr von Pferdewagen, Handkarren, Automobilen und Omnibussen, bog ab, ließ den Wagen in der Mohrenstraße ausrollen und hielt an. Er sah in den Rückspiegel – ein Gewirr von Fußgängern, die kurz vor Ladenschluss mit Paketen und großen Papiertüten aus den Geschäften gestolpert kamen, als hätte die Wirtschaftskrise einen Bogen um diese eine Straße gemacht, aber keine bekannten Gesichter, die seinen bevorstehenden wundersamen Verwandlungsakt hätten beobachten können. Also klebte er sich mit einem teuren französischen Sparadrap-Heftpflaster den absurd großen roten Schnurrbart unter die Nase, stopfte die Lederkappe ins Handschuhfach und stieg aus. Die kleine Aktentasche, aus der er sein Klarinettenfutteral nahm, ließ er im Wagen; und weil er in Eile war, machte er sich nicht die Mühe, das schwere Wachstuchverdeck über den offenen Bugatti zu ziehen, sondern ging einfach fort. Jeder Depp von Dieb würde wissen, dass man einen 49er Bugatti nicht klauen konnte. Wenn doch, würde er zwei Telefonate brauchen, um den auffälligen Wagen wo auch immer wieder aufzustöbern.

Sándor Lehmann betrat das Café Jenitzky von hinten durch den Künstlereingang; ein Weg, den er zuletzt ohnmächtig und in Gegenrichtung in den Armen von ein paar Schutzmännern zurückgelegt hatte. Vorne war ohnehin noch geschlossen, das heißt, die mächtigen Schwingtüren waren geöffnet, aber die Scherengitter waren noch geschlossen; so konnte das neugierige Publikum, das sich schon jetzt in großen Mengen auf der Straße vor dem Vergnügungstempel drängte, hineinsehen in den riesigen Saal, wo die Musiker auf der Bühne ihre Instrumente aufbauten, die Instrumente stimmten und eine Atmosphäre der Vorfreude und erregten Erwartung verbreiteten. Gleichzeitig hatten die Abendkassen bereits geöffnet, und ein Geschwader von ziemlich dürftig gekleideten Hostessen in Fantasieuniformen in Pink und Weiß mit Fliegerbrillen und aufreizenden Shorts verteilte Handzettel, auf denen die endgültige Programmfolge des Abends aufgelistet war. Sie las sich wahrhaftig wie Degeners *Wer ist's?*, die definitive Liste der Prominenten aus Politik, Kultur, Sport und Wissenschaft. Jenitzky hatte es – mit ausufernder Reklame, Schmeicheleien oder unverhohlenem Druck – erreicht, dass alles, was in der Reichshauptstadt in Sachen Jazzmusik einen Namen hatte, heute Abend beim ersten öffentlichen Wettkampf der Kapellen dabei war. Populäre Stehgeiger mit Swing-Appeal, veritable Big Bands, die unüberschaubare Schar der gestandenen Tanzorchester und ein paar kleine, wilde Hoffnungsträger aus dem Studentenumfeld, die vor allem die begeisterungsfähigen Swing Kids ins Publikum locken sollten: Auf diesem Programmzettel waren sie alle versammelt. Doch vor allem war das Programm, das auch alle zahlenden Besucher mit ihrer Eintrittskarte erhielten, gleichzeitig der anzukreuzende Stimmzettel, denn das war schließlich der große Aufmacher in allen heutige Zeitungen gewesen – der Hauptgewinn, die zehntausend Reichsmark, mit denen Jenitzky in den frühen Morgenstunden die beste Jazzband der Stadt prämieren würde, die Könige des Berliner Jazz, ausgewählt und gekrönt von einem dreitausendfachen, enthusiastischen Publikum.

Sándor streunte durch den großen Saal und suchte nach den »Follies«, nach Bella oder Jenitzky selbst und registrierte dabei all die übrigen mehr oder weniger geschmackvollen Attraktionen, mit

denen Jenitzky dem vergnügungswilligen Publikum die Reichsmark aus den Taschen ziehen wollte. Der unstrittige Höhepunkt
war »Neptuns Boudoir«, eine auf einem samtroten Podest ste-
hende, sehr große gläserne Badewanne, die eben mit einer abenteuerlichen Mischung aus Unmengen an billigem Schaumwein,
viel rotem Sirup, einem Kanister billigem Fusel und – zwecks Na-
mensfindung – einer halben Flasche Champagner gefüllt wurde,
einem pompös als »submariner Champagnercocktail« annoncierten Bowlegesöff, in das kurz vor dem Öffnen der Tore eine nackte
Nixe steigen würde, um sich möglichst aufreizend in dem knallroten Sud zu suhlen. Besonders behaglich war der Nixe diese
Vorstellung allerdings offenbar nicht; alle paar Minuten hielt die
nicht mehr ganz junge (und keineswegs nackte, sondern mit drei
Jakobsmuschelschalen bekleidete) Nixe jedenfalls einen Fuß oder
eine Hand in die sprudelnde Brühe und beklagte sich über die
Badetemperatur oder das zu heftige Perlen der Kohlensäure.
Nachher würden goldene Trinkhalme an das saugfreudige Publikum vermietet; die halbe Minute kostete eine Reichsmark, und
Sándor schätzte, dass die Rüsselsäufer das halbe abendliche Preisgeld eingebracht haben würden, bevor es auch nur den muschel-
bedeckten Teil einer Brustwarze zu sehen gab.
In der Nähe der Bühne begrüßte Sándor kopfnickend die Kollegen. Jenitzkys Techniker hatten zwei Wochen an der alten, ausgeleierten Drehbühne geschraubt, und jetzt war das klapperige
Ding wie neu. Das Konzept war einfach und genial: Gleich drei
komplette Orchesteraufbauten waren auf dem drehbaren Objekt
aufgebaut; eine klassische Swingband mit einem mächtigen silbernen Schlagzeug und einem schwarzen Konzertflügel im Hintergrund, ein Bigbandszenario mit zwei Podesten für Background-
sängerinnen und Blechbläser und eine fokussiert ausgeleuchtete
Gesangsbühne mit einer kitschigen Bar-Attrappe, einem Hocker
mit Mikro und Spotlight und einem einsamen, im Dunkel des
Raums kaum sichtbaren Piano. Je nach Programmpunkt wurde

die ganze Chose einfach gedreht, und jede auftretende Kapelle fand ohne große Umbaupause gleich alles vor, was sie für ihren Auftritt benötigte, und musste nur die Blas- und Saiteninstrumente selbst mitbringen.

Sándor schlenderte weiter. Vor der Bühne fachsimpelten die Jazzmusiker; wieder und wieder stieg einer auf die Drehbühne, um argwöhnisch dem Konzertflügel ein paar Töne zu entlocken oder dem Lichtmeister oben im Gebälk über dem Saal noch ein paar Anweisungen für den eigenen Auftritt hinaufzubrüllen. James Kok und Jenö Fesca waren da; Dajos Béla trat heute unter seinem Pseudonym Clive Williams auf, weil er »sowieso bald in die Staaten rübermachen« wolle, »da es nur in Amerika für uns Russen noch sicher ist«. Neben den alten Selfmade-Jazzern wie dem berüchtigten Eric Borchard oder Ludwig Rüth gab es auch eine Menge aufregende »Fahnenflüchtige«; junge Talente aus der ernsthafteren Sparte, die nicht in einem drittklassigen Radioorchester verstauben wollten und deshalb trotz Konservatorium und höchster Auszeichnungen lieber für ein paar Freibiere und einen Zehnmarkschein in einer Kellerkneipe Jazz machten – oder auf dem besten Weg waren, den Hot Jazz auch in den großen und klassischen Häusern der Stadt salonfähig zu machen. Egon Kaiser war so ein Kandidat, ein Berliner Philharmoniker und Orchestermitglied der Staatsoper, der wie ein Trüffelschwein dem Hautgout des alten Niggerjazz nachspürte, um die wilden Zuckungen der Swing Kids für eine schon vielversprechend begonnene Karriere als Filmkomponist im Tonfilm zu adaptieren.

Irgendwo da vorn, in einer Ecke neben der Bühnentreppe, auf einer schwarzen Holzkiste voller Filmscheinwerfern sitzend, fand Sándor sie: Bella. Bella in Schwarz, mit blassem Gesicht, eine Zigarette rauchend. Sie hatte noch nie so ausgesehen wie heute; die Aufregung um ihren Vater hatte sie ernster und erwachsener

| 232 |

gemacht, und Sándor merkte, wie ihm alle gestern Nacht im grünen Escorial ertränkten Gefühle gleichzeitig wieder hochkamen – tiefes Misstrauen, flammender Zorn und ein Sich-hingezogen-Fühlen, das mit der nächtlichen Eskapade im Bordellschiff noch keine Abkühlung erfahren hatte. Was hatte ihr gestriges Geständnis, mit dem sie ihren Vater bei Belfort herausgepaukt hatte, zwischen ihnen geändert? Und war sie wirklich nur die hilfsbereite Tochter, die mit bloßer Sangeskunst den maroden Laden hier aus der Krise holen wollte – was für eine albern romantische Vorstellung! –, oder führte sie zur selben Zeit noch einen geheimen Krieg gegen die lästigen Mitbewerber am Tauentzien? Hatte vielleicht doch sie selbst die Gasbombe gezündet, als sie unmittelbar vor dem Attentat im großen Ballsaal gewesen war, den sie dann so eilig verließ? Und hatte Hallstein doch deshalb *ihren* Namen in sein Notizbuch geschrieben?

Sándor wusste es nicht, und er blickte eine ganze Weile in das etwas müde, etwas traurige und doch gleichzeitig mutwillige und wie immer etwas spöttische Gesicht. Bella erwiderte seinen Blick, sah ihm eine kurze Ewigkeit in die Augen wie am allerersten Abend vor dem Anschlag in der Femina, dann schien ihr Blick sich zu umfloren, als wollte sie Tränen vergießen. Stattdessen lachte sie schallend los, zeigte mit der ausgestreckten Hand auf ihn und schüttelte fassungslos den Kopf.

»Sándor, du – also dieser Schnurrbart, das Ding ist einfach zu komisch! Wie du bloß aussiehst!«

Sándor blinzelte; er konnte nicht mitlachen, heute nicht, dazu war der rote Schnurrbart ein zu bedeutungsvolles Indiz – das Wahrzeichen des Gasmörders, des Messermörders von Hallstein, des Mannes, den er heute Abend hier verhaften wollte. Sollte er Bella einweihen, konnte er es riskieren? Doch wenn sie selbst etwas mit den Anschlägen zu tun hatte – wo konnte er sie besser beobachten und zuverlässiger an weiteren Taten hindern als neben sich als Vertraute und Begleiterin?

»Bella, hör mir zu; wir haben heute keine Zeit zu verlieren. Es gibt Hinweise, dass der Gasmörder, auch wenn er nicht dein Vater ist, heute Abend noch mal zuschlägt. Hier drin, wenn der Laden rappelvoll ist.«

Bella erschrak, und das Erschrecken sah echt aus. Aber alles andere hatte auch echt ausgesehen.

»Und … blast ihr die Sache ab?«

Sándor schüttelte unsicher den Kopf.

»Nein. So sicher sind wir uns nicht. Und wenn wir Glück haben und schnell sind, erwischen wir den Mistkerl ja auch schon, bevor die Bude voll ist. Ist dein Vater hier?«

Bella nickte resigniert.

»Natürlich. Ihr hättet ihn in Stücke hauen können …«

Sándor wollte einwenden, dass er an der Sache keine Schuld hatte, andererseits hatte er selbst die Falle gestellt, in die Jenitzky getappt war, also schwieg er, während Bella fortfuhr:

»… er wäre trotzdem hierhergekommen. Der alte Herr hat sich wieder aufgerappelt; er sieht noch ziemlich ramponiert aus, und der Arzt hat ihm ein starkes Schmerzmittel verschrieben, aber er lässt es sich nicht nehmen, alle Bands eigenhändig zu begrüßen. Eben sind auch deine ›Follies‹ angekommen, ich wette, Paps steckt mit Julian und den anderen in der Künstlergarderobe. Komm mit!«

Sie griff nach Sándor Lehmanns Hand wie ein spielendes Kind, und er hielt ihre Hand fest, eine kühle, sachliche kleine Hand, die ihn schon anders berührt hatte als jetzt und hier. Zügig umrundeten sie die Drehbühne und verschwanden im dunklen Gang, der zu den Künstlergarderoben führte.

Bella hatte Recht gehabt, fand Sándor, der Alte sah mit seinen Pflastern und Verbänden zwar aus wie ein Schaffner, der aus dem Schnellzug gefallen war, aber die Stimme hatte er wiedergefunden, seine joviale, großspurige Stimme, und die machte den ersten

Eindruck schnell wett. Jenitzky polterte durch die hoffnungslos überfüllten, durch allerhand Flure und Kammern vergrößerten Künstlergarderoben wie der Weihnachtsmann, voller kindlicher Vorfreude und organisatorischem Übereifer. Bella hatte mit aller Überzeugungskraft mühsam verhindern können, dass ihr Vater zwischen den einzelnen Auftritten den Conferencier gab, aber hier hinter der Bühne hatte er einen großen Auftritt, schüttelte Hände, begrüßte alte Bekannte und benahm sich insgesamt so, als wären nicht Widmann, Candrix oder Fuhs die Favoriten des Abends, sondern er selbst. Immerhin war Jenitzkys gute Laune ansteckend, und es war schon ein besonderer Anblick, den dicken Mann mit seinen Verbänden und dem extraweiten silbernen Smoking zwischen all den schwarz befrackten, beschwingt lachenden und scherzenden Jazzmusikern herumscharwenzeln zu sehen. Bella schien für einen Moment die schlechten Nachrichten zu vergessen, die Sándor überbracht hatte, und mischte sich unter die gut gelaunte Gruppe, und auch Sándor selbst begrüßte die »Follies« und einige Kollegen aus anderen Orchestern mit einer ungespielten Herzlichkeit. So selbstverliebt und trendbewusst die Bandleader auch sein mochten, die Jazzszene Berlins war alles andere als verfeindet – und auch wenn es heute Abend um einen enorm hohen Hauptpreis ging, für den jede der Kapellen sich musikalisch selbst übertreffen würde, klopfte man sich gegenseitig auf die Schultern, wünschte sich Glück und gratulierte einander zu den neuesten Schallplattenaufnahmen und Arrangements. Für Julian Fuhs' Vorschlag, den Abend nicht nur mit einem erneuten Auftritt der Siegercombo zu beschließen, sondern noch einmal mit allen Teilnehmern die Drehbühne zu entern und gemeinsam einen Song zu spielen, den alle kannten – »Puttin' on the Ritz« vom unvergleichlichen Irving Berlin, noch einem amerikanischen Russen übrigens –, gab es regelrecht stehenden Applaus.

Jenitzky strahlte glücklich in die Runde, er fühlte sich, als wären all diese jungen Jazzer seine leiblichen Kinder, die sich zu seinem Geburtstag eine gemeinsame Aufführung ausgedacht hatten. Doch dann fiel sein Blick auf Sándor, und seine Augenbrauen zogen sich erstaunt in die Höhe. Traute sich dieser Bursche tatsächlich noch hierher, der verkappte Bulle, der ihm die langwierigste Tracht Prügel seines Lebens beschert hatte, während er selbst nur einen einzigen gestreckten Faustschlag abbekommen hatte – bisher jedenfalls? Jenitzky schnaufte und machte ein paar schwere Schritte auf Sándor zu. Es war höchste Zeit, die Bilanz auszugleichen, allerhöchste Zeit.

Doch der Bulle schien schon eine Ahnung gehabt zu haben, dass ihr Wiedersehen unter keinem guten Stern stehen würde, und wich ein paar Schritte zurück. Hier in der engen Künstlergarderobe gab es nur wenig Bewegungsspielraum; Jenitzky war sich seiner eigenen Überlegenheit deutlich bewusst und hätte den aufdringlichen Polizeibeamten am liebsten an der Wand zwischen dem Kostümschrank und dem albern dekorierten Schminkspiegel platt gedrückt – die Dienstmarke zücken, den Polizeibeamten herauskehren und die Sache polizeilich lösen, das würde Lehmann sicher nicht riskieren, wenn er nicht für den Rest seines Abends die Tarnung verlieren und dem Gasmörder signalisieren wollte, dass sein Vorhaben beobachtet wurde.

»Jenitzky«, knurrte Sándor ihm entgegen, »lassen Sie doch den Scheiß. Ich bin auf Ihrer Seite! Wer hat denn hier die Polizeirazzia platzen lassen, um Sie zu schützen? Das war doch ich, erinnern Sie sich doch, Mann!«

Jenitzky erinnerte sich in der Tat; dieser Typ hatte sich mit seinem heldenhaften Eingreifen bei ihm einschmeicheln wollen, das war ihm jetzt klar – und hatte nebenbei eine Saalschlacht entfesselt, die ihn um die Hälfte seines Mobiliars gebracht hatte.

»Papa, bitte.« Jetzt kam Bella dem Kerl zu Hilfe, die sich umsah, ob die anderen Jazzer die Auseinandersetzung beobachteten, doch ringsum war die Begrüßungsparty längst weitergegangen; zwei der Hostessen waren mit ein paar Flaschen Sekt hereingekommen, die Jenitzky vorhin auf Kosten des Hauses bestellt hatte, und das alkoholische Intermezzo interessierte die versammelten Musiker weit mehr als das Gerangel in der Raumecke.

»Willst du dich in diesem Zustand mit einem Polizisten prügeln? Sándor hat dir etwas Wichtiges zu sagen, und wenn du danach noch ein Hühnchen mit ihm rupfen willst, dann werd erst mal wieder gesund ... So machst du doch alles nur noch schlimmer!«

Jenitzky hielt inne; der Kleinen konnte er keinen Wunsch abschlagen, sie war obendrein die Hauptperson heute Abend. Also schwenkte er seinen riesigen Ochsenschädel in Richtung Tür und bedeutete Sándor, ihm zu folgen.

»Los dann, Sie Held – wir sprechen draußen!«

Sándor war das offenbar recht, er zuckte zustimmend mit den Achseln und folgte ihm und Bella hinaus auf die Straße, während auch in das bunte Volk in den Künstlergarderoben langsam Bewegung kam, weil nun die ersten kleineren Ensembles, die Trios und Duos, für ihren Auftritt auf der Drehbühne herausgewunken wurden. Sándor und die beiden Jenitzkys kreuzten den großen Saal; auf der Bühne lief das Vorprogramm; eben kletterte der Ersatz-Ansager in einem knallroten Tuxedo auf die Bühne und hielt unter dem Applaus und frenetischen »Her damit!«-Sprechchören des Publikums die zehntausend Reichsmark Preisgeld hoch. Auch um die gläserne Badewanne herum war allerhand Trubel; rund zwanzig Sektsäufer hingen mit ihren langen Strohhalmen in der roten Brühe und versuchten mit beharrlichem Saugen, die süße Flut um die sich räkelnde Nackte zu reduzieren. Jenitzky schüttelte nachsichtig den Kopf; jedes Kind wusste, dass man höchstens mal 'ne Berliner Weiße mit dem Strohhalm trinken durfte – und da war kein Sprit mit im Spiel. Hier wurden die Burschen erst rot, dann blau, und jeder Zweite kippte schon nach den ersten apnoeschen Zügen rülpsend nach hinten und wurde sanft vom Personal an die Saalwand gelehnt.

Bella schob die beiden Kontrahenten durch den Künstlerausgang auf die schon dunkler gewordene Straße und huschte wieder zurück ins Saalinnere, bevor Jenitzky sie daran hindern konnte. Was hatte seine Tochter vor? Egal, jetzt wollte er erst mal diesem Polizeibeamten die Leviten lesen. Umso besser, wenn Bella das nicht mit ansah; das war eine Sache unter Männern. Aber der Polizeibeamte wollte sich nicht mit ihm schlagen, sondern redete im Stakkato auf ihn ein, packte alles aus, was er wusste – und auch wenn das nicht viel war, schien doch alles darauf hinzudeuten, dass die Sache mit Jenitzkys eigener Haftentlassung noch keineswegs beendet war. Der Kneipenkönig begriff, dass nicht nur er selbst eines unfassbaren Verbrechens beschuldigt worden war, sondern dass eine Neuauflage dieses Verbrechens tatsächlich genau jetzt und genau hier unmittelbar bevorstehen konnte.

»Jenitzky, wenn Sie einen Rest Ehrgefühl in Ihrem fetten Leib haben«, der Polizeibeamte hielt sich nicht mehr mit Höflichkeiten auf; und vielleicht hatten sie ja wirklich keine Zeit zu verlieren, »dann schwören Sie mir jetzt und hier auf der Stelle, dass Sie heute Nacht nicht Ihren eigenen Laden mit einer Gasbombe hochgehen lassen wollen, um eine dicke Versicherungssumme einzusacken. Sie kämen nicht durch damit, glauben Sie es mir. Ob Sie die Femina auf dem Gewissen haben oder nicht: Wenn hier heute Nacht etwas passiert, dann kaufe ich Sie mir, das schwöre ich beim Leben Ihrer Tochter.«

Lehmanns Worte hatten Jenitzky dicke Schweißperlen auf die Stirn getrieben, und die Augen quollen ihm aus den Höhlen. Er war verunsichert; vielleicht schwebten sie wirklich alle in tödlicher Gefahr – aber trotzdem sollte dieser Polizeispitzel, der als Jazzmusiker verkleidet war, nicht so von seiner Tochter reden, er verbat sich das.

»Wo steckt Bella überhaupt?«, wollte er wissen.

Der Polizist stöhnte.

»Da sprechen wir schon über das zweite Problem, das ich habe: Ihre Tochter. Ich werde nicht schlau aus ihr, sosehr ich das auch versuche. Sie selbst haben ja für den heutigen Abend mächtig die Reklametrommel gerührt und sind vielleicht überzeugt, mit dieser Resonanz auch in den nächsten Monaten über die Runde kommen zu können. Aber sieht das Bella genauso? Glaubt sie selbst wirklich daran, dass Sie mit diesem Swingzirkus da drin« – aus dem Saalinneren drangen jetzt die ersten Pianoakkorde, eine kühle Stimme intonierte einen der Standards, sanfter Blues gab einem somnambulen Piano einen leichten Drive, der beim Publikum nur mäßig gut ankam –, »glaubt Ihre Tochter daran, dass Sie Ihre morsche Finanzlage noch retten können? Oder hat sie vielleicht längst beschlossen, dass die einzige Rettung die Auszahlung einer monströs großen Versicherungssumme sein kann – einer Versicherungssumme nach einer Katastrophe? Einer Gasbombenexplosion, zum Beispiel?«

Jenitzky konnte viel vertragen, körperlich und mental. Doch wenn einer seiner kleinen Bella solche üblen Sachen zutraute, dann sah er offenbar rot. Ohne sich mit einer Antwort aufzuhalten, packte er Sándor am Kragen, hob ihn ein paar Zentimeter in die Luft und drückte ihn an die kantigen Backsteine einer Hauswand.

Sándor fluchte.

»Hör auf mit dem Scheiß, hör mir zu, wir müssen …«

Er zappelte sich unter Jenitzkys kräftigen Armen frei und trat ihm die Beine weg. Jenitzky stieß einen Schmerzensschrei aus und klatsche mit dem Gesicht nach vorn auf den Gehweg. Bevor er sich umdrehen konnte, war Sándor Lehmann über ihm, riss ihn herum und drückte ihm das Knie auf die Gurgel. Jenitzky brüllte vor Wut, aber er konnte sich unter dem eisernen Griff nicht rühren. Sándor drückte seine beiden Arme seitlich auf das Kopfsteinpflaster und war jetzt ganz nah an seinem Gesicht.

»Habe ich dir gesagt, dass du mit dem Scheiß aufhören und mir zuhören sollst, du Arschloch?«, herrschte er ihn an, doch in diesem Augenblick bekam er selbst einen schmerzhaft harten Stoß in den Nacken – die Mündung eines modernen, entsicherten Polizeirevolvers.

»Wir hören jetzt ALLE mit dem Scheiß auf und stehen ganz langsam auf«, sagte Belforts Stimme, »und zwar mit erhobenen Händen und so langsam, wie es nur geht.«

Sándor ließ von Jenitzky ab, erhob sich in Zeitlupe und drehte sich dann langsam um. Belfort, der hinter ihnen aus dem Künstlereingang gekommen war, stand mit ausgestrecktem Arm vor ihm und richtete die Waffe jetzt direkt auf sein Herz. Die Straße war dämmerig, doch seitlich von ihnen war deutlich die näher kommende Silhouette des notorischen Schupo-Trios Hansen, Schmitzke und Plötz zu erkennen. Es gab keinen Fluchtweg, und Sándor nahm langsam die Hände hoch. Belfort nickte zufrieden, und seine Augen glänzten boshaft.

»Da haben wir ja den geheimnisvollen Klarinettenspieler mit dem roten Schnurrbart, den Gasmörder aus der Femina. Los, Abschaum, mach eine einzige Bewegung, und ich schieße dir ein Loch in die Brust – aber nicht im Klarinettenformat, sondern so, dass eine Tuba durchpasst!«

BAD ASS BLUES

Sándor Lehmann musste grinsen, so absurd war die Situation.
Eine einzige Bewegung, und er hätte den falschen Schnurrbart in
der Hand und könnte den Irrtum aufklären. Doch genau diese
eine Bewegung konnte er sich nicht leisten; der erfolgshungrige
Kollege ihm gegenüber würde ihm eine Kugel in die Brust schießen, bevor er auch nur das erste Barthaar berührt hätte. Oder
war – Sándor schoss unvermittelt ein verrückter Gedanke durch
den Kopf – genau das Belforts Plan? Den Klarinettisten der »Julian
Fuhs Follies Band« hier draußen auf dem abendlichen Kopfsteinpflaster zu erschießen, um ihm danach mit der gut dokumentier-
ten Zeugenaussage des Gasbombenbauers das Attentat anzuhän-
gen? Ein Karriereschachzug? Oder … was sonst?
Sándors Gedanken rasten, während die Zeit stillzustehen schien.
Der Verkehrslärm aus der Friedrichstraße drang verlangsamt,
leiernd wie auf einem ausgelaufenen Aufziehgrammofon in sein
Gehör, und Hansen, Schmitzke und Plötz schienen reglos in der
Luft zu hängen; jeder ihrer Schritte dauerte eine Ewigkeit. Sándor
dachte nach in dieser einen, zeitlosen Sekunde. Es war doch so:
Belfort wusste ja schließlich nicht, dass er selbst der Klarinettenspieler in der Fuhs-Combo war. Und Belfort konnte auch nicht
ahnen, dass der riesige rote Schnurrbart nur eine Bühnendekora-
tion war, die Sándor im Alltag nicht trug. Mit dem er auch – schon
wegen der Wiedererkennbarkeit! – niemals einen Einkauf bei
einem Gasbombenbauer absolviert hätte. Doch genau um diese
Wiedererkennbarkeit war es dem Täter gegangen; der Zeuge Robert Schreyer sollte offenbar gezielt dem Klarinettenspieler der
Follies die Tat anhängen, damit der festgenommen, nein: bei der
Festnahme erschossen werden konnte und so von dem wirk-
lichen, tatsächlichen Täter abgelenkt wurde – von Belfort selbst,

dem Gasmörder Belfort, Belfort, der diesen teuflischen Plan aus-
gecheckt und dabei nur einen einzigen Fehler gemacht hatte: dass
er bei der Vernehmung von Schreyer selbst eingegriffen, von einer
»Gasbombe im Klarinettenformat« gesprochen hatte. An der bla-
sierten Milchbübchen-Stimme und dieser sonderbar gewählten
Formulierung – hatte er nicht eben wieder von »Klarinettenformat« gesprochen? – hatte Schreyer ihn als seinen eigentlichen
Käufer erkannt; Sándor erinnerte sich noch gut an sein panisches
Erschrecken, als Belfort aus dem Schatten heraus plötzlich mit
der Stimme des Mörders gesprochen hatte, als Schreyer sich gerade
dessen Gesicht vor Augen gerufen hatte. Belfort, ja, verdammt:
Belfort selbst hatte bei Schreyer die zwei Gasbomben gekauft
und dabei einen roten Schnurrbart getragen.
Die langsamen Bewegungen der Umgebung kamen vollends zum
Stillstand. Es machte »klick«, und Sándor wusste. Alles. Auch,
dass Belfort für seinen Schuss keinen Anlass brauchen würde,
dass der Schuss logischer Teil des Plans war, unabwendbar noch
in dieser Sekunde.
Zwischen dem »klick« – dem kleinen Geräusch des Hahns, der
den Zünder der Patrone traf – und dem großen Geräusch des
Schusses verging extrem wenig Zeit. Selbst in Sándors nahezu
zeitlosem Universum passte gerade mal das Wort »Arschloch«
hinein.
Dann lagen sie allesamt auf dem Boden; Sándor, der sich viel zu
spät mit einem Hechtsprung aus der Schusslinie hatte bringen
wollen; Jenitzky, der sich im Augenblick des Schusses wütend auf
Sándor hatte werfen wollen, ins Leere gegriffen und stattdessen
Belfort umgerissen hatte; und Belfort selbst, dessen Schuss ohne
Schaden in den Berliner Himmel pfiff. Auch Hansen, Schmitzke
und Plötz hatten sich im Halbdunkel auf das Menschenknäuel
geworfen, und Sándor beeilte sich, als Erster wieder auf den Beinen zu sein, bevor Belfort ein zweites Mal feuern würde. Er fetzte
sich den Bart von der Oberlippe und riss sich einen blutigen Fet-

zen Haut dabei ab (verdammtes Sparadrap!) und schrie: »Nicht schießen, ich bin's, Sándor Lehmann! Hansen, Schmitzke, ihr Deppen, wollt ihr euern Chef umbringen?«

Belfort hatte, auf dem Boden liegend, die Waffe schon wieder im Anschlag, aber Sándor war schneller und trat sie dem anderen mit einer solchen Wucht aus der Hand, dass der fluchend aufjaulte. Jetzt hatte auch Schmitzke eine elektrische Laterne aufgeblendet, lobenswerte Ausstattung des Mordautos, und die Schutzleute staunten nicht schlecht, dass es wirklich ihre beiden Vorgesetzten waren, die hier auf dem Gehweg in der Taubenstraße um Leben und Tod kämpften.

Sicherheitshalber trennten sie die beiden Kämpfenden und hielten sie fest, und Jenitzky, der jeden Überblick verloren hatte, half ihnen dabei.

So standen sie sich also zuletzt hier vor Jenitzkys Tanzpalast doch noch als Feinde gegenüber, Sándor Lehmann, der Bulle aus dem Wedding, und sein unliebsamer Kollege Belfort, der Jazzmusik-hasser, der Judenhasser, der Gasmörder.

»Belfort«, Sándors Stimme war heiser, als müsste er nach dem Stillstehen der Zeit erst wieder lernen, in normalem Tempo zu sprechen, »es ist aus. Sie haben die Gasbombe in der Femina explodieren lassen, Sie haben Hallstein getötet, und Sie wollten heute Abend das Café Jenitzky unter Gas setzen. Sie wollten die Tat einem Unschuldigen anhängen und ihn töten; nur wussten Sie nicht, dass ICH selbst dieser Klarinettenspieler war; dass ich nur auf der Bühne einen Schnurrbart trage – aber nicht im Leben.«

Der dicke Plötz, dem diese Eröffnungen zu schnell gingen, fragte Sándor verwirrt:

»Chef?« Und mit einem Seitenblick auf seinen zweiten Chef Belfort: »… ich meine, ähm, Herr Lehmann, sind Sie eben auf die Steine geknallt? Ich meine – mit dem Kopf?«

Sándor nickte.

»Ja, bin ich. Aber kleine Schläge auf den Hinterkopf erhöhen ja bekanntlich das Denkvermögen. Denken kann ich gerade so gut wie seit Wochen nicht mehr. Und wenn ihr jetzt mal euern mit allen möglichen technischen Schikanen aufgedonnerten Mordwagen durchsucht, dann werdet ihr ganz sicher auch diese verdammte Gasgranate finden. Fasst das Ding vorsichtig an, damit es euch nicht in den Fingern explodiert!«

»Das könnt ihr bleiben lassen.« Belforts Stimme war kühl und klar und trotz der unerhörten Beschuldigungen vollkommen gelassen.

Sándor schüttelte den Kopf.

»Machen Sie sich keine Mühe, Belfort – die Sache ist glasklar. Geben Sie's auf.«

Belfort lächelte, und im Schein der Blendlaterne wirkte dieses feine Lächeln in dem ausdruckslosen Gesicht nicht dämonisch, nicht holzschnittartig, sondern blass und dünn und endgültig.

»Ich gebe es ZU, Lehmann, Sie lumpiger Versager, aber ich gebe nicht AUF. Während Sie hier draußen mit Ihrem Schwiegerpapa in spe über die Aussteuer verhandelt haben, war ich nicht untätig. Ich war sowieso immer der Fleißigere von uns beiden, meinen Sie nicht? Jedenfalls finden Sie Ihre sehnsüchtig gesuchte Gasbombe nicht im Mordwagen, sondern drinnen im Saal. Und … oh, ich habe die Tür hinter mir zugezogen, als ich eben rauskam, und eine Klinke gibt es nur innen.«

Sándor riss sich aus der ohnehin nur noch halbherzigen Umklammerung der Schutzleute und schüttelte Belfort am Kragen.

»Du Schweinehund hast das Ding schon deponiert – wo, sag mir wo, du Drecksau!«

Belfort zog missbilligend die Augenbrauen hoch.

»Sie sind doch angeblich Musiker, auch wenn es sich nur um abartigen, wertlosen Niggerjazz handelt. Also bemühen Sie sich auf die Bühne mit Ihrer Klarinette, Ihr Auftritt findet in wenigen Sekunden statt! Die Bombe ist im Schlagzeug versteckt, direkt in der großen Trommel. Ein Fußtritt, und das kleine, technische Wunderwerk des armen Robert Schreyer geht hoch. Und nachdem die atavistischen Balzgesänge zum Klavier ja nun gottlob vorbei sind, dürfte sicher jeden Augenblick jemand den nächsten Fruchtbarkeitstanz mit der Trommel einläuten, denken Sie nicht? Bumm, Bumm … BUMM!«

Sándor fluchte wie ein Kutscherknecht, schrie den drei Schutzmännern ein paar Anweisungen zu und rannte los.

SOLO FÜR KLARINETTE

Längst nicht alle Bands auf dem Programmzettel hatten so bekannte, klangvolle Namen wie die »Follies«, »Sid Kay's Fellows«, die »Original Orphans« oder »Weintraubs Syncopators«, die jeder Berliner durch ihren Auftritt im Film *Der blaue Engel* kannte. Jenitzky hatte viele Kapellen auf gut Glück angeheuert, um die Nacht lang werden zu lassen und dem Publikum aufregende Newcomer bieten zu können. »Bessie and the Blue Beasts« waren so ein Fall; niemand hatte von der Combo jemals gehört, und weil der Name Assoziationen an Bessie Smith und ihren erfolgreichen, aber musikalisch etwas unmodern gewordenen Blues weckte, hatte man die Band zwischen die kleineren Duo- und Trioformationen und die großen Bands gepackt. Fünf Musiker waren angekündigt, die pünktlich die zweite Bühne betraten. Der Schlagzeuger setzte sich an die vorbereitete »Schießbude«; das Klavier wurde noch ein wenig nach vorn geschoben, dann flammten die Spotlights auf, es ging los. Ein Raunen ging durchs Publikum. Der Bandleader und Leadsänger trug schwarze Lackschuhe zum hellgrauen Smoking, einen aufgemalten, schnörkeligen Menjoubart – und war unverkennbar eine Frau. Es war Bella, die gelassen im gleißenden Licht stand, wartete, bis die Unruhe sich gelegt hatte, und dann zur Begrüßung ein paar Worte sagte: »Guten Abend, Freunde des Niggerjazz« – Johlen, einzelne Pfiffe –, »guten Abend Berlin! Ich bin Bella, nicht Bessie«, sie grinste, »da war wohl ein Druckfehler im Programm, und die Herren hinter mir sind das blaue Biest, leider keine echten schwarzen Männer also, aber blau wie der Blues!« Gelächter. Bella nickte. »Als Berliner Sängerin arbeite ich in vielen Kapellen; ein paar davon begleite ich heute Abend noch, Damen und Herren. Was Sie nur jetzt und nur hier hören, ist eine Band mit weiblichem Band-

leader.« Einzelnes Klatschen, Johlen. »Warum ist das eine Ausnahme im Jazz? Auch Hot Ladys haben den Blues!«

Sie schnippte mit den Fingern, sehr langsam, und begann mit den
ersten Takten eines Bessie-Smith-Schallplattenerfolges, »I Ain't
Gonna Play No Second Fiddle«, eines druckvollen Blues, der ein
paar Jazzenthusiasten im Publikum schon bei den ersten Wörtern
zu begeistertem Zwischenapplaus animierte:

»You must think that I am blind,
you've been cheatin' me all the time
Whoa yeah, you still flirt
But you'll notice I ain't hurt …«

Bella sang, wie sie noch nie gesungen hatte; sie legte die ganze
Aufregung der letzten Wochen, die Auseinandersetzungen mit
der Polizei, die wirtschaftlichen und politischen Sorgen in ihre
Stimme, die fürs Publikum vielleicht zunächst traurig klang, aber
von einer unterdrückten, sich langsam steigernden Wut bebte.
Bella blinzelte gegen die Bühnenscheinwerfer. Die Leute schwiegen neugierig; das war gut – dieser Song hatte seine eigene Dra-
matik und brauchte konzentrierte Zuhörer. Bessie Smith hatte
dem Blues einen provozierenden, monotonen Sound gegeben;
Bella akzentuierte mehr. Bessies »Fiddle« war eine Stahlfiddle gewesen; ihre eigene war aus Holz.

Bella vergewisserte sich, dass die Jungs hinter und neben ihr jede
Nuance mitbekamen; sie sollten mit zunehmendem Tempo nach
und nach mit ihren Instrumenten in den Song einsteigen – zuerst
der Bass, gefolgt vom Schlagzeug, einer Trompete im Satchmo-
Stil, einer Rhythmusgitarre. Das Publikum hielt den Atem an, der
Saal gehörte bei diesem A-capella-Gesang ganz ihr. Der erste Refrain brachte den träge gezupften Bass ins Spiel, dessen aufreizen-
de Lässigkeit in einem aufwühlenden Kontrast stand zu Bellas
nun den ganzen Saal füllendem Gesang:

»Ain't gonna play no second fiddle
'cause I'm used to playin lead.«

Und das Tempo zog, geführt von Bellas wütender werdender
Stimme, langsam an. Der Schlagzeuger, ein talentierter junger
Kerl namens Max Rumpf, griff lautlos zu seinen Sticks und un-
termalte die dunkle Stimme und das Grummeln des Basses mit
einem quirligen Wischen auf den Becken. Er zählte in Gedanken
mit, bereit für seinen rhythmischen Einsatz auf den übrigen
Trommeln, zwei, drei, vier ...
Doch in diesem Moment trudelten ganz andere Töne in den
Song, Töne, die vom gegenüberliegenden Ende des Saals zu kommen schienen: ganz unverkennbar eine Klarinette, die das Thema
des Liedes aufnahm und in ein etwas atemloses, aber hinreißend
gut gespieltes Klarinettensolo führte, das über den schweren
Bluesakkordeon flatterte und Kapriolen schlug.
Bella war ebenso überrascht wie das Publikum, das lachend
auf seinen Sitzen herumfuhr und die ganze Inszenierung für be-
absichtigt hielt. Sie hatte Sándors musikalische Stimme sofort erkannt und war stocksauer über die ungebetene Einmischung, ließ
sich die Überraschung aber nicht anmerken, sondern tat, als wäre
das Intermezzo Teil des Auftritts. Was sollte das?

Sándor hatte das Café Jenitzky wie ein Rasender umrundet, zwei
Türsteher umgerannt und sich in den großen, hoffnungslos überfüllten Saal geworfen. Er merkte augenblicklich, dass er die Bühne
nicht mehr rechtzeitig erreichen würde, um den Schlagzeuger von
seinem tödlichen Einsatz abzuhalten, und er erschrak fürchterlich, als er Bella, ausgerechnet Bella, auf der Bühne erkannte. Ihr
langsam schneller werdender Song würde in ein paar Sekunden
vom Schlagzeug begleitet werden, und dann war alles aus. Sándor
nestelte die Klarinette aus der Manteltasche, die die Prügelei zum
Glück unbeschadet überstanden hatte, sprang auf die Rücken-

lehnen der hintersten Sitzreihen, lehnte sich gegen die Wand, um nicht herunterzufallen – und spielte das Instrument um Leben und Tod.

Dass das der wütenden Sängerin vorn auf der Bühne nicht recht sein konnte, war ihm klar, aber er musste Zeit gewinnen, Sekunden, Minuten – und spielte. Bella versuchte, ihm die Führungsrolle wieder abzunehmen, indem sie Zeilen des Songs dazwischensang:

»I stood your foolishness long enough,
so now I'm gonna call your bluff.«

Was Sándor nur zu noch irrwitzigeren Hüpfern und Kieksern auf seinem Blasinstrument animierte, obwohl ihm allmählich die Puste ausging. Das Publikum applaudierte lachend über die ungewollten Quietscher und Japser, als wohnte es einem komödiantenhaft gespielten Streit zwischen musikalischen Eheleuten bei, aber es kam auch Unruhe auf, und Sándor sah, wie Bella, die sich ihren Song nicht länger kaputt machen lassen wollte, mit auffordernden Blicken sondierte, ob ihre Jungs, die »Blue Beasts«, für eine gemeinsame Übernahme der ersten Geige in dieser »Second Fiddle« bereit waren – und das waren sie.

Also schmetterte sie seiner Klarinette vom vordersten Bühnenrand aus noch ein paar wütende Bluesverse entgegen:

»Let me tell you daddy,
momma ain't gonna sit here and grieve,
Pack up your stuff and get ready to leave!«

Sie zählte mit dem rechten Fuß stampfend den Takt, rief noch einmal »get ready … to leave!« – und alle Musiker legten gleichzeitig los, um Sándors verzweifelt vorlauter Klarinette gemeinsam das Maul zu stopfen.

Nur aus der Schlagzeugecke war anstelle des erwarteten rhythmischen Trommelns ein unkoordiniertes Poltern zu hören. Hansen und der dicke Plötz hatten eben ihren Posten erreicht, sich von der Nebenbühne aus auf Max Rumpf geworfen und ihn in dem Moment, in dem der Schlagzeuger das Fußpedal der dicken Trommel bedienen wollte, vom Hocker rückwärts in die Kulisse gerissen.

Das Publikum raste. Hier bei Jenitzky war immer was los, sogar bei der Jazzmusik – es war zum Totlachen.

BLACK BOTTOM

»Von Jazzmusik habe ich leider keine Ahnung, von Musik insgesamt nicht. Ehrlich gesagt könnte ich nicht mal einen Walzer aufs Parkett legen, aber Mannometer«, Bernhard Weiß schüttelte lachend den Kopf, »bei Ihrem Auftritt im Café Jenitzky wäre ich gern dabei gewesen. Jedenfalls jetzt, wo wir wissen, dass es glimpflich ausgegangen ist. Tagsüber Kriminalpolizist, nach Feierabend Klarinettenspieler in einer Jazzkapelle, na, Sie machen ja Sachen ... Hat Gennat schon versucht, Sie für dieses neue Polizeiorchester anzuheuern, das er bei der Kripo auf die Beine stellen will?«

Sándor zog eine Grimasse und lachte.

»Hat er. Polka, Schiebertänze, Marschmusik ... Er könnte besser 'ne Drehorgel mit Blaulicht vor dem Zug herziehen lassen und sich den Aufwand sparen, bei diesem Musikgeschmack!«

Weiß strahlte milde durch seine dicken Brillengläser und wurde dann wieder ernst.

»Belfort hat gestanden, höre ich.«

Sándor nickte und zeigte auf das umfangreiche Vernehmungsprotokoll.

»Umfassend. Es war kein Geständnis, es war eine hasserfüllte Predigt; in der Kladde da können Sie alles nachlesen, wenn Sie sich den Tag versauen wollen. Er ist überzeugt davon, das Richtige getan zu haben; einen heldenhaften, einsamen Kampf gegen die Unterwanderung unserer Kultur zu führen. Den ›Kampfbund für deutsche Kultur‹ hält er für ein untätiges Kaffeekränzchen, obwohl er im Grunde ganz ähnliche Ansichten hat – Kulturbolschewismus, jüdische Geschäftemacherei, Negermusik, mit der die hehren kulturellen Werte unseres Volkes madig gemacht und der kulturellen Fäulnis preisgegeben werden. Und so weiter und so weiter.«

| 251 |

Bernhard Weiß legte die Stirn in Falten.

»Also schützt er das Volk vor dieser Musik, indem er es mit Gas vergiftet?«

»Ja. Natürlich nicht das eigentliche deutsche Volk, sondern nur die dekadenten, jüdisch-kommunistischen Subjekte, die dieser Musik verfallen sind und der Verwahrlosung unserer Sitten applaudieren.«

Weiß schwieg und schüttelte nur den Kopf. Dann sagte er:

»Sagenhaft, wie Sie das alles herausgefunden haben. Gennat ist ja überzeugt davon, dass ein Fall in den ersten Tagen nach der Tat aufgeklärt wird – oder nie. Dass Sie das trotz aller Rückschläge noch hingekriegt haben, war gute Arbeit, Lehmann.«

Sándor wehrte das Lob ab.

»Ich wollte, es wäre so. Letztlich habe ich Glück gehabt, unverschämtes Glück. Ich habe Belfort gehasst wie die Pest, ich hätte ihm wegen seiner Überheblichkeit und diesem ganzen nationalsozialistischen Unsinn am liebsten die Fresse poliert – aber dass er selbst der Giftmörder ist, habe ich wirklich erst kapiert, als er beim Verhör den Bombenbauer aus einem Impuls heraus doch selbst ansprach und so zu Tode erschreckt hat, dass er sich in der Zelle aufgehängt hat. Dass Belfort ausgerechnet den mysteriösen Schnurrbartmann gespielt hat, damit der Kerl sich sein Gesicht besonders gut merken kann, war eigentlich ein genialer Schachzug; ich wäre nie drauf gekommen, dass da was faul war, wenn ich nicht selbst der Mann mit dem Schnurrbart gewesen wäre. Und selbst mich hätte er ja um Haaresbreite über den Haufen geschossen.«

Sándor räusperte sich. Dann fügte er kleinlaut hinzu:

»Dabei hat Belfort schon vorher ein paar Schnitzer gemacht, die mir vielleicht aufgefallen wären, wenn ich den neuen Kollegen nicht so unverschämt effektiv gefunden hätte. Dass ich den Bombenbastler überhaupt verhören sollte und er sich dieses Vergnügen nicht selbst gegönnt hat, das hätte mich schon stutzig machen müssen. Natürlich wollte er vermeiden, dass der Mann ihn erkennt.«

Sándor hatte die rechte Hand vor sein Gesicht gehalten und zählte nun im Sprechen die weiteren Punkte an den Fingern ab.

»Warum ich selbst am Abend des Gasangriffs in der Femina war, war klar; ich kenne die Bands, ich kenne den Laden, ich gehe da häufig hin, wenn ich um die Ecke bei den Kollegen in der Keithstraße zu tun habe.«

Bernhard Weiß lächelte weise; ein Pokerface, dem man nicht ansah, ob er von Sándors Spritztouren mit den ausgeliehenen Automobilen nichts wusste oder in dieser kleinen Feierstunde nicht näher darauf zu sprechen kommen wollte. Sándor fuhr fort:

»Aber warum war Belfort dort? Eigene Ermittlungen, generelle Beobachtungen – er hat nur ausweichend auf die Frage reagiert; einen konkreten Fall gab es nicht, das hätte mich stutzig machen müssen.«

Weiß winkte entschuldigend ab:

»Müssen ... können ...«

Sándor nickte grimmig.

»Oh doch. Am Tag nach dem Anschlag stand ich mit Belfort auf der Nürnberger Straße, und er hantierte mit den detaillierten Grundrissen aller Stockwerke herum. Zu dieser Zeit war Liemann, der Besitzer, noch im Zug aus Paris unterwegs nach Berlin; mit dem Türsteher Hallstein hatten wir noch nicht gesprochen. Woher hatte Belfort also so schnell die Baupläne des Gebäudes? Ich habe bei einem anderen Fall mal versucht, Grundrisse eines Tatortes aus dem Archiv der Reichsbaudirektion zu bekommen. Gar kein Problem – wenn man fünfzehn Seiten Anträge schreibt und ein paar Wochen Wartezeit mitbringt.«

Weiß schmunzelte. Sándor breitete die Handflächen aus:

»Völlig klar! Die Grundrisse hat Belfort sich viel früher besorgt – als er seine Tat minutiös plante und sich ein Bild von den Räumlichkeiten und Fluchtwegen machen wollte.«

Sándor blätterte durch die Akte, die vor ihnen auf dem Tisch lag, und starrte einen Moment lang unverwandt auf das Lichtbild, das der Kriminalfotograf von der Leiche des armen »Onkel« Hallstein gemacht hatte.

»Vielleicht wollte Belfort die Sache von Anfang an dem schnurrbärtigen Klarinettisten in die Schuhe schieben, aber als er dann den Eintrag ›Jenitzky‹ in Hallsteins Notizbuch fand, improvisierte er kurz entschlossen. Den Nachtclubkönig der Friedrichstadt gleich mit in die Sache zu ziehen, ihn womöglich zum Täter aufbauschen zu können, der dann beim Verhör totgeprügelt wird: Das war eine interessante neue Perspektive, die er unbedingt ausprobieren wollte. Und ich Vollidiot habe ihn nach Leibeskräften dabei unterstützt.«

Weiß wiegelte ab:

»Ich bitte Sie ... jeder hätte das.«

Sándor schüttelte den Kopf. »Ich bin nicht jeder. Ich bin das unbeliebte Arschloch, das immer eine eigene Meinung haben muss – mein Leben lang schon. Aber diesem arroganten Mistkerl wollte ich zeigen, dass ich sogar die gleiche Meinung haben könnte wie er und trotzdem noch besser darin wäre, den Fall zu lösen.«

Er räusperte sich und sprach ruhiger weiter:

»Hallstein war ein Zeuge, den er sich um jeden Preis vom Hals schaffen musste. Belfort hat zu Protokoll gegeben, wie er es geschafft hat, die Gasgranate am Türsteher vorbeizuschmuggeln. Das Ding war in einen Geschenkkarton verpackt; Hallstein wollte ihn eigentlich nicht hochlassen damit, weil man Pralinen und Präsente oben an der Bar kaufen kann. Aber Belfort hat ihm einen Zehner zugesteckt und behauptet, es sei ein Perlencollier für seine Verlobte, der er heute den Heiratsantrag machen wolle ... Da hat Hallstein ein Auge zugedrückt. Über kurz oder lang hätte er sich an dieses Detail erinnert; bei mir hat er sich schon nach meinem neuen Kollegen erkundigt. Da wollte Belfort auf Nummer sicher gehen und Hallstein beseitigen.

Und während wir braven Polizisten wie die Entenküken oder bei der Polonaise hinter dem Mann hergerannt sind, immer zickzack durchs überfüllte KaDeWe, ist Belfort selbst seelenruhig hintenrum spaziert und hat ihn kurzerhand abgestochen. So viel Blödheit muss uns erst mal einer nachmachen: dass wir den blutbespritzten Täter vor uns stehen sehen und nicht mal auf die Idee kommen, ihn zu fragen, ob er den Toten nicht nur gefunden und durchsucht hat – sondern sogar selbst in diesen Zustand gebracht ...«

Sándor tippte auf den letzten Finger der ausgestreckten Hand.

»Jenitzky haben wir Mord und Totschlag zugetraut, aber seine Verwandtschaftsverhältnisse haben wir uns nicht angesehen. Ich habe mich aus Faulheit auf Belforts Gründlichkeit verlassen – und der brauchte keine Hintergrundinformationen über einen Täter, den er nicht überführen, sondern ans Messer liefern und totschlagen wollte. Also haben wir gemeinsam Jagd auf Jenitzky gemacht und die Tochter nicht bemerkt dabei.«

Er überlegte.

»Vielleicht hätte ich Belfort, den Scheißkerl, schon viel früher verdächtigt, wenn er nicht am Tatabend vor der Femina die Fenster zerschossen und so das Gas hätte abziehen lassen. Warum sollte ein Täter das tun? Ganz simpel: weil er das Publikum mit dem Gasangriff einschüchtern und vergraulen wollte; auf ein paar Tote weniger kam es ihm dabei nicht an, wenn er mit den Rettungsschüssen von sich selbst ablenken konnte. Als Alibi war das perfekt, gerade weil es für einen Täter so widersinnig zu sein schien.«

Die beiden Männer schwiegen. Schließlich murmelte Bernhard Weiß mit beruhigender Stimme:

»Sie sind ein guter Polizist, Lehmann. Immerhin hätten Sie die Toten in der Femina sowieso nicht wieder lebendig machen können, und die im Café Jenitzky haben Sie ja erfolgreich verhindert. Und glauben Sie mir, so voll, wie der Laden war, mit diesen baupolizeilich bedenklichen Umbauten ohne nennenswerte Fluchtwege – wir hätten die Toten in Dutzenden gezählt, vielleicht in Hunderten. Also Glückwunsch und herzlichen Dank im Namen der Reichspolizeidirektion. Die Beförderungsurkunde mit Lohnerhöhung kriegen Sie per Post, oder soll ich sie Ihnen mit einem Blumenstrauß und Pressefotografen in die Hand drücken?« Er zwinkerte.

Sándor lachte auf.

»Bitte nicht!«

Weiß nickte.

»Das dachte ich mir. Haben Sie mit Ihrem rettenden Klarinettensolo wenigstens Musikgeschichte geschrieben und den Wettbewerb im Café Jenitzky gewonnen?«

Sándor zwinkerte zurück.

»Ebenfalls Fehlanzeige. Obwohl ich mir regelrecht blutige Lippen gespielt habe; von einer erholsamen Freizeitbeschäftigung neben dem Polizeiberuf kann man da wirklich nicht mehr sprechen. Aber raten Sie mal, wer den Goldkübel mit den zehntausend Reichsmark nach sehr deutlicher Publikumsabstimmung gewonnen hat!«

Weiß seufzte.

»Ich ahne es. Dieser alte Fuchs! Wahrscheinlich ist Jenitzkys Preisgeld sozusagen in der Familie geblieben, wenn ich mich nicht irre. Und ganz nebenbei hat der Laden einen neuen Publikumsmagneten bekommen, den die ganze Stadt unbedingt gesehen haben muss. Das nenne ich Chuzpe … Ob das dem alten Strippenzieher die Tracht Prügel wert war, die er von Belfort bekommen hat?«

Sándor Lehmann hatte keinen Zweifel daran.

TEN CENTS A DANCE (II)

Das, dachte Sándor Lehmann und sah sich um, ist das wahre Leben, die große Welt. Dagegen ist alles, was wir so treiben, nur eine Provinzposse. Das war Unsinn, und er wusste es. In einer Millionenstadt wie Berlin über Wasser bleiben, sich durchboxen durch all die Gefahren und Verrücktheiten, heimisch werden mit diesem horizontweiten Muster aus Stein und Straßen und Menschen und Vieh: Das war alles andere als provinziell. Trotzdem weckten große Bahnhöfe bei ihm diesen Eindruck, und der Anhalter war ein verflucht großer Bahnhof, von dem aus täglich Tausende, ach was, Zehntausende von Menschen aus ihrem Leben gerissen und in ein ganz anderes katapultiert wurden, während gleichzeitig Tausende neue ankamen, um ihren Platz einzunehmen, ihre Frauen zu küssen, ihr Brot zu essen. In eine Bahnhofshalle zu gehen hieß für ihn, in einen Abgrund zu schauen, in einen Vulkanschlot der Veränderung. Unvorstellbar, dass hier Leute arbeiten konnten, Zeitungsverkäufer, Zugpersonal, die Bahnpolizei. Es gab keine Normalität in einer Bahnhofshalle, nur Abschiedstränen, Begrüßungslachen, letzte Worte wie bei einer Hinrichtung, erste Worte wie bei einer Geburt.

Zu etwas Endgültigem wie einer Hinrichtung war Sándor heute nicht hergekommen, aber doch zu einem Abschied auf Zeit. Bella fuhr nach Budapest, nach Prag, gastierte dort und in den Heilbädern Karlsbad und Marienbad mit den »Blue Beasts«, die Jenitzkys Jazzwettbewerb so furios gewonnen hatten; sie würden sich eine Weile nicht sehen, hatten sich sowieso kaum gesehen nach dem denkwürdigen Abend vor ein paar Monaten. Er hatte versprochen, Lebewohl zu winken. Draußen fiel leichter Schnee; das Stahldach mit den geriffelten Glasscheiben war schon weiß belegt, war undurchsichtig geworden; ein milchiger Deckel über dem brodelnden Dampfkochtopf der Lokomotiven, die hier die Schlaf- und Speisewagen der Compagnie Internationale des Wagons-Lits, die unzähligen Waggons und Gepäckwagen über die in Dutzenden nebeneinanderliegenden Gleise schoben. Es war hundskalt in Berlin, trotzdem spürte man auf den Bahnsteigen den Feueratem der schweren Tenderlokomotiven, hörte Zischen und Fauchen, als würden die Reisenden nicht transportiert, sondern zu Asche verbrannt, um am Zielort wieder aufzuerstehen.

Sándor sah auf eine der Uhren auf den stählernen Uhrtürmen; der ganze Bahnhof war ein Monument aus Stahl und Granit, ein Ehrfurcht heischender Tempel für die Götter der Veränderung, ausgedacht von ergebenen Jüngern des Fortschritts. Hatten Schwechten und Seidel den Menschen überhaupt mitgedacht in ihrem Entwurf; hatte der Bildhauer Brunow die beiden Figuren auf dem Portikus, »Tag« und »Nacht«, als Schutzpatrone der Reisenden errichtet – oder als gnadenlose Monstren, denen Kilometer, Herzen, Leben zu opfern waren?

Er schüttelte sich; in Bahnhöfen kamen ihm immer bedrückende Gedanken wie diese, es war einfach kein Ort für einen Platzhirsch wie ihn, einen Wolf in seinem Revier. Obwohl das Revier nicht mehr das gleiche war wie damals, vor dem Anschlag auf die Femina. Berlin, ganz Deutschland hatte sich verändert in diesem Jahr 1930; die NSDAP hatte bei den Reichstagswahlen im September rabiate Gewinne verbucht. Der schwarzbraune Bodensatz war nach oben geschwappt, und 107 Abgeordnete waren im Triumph ins Parlament eingezogen, bekamen noch mehr Gehör, noch mehr Aufmerksamkeit für ihre Parolen, mit denen sie das geschundene Volk aus der Krise prügeln wollten. Oh ja, die Krise – die Zahl der Arbeitslosen taumelte auf die fünfte Million zu, und die Regierung versuchte verzweifelt, mit immer neuen Notverordnungen eine Lage unter Kontrolle zu halten, die doch schon längst außer Kontrolle war. Notverordnungen regelten die Mieten, die Einkommen, die Renten; Notverordnungen regelten die Preise. Selbst der Preis einer populären Jazz-Schallplatte von, sagen wir mal, »Jack Hylton & His Boys« war innerhalb einiger Wochen um zwanzig Prozent gesunken – das war auch eine Art, dem Volk den Jazz nahezubringen. Davon abgesehen wurden die Polemiken gegen diese Musik immer aggressiver. Und Julian Fuhs hatte man schon zum dritten Mal die Scheiben der kleinen Bar eingeworfen, die er von seiner Mutter Hertha übernommen hatte, weil die sich den immer offeneren Angriffen gegen Juden nicht mehr aussetzen wollte und sich aufs karge Altenteil zurückgezogen hatte. Die Musikszene war im Umbruch; wer weiterspielen würde und wer aufgeben müsste, war nicht mehr abzusehen.

Sándor war noch immer zu früh; er war von der Keithstraße herübergelaufen und schneller gewesen als gedacht. Die müde Karosse der letzten Nacht hatte es mit Mühe in die Garage der Mordkommission geschafft und war dann liegen geblieben; die Monteure in der Asservatenkammer waren auch nicht mehr, was sie mal waren.
Er kaufte ein kleines Glas säuerlichen, lauwarmen Punsch, an dem er nur einmal nippte, dann zog er sich in eins der schmalen, von innen beschlagenen Wartehäuschen zurück, die die Bahnsteige säumten, um nicht länger in der klirrenden Kälte zu stehen. Er setzte sich auf eine Bank aus grün lackierten Holzstreben und wartete. Auch hier hatten sie eine kleine Uhr angebracht; die Reichsbahn hielt unendlich viel auf ihre Pünktlichkeit und Präzision; Siemens und Halskes Uhrenanlage war ein technisches Meisterwerk, das sekundengenau die Zeit in die verstecktesten Winkel des Bahnhofs sandte.
Sándor gähnte; außer ihm war nur ein anderer Mann im Wartehaus, der hinter einer aufgeschlagenen Zeitung nicht zu sehen war – ausgerechnet dem *Völkischen Beobachter*, der seit 1929 auch in einer Berliner Ausgabe erschien. Sándor schaute genau hin; es

war nicht die Berliner, sondern die Münchner Ausgabe des Blattes; der Mann schien aus München zu kommen oder dorthin zurückzufahren. Ein Mann mit wenig Reisegepäck, der keine große Reise vor sich hatte – oder alles zurückließ. Sándor lehnte sich zurück und rieb sich die Augen. Bahnhöfe waren kein Ort für ihn, er sah Gespenster. In dieser gänzlich fremden Umgebung hatte er das Gefühl, den Mann hinter der Zeitung genau zu kennen. Es gab sonst dieses Gefühl von Fremdheit, wenn man mit einem Unbekannten in einem Raum war; hier fehlte es völlig. Am liebsten wäre er nach vorne geschnellt und hätte dem Mann die aufgeschlagene nationalsozialistische Zeitung vom Gesicht weggerissen, um zu sehen, wer sich hinter dem mit Schmähreden und pseudovisionärem Gestammel vollgesudelten Blatt verbarg ... wahrscheinlich ein Niemand, ein ihm gänzlich Unbekannter, der ihn verständnislos angegafft hätte, verwundert oder erbost über die Störung.

Sándor horchte nach dem Ticken der Uhr; doch elektrische Uhren tickten nicht, nur der Sekundenzeiger, der im Takt vorwärtsgeschoben wurde, machte ein kaum hörbares, schabendes Geräusch. Also schloss er die Augen. Er schloss die Augen, aber er schlief nicht, er dachte nach.

Saß ihm Belfort gegenüber?

Der Gedanke erschreckte ihn so, dass er die Augen aufriss und sein Gegenüber erneut scharf fixierte. War das der Mann, den er vor einem Vierteljahr vor Gericht das letzte Mal gesehen hatte? Belfort hatte gar nicht Belfort geheißen; Belfort hatte Verbindungen nach ganz oben gehabt, ins Thüringische Ministerium, Belfort hatte Unterstützung bekommen aus hochrangigen Münchner Polizeikreisen, die sich für ihn verwendet hatten. Ein unerhörter Vorgang, eine unbotmäßige Inschutznahme eines Massenmörders. Es hatte Aufhebungen von Beweisanträgen wegen Verfahrensfehlern gegeben, juristische Winkelzüge; Polizeibeamte waren nicht von ihrem Aussageverbot entbunden worden oder trotz

Vorladung nicht erschienen, es hatte Disziplinarverfahren gegeben gegen alles und jeden.

Nach langwierigen Untersuchungen und Vernehmungen hatte die Justiz die Sache an sich gezogen; Belfort war verlegt worden, man wusste nicht, wohin.

Fuhr Belfort nach München zurück, wo er hergekommen war, hergekommen mit seiner ganzen braunen Pest, geschlüpft wie die Erdkröten aus dem schwarzen Untergrund eines morastigen Bierkellers?

»Hey, Sándor, Schlafmütze; ich hatte auf eine Klarinettenfanfare gehofft, aber du – schläfst!«

Sándor fuhr zusammen; er war wahrhaftig eingeschlafen in seinen düsteren Betrachtungen über sein unheimliches Gegenüber. Belfort hätte leichtes Spiel gehabt mit ihm, wenn es wirklich Belfort gewesen wäre – ein schneller Schnitt mit einem schmalen Stilett, niemand, der etwas gesehen hätte durch die beschlagenen Scheiben. Ein Toter auf einem Bahnsteig, einer mehr, einer weniger; irgendein Bulle in Berlin im Winter.

Doch jetzt stand Bella vor ihm und rüttelte ihn wach, lachend, und ihr Atem kam als weiße Wolken aus ihrem halb geöffneten Mund. Bella mit einem unförmigen, klobigen Filzmantel und offenen Haaren unter einer riesigen Kapuze; Bella mit einem Handköfferchen und einem Schrankkoffer, der so riesig war, dass es aussah, als hätte sie ihren Vater mit auf die Reise genommen und mangels Fahrkarte in diesem Koffer versteckt. Sándor riss sich nur mit Mühe aus seinen finsteren Ahnungen und Träumen, dabei war es höchste Zeit; Bellas Zug stand bereits auf dem Bahnsteig vor ihnen, und alles, was er sich für diesen Augenblick zurechtgelegt hatte, blieb ungesagt. Vielleicht hatte auch Bella noch etwas sagen wollen, auch sie kam nicht dazu, aber während der Schaffner schon den Zug entlanglief und die Waggontüren von außen schloss, zog sie noch schnell einen der dicken wollenen

| 261 |

Fäustlinge aus und suchte mit ihrer warmen kleinen Hand seine kalte große und legte einen Groschen hinein, einen Groschen, der warm war und ein bisschen feucht und den er gut kannte: Das war der, den er bei ihrem ersten Zusammentreffen unten in Fuhs' Keller auf das Bierfass gelegt hatte als Witz. Sie hatte die Münze behalten.

»Hier, Big Boy«, sagte sie zu ihm, und vielleicht sorgte nur die Kälte für ein paar winzig kleine Tränen in ihren Augenwinkeln, »damit du dir, was auch kommt, immer einen Tanz mit mir leisten kannst. Weißt ja den Preis, ten cents a dance.«

Sie gab ihm einen Kuss, für den die Zeit nicht stillstand wie bei dem Schuss, den Belfort damals auf ihn abgegeben hatte, einen Kuss, der nur von eben bis jetzt dauerte; und dann war sie weg. Eine mächtige weiße Dampfwolke hüllte den Bahnsteig ein, zerfaserte im Zugwind, löste sich auf.

Auch der Platz im Wartehäuschen war leer; die Zeitung war zusammengefaltet liegen geblieben, aber Sándor Lehmann rührte das Ding nicht an. Das war Politik; wenn man ihr fernblieb, kam sie vielleicht selbst auch nicht näher.

SÁNDOR LEHMANN

Dann standen sie wieder auf der Bühne. Julian hatte die Band umgetauft, steuerte seichteres Fahrwasser an, wollte in Deckung bleiben mit gefälligen Arrangements für ein breiteres Publikum. »Julian Fuhs und sein Tanzorchester« machten Musik zum Schmunzeln, die allen gefiel; nur die unverbesserlichen »Swing-Heinis« wendeten sich von ihm ab und irrlichterten weiter durch die Stadt, fanden neue Hauptquartiere, kleinere Bands in engeren Bars, die wilden Hot Jazz machten und den neuen, original amerikanischen Swing bis weit in die Nacht hinein. Julian ging andere Wege; und in der Band wurden die Soli immer kürzer. Walter Jurmann wurde zum Dauergast ihrer Auftritte, ein singender Refraintexter, ein talentierter, nicht mal dreißigjähriger Komponist und Arrangeur, der es auf frappierende Weise hinbekam, am laufenden Meter Ohrwürmer zu produzieren. Nach dem Konzert konnte man dem Mann selbst in der Kneipe und im Vollrausch ein Thema vorgeben, und aus dem Stegreif fabrizierte dieser Wunderknabe einen Song, den nach ein paar Minuten unter schallendem Gelächter der ganze Tisch sang und den man bis morgens nicht aus dem Ohr bekam.

Sándor mochte Jurmann auf Anhieb nicht; der Kerl biederte sich beim Publikum auf eine antiquierte, schmalzige Weise an, die ihm gegen den Strich ging, und im Grunde war Jurmann nichts heilig. Nicht, dass ihm selbst, Sándor Lehmann, viel heilig gewesen wäre, aber die stetige Spottbereitschaft eines unterforderten Genies fand er schlichtweg anstrengend. Bei einem Konzert im Delphi hatte Arno Lewitsch, der Geiger, versucht, ihn mit Bella aufzuziehen; Jurmann hatte nur mit einem Ohr zugehört, und Sándor hatte den lästigen Violinisten verscheucht. Doch dann auf der Bühne hatten die ehemaligen »Follies« einen harmlosen kleinen

Foxtrott angestimmt, bei dem Sándor zunächst noch gelangweilt mitgedudelt hatte, bis nach den ersten Solosätzen Walter Jurmann die Führung übernommen hatte. Unvermittelt hatte der Kerl mit blitzenden Augen vor ihm gestanden, die Arme in die Seiten gestemmt, tadelnd den Kopf geschüttelt und singend gefragt:

»Herr Lehmann ... Herr Lehmann!
Was macht die Frau Gemahlin in Marienbad?«

Die anderen Bandmitglieder hatten sich vor Lachen kaum noch auf den Plätzen gehalten; der Foxtrott verkam zum anzüglichen Schunkelsong, dessen vorwurfsvoll wiederholtes »Herr Lehmann ... Herr Lehmann!« schließlich vom ganzen Saal mitgesungen wurde. Sándor hatte gute Miene zum bösen Spiel gemacht und die Sache über sich ergehen lassen, aber Julian Fuhs, der bei all dem populären musikalischen Krawall ein einfühlsamer Mensch geblieben war, warf ihm vom Klavier her einen nachdenklichen Blick zu und sah sofort, dass Jurmann zu weit gegangen war, viel zu weit.
Sándor Lehmann war Bulle, kein Jazzmusiker. Das hier war nicht sein Leben. Wenn er über jemanden lachen wollte, konnte er dem dicken Gennat beim Kuchenessen zusehen, und wenn jemand über ihn selbst lachen wollte, konnte er ihm eins in die Fresse geben. Auf der Bühne stand er nur, weil Julian es gewollt hatte und weil er eine Klarinette spielen konnte wie wenige andere in Berlin. Als Bulle im Ballsaal, nicht als Witzfigur, nicht als Herr Lehmann. Wenn sie ihn dafür brauchten, stand er nicht zur Verfügung. Es war vorbei.
Julian Fuhs schnippte in den tosenden Applaus hinein mit den Fingern, sagte mit seitlich zum Schlagzeug gewendeten Kopf »Ten Cents«, und wahrhaftig, sie spielten es ein letztes Mal und ganz ohne Gesang. Charlie Hersdorf, Arno Lewitsch, die Blechbläser reihten sich mit ihren Soli wie eine musikalische Ehren-

garde hintereinander, Julian Fuhs akzentuierte die Strophen mit einem elegischen, fast feierlichen Klavier – und über alldem flatterte und trudelte Sándors Klarinette in einem jubelnden, fast schluchzenden letzten Tanz.

NACHWORT

Mein Roman *Black Bottom* erzählt von fiktiven Verbrechen in einer alles andere als erfundenen Welt – der Tanzpalastszene der ausgehenden Weimarer Republik. Sándor Lehmann, Bella, Belfort und Jenitzky sind erfunden – auch wenn für Letzteren mit seinem ebenfalls erfundenen Café der Friedrichstädter Gastronom Gustav Steinmeier Pate gestanden haben mag. Alle anderen Hauptpersonen und Schauplätze haben existiert. Einen Gasangriff musste der am 1. Oktober 1929 eröffnete Tanzpalast Femina in der Nürnberger Straße während seines von Schließungen, Konkursen und Wiedereröffnungen geprägten Bestehens allerdings nicht erleben; heute bringt das Hotel Ellington das noch immer berückend schöne Haus zu neuem Glanz. Inhaber Heinrich Liemann verließ Deutschland als Jude 1933 und ging nach London. Er wurde 1934 ausgebürgert; in England verliert sich seine Spur.

Einen ersten großen Kapellenwettbewerb – im Buch Jenitzkys Idee – führte 1931 das Café Schottenhaml in der Bellevuestraße 11 durch, das 1933 als Moka Efti am Tiergarten das Stammhaus in der Friedrichstraße verstärkte.

Julian Fuhs (1891–1975) heiratete Lily Löwenthal im Dezember 1930. Er war mit seiner in der Nürnberger Straße 16 eröffneten kleinen Bar zuletzt immer häufigeren nationalsozialistischen Angriffen ausgesetzt und verließ Deutschland 1933. Fuhs ging 1936 in die USA, wo er seine Musikerkarriere nicht fortsetzen konnte. Er starb 1975 in Miami. Viele seiner im Buch genannten Jazztitel – auch »Herr Lehmann« mit dem ebenfalls emigrierten späteren Hollywood-Komponisten Walter Jurmann – sind heute Klassiker der deutschen Tanzmusik.

Sämtliche in Kapitel 19 im (fiktiven) Artikel des *Lokal-Anzeigers* aufgelisteten Bandleader und Orchesterleiter mussten Deutschland ab 1933 verlassen, weil sie Juden oder politisch verfolgt waren. Längst waren gewalttätige Auseinandersetzungen mit SA-Leuten oder Mitgliedern von Rosenbergs »Kampfbund für deutsche Kultur«, die Jazzkonzerte stören oder verhindern wollten, an der Tagesordnung. Zudem war der Jazz teilweise sogar schon vor 1933 aggressiven Verbotswellen ausgesetzt. Schwarze Musiker bekamen Auftrittsverbot, und insbesondere der im Buch erwähnte Dr. Wilhelm Frick (1877–1946, hingerichtet) bemühte sich schon als Staatsminister in Thüringen 1930 erfolgreich um ein »Jazzverbot« in seinem Einflussbereich. 1933–1943 war Frick Reichsminister des Innern und in dieser Funktion hauptverantwortlich für die Umsetzung der Berufsverbote für Juden und Kommunisten, von denen jüdische Musiker in vollem Umfang betroffen waren. Das »Reichskartell der deutschen Musikerschaft« gab Lizenzkarten aus, ohne die es keine Auftrittsmöglichkeiten mehr gab. 1933 vollendete die Gründung der »Reichsmusikkammer« die »musikalische Machtergreifung« (Bernd Polster). Jazz und Swing fristeten ihr Dasein in als Geheimtipps gehandelten Kellerlokalen, gegen deren Wildwuchs die personell unterbesetzten staatlichen Kontrolleure allerdings in der Regel machtlos waren. Und auch wenn die großen Konzerte an den populären Spielorten meist erfolgreich unterbunden werden konnten: In diesen kleinen Bars und auf den Plattentellern der Enthusiasten rettete sich der Jazz über die dunklen Jahre.

Vielleicht waren die emigrierten Bandleader durch ihre Konzerttourneen abrupte Ortswechsel gewohnt, viele sind wohl auch von Auslandsauftritten nicht mehr nach Deutschland zurückgekehrt, jedenfalls fällt auf, dass alle oben genannten Orchesterleiter den Faschismus überlebt haben – ein Glück, das vielen unbekannteren jüdischen Musikern nicht beschieden war. Die Geschichte der Jazzorchester in Gettos, Straf- und Konzentrationslagern ist noch nicht annähernd umfassend geschrieben; Augenzeugenberichte (etwa vom Gitarristen und Drummer Coco Schumann) geben hier erste, erschütternde Einblicke.

Ernst Gennat (1880–1939), der stetige Erfinder und Erneuerer der Berliner Kriminalpolizei, blieb auch nach 1933 trotz kritischer Distanz zu den Nationalsozialisten auf seinem Posten. Er arbeitete schon wegen seiner enormen Leibesfülle nur mehr vom Schreibtisch aus, heiratete noch kurz vor seinem Tod überraschend die Kriminalkommissarin Elfriede Dinger und starb an Darmkrebs oder einem Schlaganfall.

Magnus Heimannsberg (1882–1962), Polizeipräsident Albert Grzesinski (1879–1947) und sein Stellvertreter Dr. Bernhard Weiß (1880–1951) gelten als frühe republikanische Repräsentanten einer nichtmilitärischen, nichtadeligen Bürgerpolizei. Bis zu ihrer Amtsenthebung 1932 waren sie aggressiven propagandistischen Angriffen der Nationalsozialisten ausgesetzt, gegen die sich insbesondere Weiß mit juristischen und publizistischen Mitteln zu wehren wusste. Ein Kulturbanause, wie er Sándor Lehmann gegenüber behauptet, ist Weiß sicher nicht gewesen – in seinem Haus gingen, initiiert von seiner kulturfaszinierten Gattin Lotte, Künstler und Musiker ein und aus, Richard Tauber und Charlie Chaplin waren zu Gast, Weiß besuchte Modenschauen, eröffnete Ausstellungen. Der »Vipoprä«, wie die Berliner ihren Vizepolizeipräsidenten nannten, war beliebt – und wurde 1933 von den Nazis unerbittlich gejagt. Nur durch ein Versteck in einem Kohlenkeller in der Fasanenstraße entging er seinen Häschern, entkam nach London, wo er eine kleine Druckerei aufbaute und 1951, im Jahr seiner Wiedereinbürgerung nach Deutschland, starb.

Mein Buch spielt 1930; in einer Zeit, in der die fürchterlichsten Untaten noch bevorstehen und etliche Akteure und ihre Absichten erst langsam klare Konturen annehmen. Doch gerade diese

Zeit des Umbruchs mit ihren beunruhigenden Vorzeichen und ihrer verzweifelten Lebenslust ist besonders faszinierend. Der Jazz als Experimentierfeld kultivierter Ekstase hat in dieser Zeit Freiräume verteidigt – weniger für einen Einzelgänger wie Sándor Lehmann als für ein Publikum, das auf seiner rasenden Fahrt in die Dunkelheit instinktiv im Salonwagen für aufgekratzte Über-füllung sorgte.

Martin Keune, Berlin, im November 2012

Martin Keune, geboren 1959 im Sauerland, ist Chef einer Berliner Werbeagentur und nebenbei ein äußerst produktiver Schriftsteller. Von ihm erschienen zahlreiche Bücher, im be.bra verlag zuletzt »Groschenroman – Das aufregende Leben des Erfolgsschriftstellers Axel Rudolph« (2009). Martin Keune lebt in Berlin und im Westhavelland.

Vom selben Autor

Martin Keune
Groschenroman
Das aufregende Leben des
Erfolgsschriftstellers Axel Rudolph
ISBN 978-3-86124-639-8
19,90 €

Der Bochumer Bergmann Axel Rudolph steigt Anfang der 1930er Jahre vom zeitweiligen Obdachlosen zum gefeierten Drehbuchautor und Schriftsteller auf. 1939 jedoch werden seine Schriften als moralisch wertlos abgestempelt. Eine Affäre mit der Tochter eines NSDAP-Funktionärs bringt ihn vor den Volksgerichtshof, es geht um Leben und Tod ...

»Archäologie gegen das Vergessen. Der begnadete Groschenromanschreiber Rudolph: ein außergewöhnlicher Mensch und ein außergewöhnliches Leben. Stoff genug für ein eigenes Drehbuch und einen abenteuerlichen Film.«

Dieter Kosslick

Tödlicher Tanz

Gabriele Stave
Gefährliches Terrain
9,95 €
ISBN 978-3-89809-520-4

Berlin, Sommer 1923: Eine ausgelassene Landpartie zum Schützenfest ins märkische Rhunow wird durch den Tod eines Pianisten erschüttert. Ein Mord aus Eifersucht? Bei den Ermittlungen stößt Kriminalrat Eugen Ruben auf immer mehr Leichen und eine Mauer aus Schweigen ...

»Eine fesselnde Geschichte nach einem authentischen Kriminalfall aus der Weimarer Republik.«

literatur-report.de